Alice Pol

Née sur l'île de la Réunion, Alice Pol est une actrice française connue sur grand écran. Ses parents sont revenus en métropole, à Marseille, quelque temps après sa naissance. Elle y a grandi et a démarré ses cours de théâtre à l'adolescence, puis y a vécu jusqu'à l'obtention de son baccalauréat. Finalement, elle tente sa chance à Paris, écrit et monte sa propre pièce de théâtre à 19 ans, *C'est tout droit... ou l'inverse*. En parallèle, elle démarre sa carrière au cinéma avec *Vilaine*, puis *Joueuse* aux côtés de Sandrine Bonnaire, et *Un plan parfait*. Grâce à sa pièce, qu'elle joue à nouveau, Danny Boon la repère et lui permet d'accéder à des rôles de premier plan dans des comédies populaires. *Coup de pelle* (Robert Laffont, 2023) est son premier roman.

W0463058

COUP DE PELLE

ALICE POL

COUP DE PELLE

Robert Laffont

Le Code de la propriété intellectuelle n'autorisant, aux termes de l'article L. 122-5, 2° et 3° a, d'une part, que les « copies ou reproductions strictement réservées à l'usage privé du copiste et non destinées à une utilisation collective » et, d'autre part, que les analyses et les courtes citations dans un but d'exemple et d'illustration, « toute représentation ou reproduction intégrale ou partielle faite sans le consentement de l'auteur ou de ses ayants droit ou ayants cause est illicite » (art. L. 122-4).
Cette représentation ou reproduction, par quelque procédé que ce soit, constituerait donc une contrefaçon, sanctionnée par les articles L. 335-2 et suivants du Code de la propriété intellectuelle.

© Éditions Robert Laffont, S.A.S., Paris, 2023

ISBN : 978-2-266-34277-3

Dépôt légal : mars 2024

1

On n'y voyait quasiment rien. La dameuse semblait avancer sur une route imaginaire, laissant échapper des bips réguliers et stridents dans le silence minéral de la montagne. Il fallait une sérieuse dose de confiance envers le pilote pour se laisser conduire dans cette tempête, le long d'un tel précipice. Ou une violente envie de mourir, c'est selon. Charlie évita de lui montrer sa peur et son vertige, ça ferait trop « pas du coin ».

Dissimulée dans ses tripes se nichait l'envie d'un profond changement. Elle caressait cet espoir sans grande tendresse depuis des mois. Apaisée par la perspective de ce nouveau départ, Charlie aspirait avec impatience à réveiller chacun de ses sens, assoupis par quelques années étouffantes. Au milieu de cette ascension rigoureusement inquiétante, elle sentait, malgré le manque de preuves, qu'elle avait fait le bon choix.

Léon damait les pistes de la station toute la saison. Le propriétaire du chalet le payait pour entretenir la maison et emmener les locataires jusque là-haut, surtout l'hiver. L'été, la piste était praticable, en 4×4 seulement, là aussi à condition d'être doté d'un certain sang-froid, ou de compter, plein d'espoir, sur la possibilité d'avoir au minimum sept vies à disposition.

Charlie sourit, imperceptiblement. Si, par un système très performant de Bluetooth encore inconnu du grand public, l'accueillant pisteur entendait le bourdonnement inquiet dans sa tête, il serait probablement hilare, et répondrait à ses angoisses avec une voix rassurante – du moins aussi rassurante qu'elle pouvait l'être, avec un accent pareil.

Heureusement, il n'était pas dans sa tête. Ni lui ni personne. Il n'y avait qu'elle pour s'entendre, et ça faisait déjà beaucoup trop de monde.

— Alors cette fois vous restez longtemps, m'a dit Pierre ?

— Oui, une année au moins.

— Vous avez de la chance, c'est le premier jour de vraie neige.

Et toute cette blancheur l'avait effectivement enthousiasmée lorsqu'elle était sortie de sa voiture ; pourtant depuis quelques minutes, s'imaginant devoir arpenter cette route plusieurs mois durant, quel que soit l'engin auquel elle confierait sa vie, elle commençait à douter que ce soit une si bonne nouvelle.

Après dix minutes de piste au pas, Léon s'arrêta devant le chalet et abaissa l'immense pelle de la dameuse pour que Charlie puisse récupérer ses bagages et quelques courses. C'était formidable, tout ce qu'on pouvait caser dans ce coffre de voiture de fortune.

— Je vais vous aider avec tout ça. Je vous ai allumé le gaz et les chauffages, vous avez du bois aussi. Dites-moi s'il vous faut quelque chose.

— Je vous remercie, ça devrait aller, je me rappelle bien la maison.

Il finit de décharger ses affaires et, tandis qu'elle faisait un tour sur elle-même, observant son nouveau territoire, il lui tendit la clé.

— N'hésitez pas à me dire quand vous voulez que je vous descende.

— C'est gentil, j'irai à pied récupérer ma voiture, ça me fera une balade.

— Comme vous voulez. Et, après la neige, il vous suffira de louer un 4×4. Vous verrez, ça se passe bien tant qu'on n'est pas pressé !

Il ponctua sa phrase d'un clin d'œil pas totalement assumé. Est-ce qu'elle avait un faciès à ne pas être pressée, sincèrement ? Le visage de Léon semblait ne jamais se départir d'un léger sourire, à peine visible ; il avait le regard d'un homme façonné par la montagne et la terre, par ses territoires beaux mais âpres. Une œillade, pour lui, c'était colossal, un signe de sa sincère sympathie envers elle.

Ils se saluèrent rapidement, trempés par la neige, le souffle coupé par le froid glaçant.

Elle mit toutes ses affaires dans le sas en bois bricolé à la va-comme-je-te-pousse, qui communiquait avec l'entrée du chalet sur le côté, et ouvrit la porte, branlante à souhait.

Elle se sentit bien l'espace d'un instant – chose suffisamment rare pour être notifiée. Ce n'était pas un chalet cossu, plutôt une bergerie d'alpage tout en charme, où quelques courants d'air sévissaient sous les assauts de la météo rarement clémente. La cuisine n'était pas du dernier cri, le lino, franchement défraîchi et la douche, capricieuse. Mais demain matin, lorsqu'elle verrait la vue, elle serait à nouveau convaincue par cette nouvelle vie qui lui tendait les bras.

Elle se décida à monter sa plus grosse valise par l'escalier en bois glissant, plus raide encore que son institutrice de CP, qui pourtant ne se détendait pas souvent et jamais longtemps, la jeta avec perte et fracas dans la chambre du fond, comme quand son grand amour l'avait accompagnée, tout en se demandant qui pouvait être assez vicieux pour concevoir des marches aussi étroites avec une pente pareille. Ça puait l'accident domestique. Charlie se voyait déjà remplir un quart de page dans la rubrique nécrologique du journal local ; serait-ce moins qu'un quart, d'ailleurs ? Il faudrait même qu'il ne se passe strictement rien à quelques kilomètres à la ronde pour que ce soit un tel encart. Quel gâchis d'utiliser du papier et de l'encre pour une connerie pareille.

Après cette escalade plus scabreuse encore que sa vie, il fallut faire le lit. Léon avait pris soin de préparer une paire de draps dépareillés jusqu'à l'outrance, ça relevait de la provocation, elle se félicita d'avoir pris son oreiller. Avec son confort incomparable, son sommeil pourrait sans doute accepter cette taie aux redoutables coloris. S'il y a bien une règle de base en déco que même les plus novices connaissent, c'est de ne jamais mélanger toutes les couleurs de l'arc-en-ciel. Valable aussi pour l'habillement. Léon était manifestement passé à côté de cette loi du bon goût, à plusieurs miles.

Son lit fait, elle se précipita dans la salle de bains et, après trois minutes à laisser couler l'eau qui s'évertuait à rester froide, se rappela que, décidément, cette maison avait besoin de travaux.

L'eau chaude arrivant enfin, elle put se laver, et sentir ses derniers doutes se dissoudre dans le liquide savonneux, puis disparaître dans la bonde avec les souvenirs anxiogènes et fiévreux de ces sept dernières années, dans un bruit angoissant de canalisations en fin de vie. Elle se changea et redescendit se faire à manger. Ce serait un plat de pâtes comme souvent, et c'était réconfortant.

Les gens trouvent parfois le silence assourdissant ; c'était au contraire un son que Charlie chérissait depuis toujours, qui lui avait terriblement manqué ces derniers mois, étranglée par la ville, les autres et, aussi, la plupart du temps, par le brouhaha incessant de son cerveau. C'était tout le temps là, une présence parfois réconfortante, la plupart du temps abrutissante. Elle avait ressassé pendant des mois, tout retourné dans son esprit, tout éprouvé ; si elle avait été un ordinateur, son disque dur aurait fondu. Alors ce silence, elle le remerciait, le savourait du plus profond de son être, la peur de la solitude ne pourrait pas s'interposer, il y avait ici trop de beauté à observer et de sérénité à recevoir. Elle comprenait ces êtres qui partent en pleine mer pendant des mois, seuls, face aux éléments, avec leurs pensées, ceux qui gravissent les montagnes jusqu'à manquer d'oxygène. L'unique obstacle qui l'empêchait de les imiter devait être la peur, le mal de mer aussi. On appelle ça les trompe-la-mort mais serait-ce une manière d'accepter cette perspective justement, de la domestiquer ? Elle en avait connu quelques-uns qui prenaient des risques aussi grands et sans la moindre philosophie pour quelques kilos de résine.

Charlie voulut faire un feu, pensa à tous ces gens retrouvés morts au petit matin à cause d'une fuite de monoxyde de carbone, procéda à une analyse approximative du conduit de cheminée, puis renonça.

Après avoir gobé ses pâtes, elle prit sa tisane, quelques biscuits égarés dans son sac, puis s'étendit sur le canapé, pelotonnée dans une couverture élimée aux coloris douteux. Quand elle accepta enfin qu'elle allait mourir de froid, et après un rapide calcul de probabilités, Charlie se décida à apprivoiser ce foyer, au péril de sa vie donc…

C'était moins évident qu'elle ne l'avait imaginé, elle dut s'y prendre à plusieurs fois. Sa détermination était sans égale, et ce, quel que soit le sujet de son obsession. Elle avait raison de venir s'isoler ici, de le quitter, de changer de commissariat, et de s'entêter à faire une belle flambée.

Tout ici était saisissant de beauté, propice à la contemplation et au calme intérieur, ça lui sauta aux yeux dès qu'elle passa sa tête à la fenêtre au petit matin. Il lui sembla que si elle n'y parvenait pas ici, elle n'y arriverait jamais nulle part. C'était hélas une possibilité. Elle sortit, emballée dans une doudoune, un bonnet, une écharpe, un pantalon de ski. La neige avait cessé de tomber, laissant la place à un souffle de vent apaisant, au soleil rayonnant, à la vue sublime sur l'autre versant, et à ce petit hameau de quelques chalets d'alpage, la plupart en ruine. Seuls deux autres tenaient encore complètement debout et étaient habités : le premier, tout près du sien, sur le côté, semblait en fin de travaux, et l'autre était situé derrière, un vieux monsieur venait parfois y séjourner avec son chien. Un Breton, ils avaient échangé quelques mots l'année précédente.

Ce matin il n'y avait qu'elle, la nature, le soleil, le blanc manteau qui scintillait fièrement, et à quelques centaines de mètres, le village. Il faudrait y aller, acheter des provisions, descendre peut-être jusqu'au commissariat à Briançon, se présenter, même si elle ne commençait que le lendemain. Et, tôt ou tard écouter ses messages, voire y répondre. Pour l'instant, ce qu'elle voulait, c'était une randonnée en raquettes dans la neige fraîche. Elle se confectionna un petit sac à dos de survie, en cas de problème, et l'expérience lui avait prouvé que, oui… cela arrivait. Tout en le remplissant de quelques médicaments, sparadraps, désinfectant, bombe de froid, cortisone, seringue d'adrénaline, couteau suisse aiguisé, et autres accessoires indispensables à sa décontraction, elle eut une pensée pour ces gens qui n'y pensaient jamais, qui n'imaginaient jamais de potentielles catastrophes leur tomber dessus. Elle avait honte de ses idées quand elle rencontrait quelqu'un de cette trempe, prétendait alors, le plus longtemps possible, ne pas voir en chaque instant la probabilité de drames à la chaîne que n'importe quelle situation pouvait engendrer, jouant le détachement comme elle le pouvait. Mais c'était un fait, elle ignorait ce qu'était l'insouciance. Et l'enfance ne lui avait pas donné le loisir de le découvrir. L'effet domino l'angoissait atrocement. Elle pouvait tirer dans sa tête des fils de supputation longs de plusieurs mètres, à partir d'une simple situation qui lui semblait à risque, et ça arrivait souvent. Quand la psy lui avait conseillé de chercher dans son passé un événement qui expliquât pourquoi elle pensait toujours au pire, la stérilité de ces rendez-vous lui avait sauté aux yeux. Charlie était intimement convaincue que ce ne serait pas en trouvant une hypothétique source de ses peurs qu'elle arrêterait de penser que tout pouvait basculer à chaque seconde. Cette prudence lui épargnerait à n'en pas douter de se faire dessouder par un malade qu'elle espérait faire enfermer. Seule, au moins, elle avait le droit de penser au chaos en paix, sans être jugée si ce n'est par elle-même. Elle prit ses raquettes, ses bâtons, et entreprit de crapahuter sur le petit sentier, méconnaissable sous la neige, qui serpentait avec assiduité et élégance au-dessus du hameau. À mi-parcours, elle prit enfin son portable, puis composa le numéro de Victor, tout en poursuivant sa marche.

« Oui, excuse-moi, j'étais occupée hier soir, j'espère que ça va… J'ai enlevé mes affaires et j'ai appelé le propriétaire pour dire que tu gardais l'appart, voilà, dis-moi si j'ai oublié quelque chose. J'ai mis ton nom aussi pour les abonnements, Internet et le reste… Ah, et ta mère m'a laissé un message, je ne sais pas si elle est au courant, donc je n'ai pas rappelé… euh… bisous… »

Elle n'était pas triste : elle plaçait la liberté au-dessus de tout. C'était comme ça depuis toujours, il n'y avait rien à faire, elle ne savait pas si c'était une tare ou une chance. C'était comme ça. Et pendant qu'elle avançait dans la neige, elle eut soudain la ferme conviction qu'elle ne changerait jamais. Passé trente-cinq ans, certaines choses sont déjà figées, quoi qu'on puisse imaginer pour mieux dormir. Et elle avait toujours refusé qu'on lui raconte des histoires, y compris quand elle était enfant. Peut-être qu'ici Charlie serait enfin à l'abri, d'elle-même surtout, des mauvaises décisions aussi. Elle l'espérait.

2

Aller au commissariat en raquettes était une expérience extraordinaire. Il fallait prendre la voiture pour la seconde partie du trajet, mais tout de même… Être un capitaine trappeur… ça ressemblait à l'aventure dont elle avait toujours rêvé. Arrivée en bas du chemin, elle ôta ses raquettes et découvrit sa voiture, du moins ce qu'on pouvait en apercevoir, puis fila dans le hangar où étaient garées les dameuses, cherchant Léon du regard. Une dame se tenait là, de dos, affairée à une quelconque activité manuelle. Son visage rond, parsemé de quelques boucles châtain et empreint de sérénité, se tourna vers Charlie avec force et conviction.

— Bonjour, excusez-moi, Léon n'est pas là par hasard ? demanda Charlie.

— Non. Vous avez besoin de quelque chose ?

— Il me faudrait une pelle, je crois…

— Pour la voiture, là ?

Sans même attendre la moindre réponse, la femme sortit un grand balai qu'elle tendit à Charlie, le visage dépourvu de la moindre expression.

— … Ah, ben merci… Super, je vous le rapporte.

La dame était déjà repartie dans le hangar, manifestement pas impatiente de découvrir la beauté du geste.

C'était un travail de titan, la neige pesait une tonne. Si elle arrivait en retard le premier jour, ça allait être compliqué de rebondir sans passer pour la Parisienne pas fichue de déneiger sa caisse. Elle s'acharna jusqu'à dégager enfin le véhicule, et, après quelques bruissements aigus, partit en trombe en essayant de ne pas dégringoler dans le ravin, semant des pavés de glace sur la route tragiquement verglacée.

Merde, le balai… Oublié sur le parking, déjà une copine de moins dans le village et, vu le nombre d'habitants, ça irait vite.

Charlie poussa la porte du commissariat, sans penser grand-chose de la façade, si ce n'est qu'elle lui semblait moins morne que celle de ses anciens bureaux, salua de la tête le policier à l'accueil, se fit accoster par les membres de l'équipe, une quarantaine de personnes, hommes et femmes de tous âges, manifestement impatients d'apercevoir quelle résidente francilienne on avait parachutée là. Puis découvrit son bureau, et son nouveau supérieur. L'homme d'une soixantaine d'années se tenait accoudé à une étagère garnie avec anarchie, du point de vue de Charlie, et s'adressa à elle d'une voix tonitruante, tout en propulsant sa main avec vigueur vers la capitaine de police.

— André, se présenta-t-il. Nous sommes ravis de vous accueillir. Je suis admiratif de votre parcours, j'espère que vous vous sentirez bien ici, et que vous aimez la montagne. Figurez-vous qu'on est le commissariat le plus haut de France !

— Ah, génial, je l'ignorais, merci…

Argument singulier s'il en est.

Charlie avait ses principes. Elle veillait à ne pas mettre les gens dans des cases avant une analyse fine et détaillée. C'est pour cette raison uniquement qu'elle mit un point d'honneur à ne pas remarquer que le partenaire dont André souhaitait l'affubler paraissait d'une mollesse rare, et elle se prit à espérer que sous cette allure sans entrain se cachait un redoutable enquêteur. C'est quand son nouvel acolyte la salua d'une main moite, fuyante, et sans doute si peu pourvue de muscles, qu'elle se mit à douter du principe même consistant à ne pas se fier au premier regard. Le bureau de ce Marc ne l'aida pas à revoir sa copie : il y en avait partout. Ce n'était pas le bordel en lui-même qui l'inquiétait, le foutoir, c'était familier pour elle, non, mais bien le *type* de bordel. Ce que cela racontait. Certes, c'était une rareté d'être un modèle d'équilibre en étant flic, d'ailleurs ceux qui prétendaient l'être étaient de loin les plus inquiétants. Mais ce bureau était un amas angoissant, de vies privée et professionnelle mêlées, de devoirs d'enfant, sûrement les siens, mélangés à des dossiers, des photos, des procès-verbaux, avec au milieu des sucreries en tout genre, du tabac à rouler répandu partout entre les feuilles. Charlie en avait vu, des choses terribles dans sa vie, mais ça… C'était une boucherie. Elle eut du mal à relâcher son attention de l'agrafeuse sur laquelle trônaient des boulettes blanches collées, elle pria secrètement pour que ce soit de la Patafix ou autre chose, tout sauf de vieux chewing-gums mâchés abandonnés à la vue de tous. Une sorte de collection digne d'un maniaque. Son curriculum vitae lui disait qu'il y en avait partout.

L'idée d'occuper le bureau d'en face, avec la vue sur ce capharnaüm, lui embrouillait le cerveau d'avance, et elle se demanda si le télétravail ne devrait pas s'imposer dans quelques cas. Peut-être même pourrait-elle l'exiger en joignant des photos à sa demande ? Était-il écolo ? Les boulettes de chewing-gum, une fois déposées sur l'agrafeuse, avaient-elles une seconde vie et devenaient-elles de la Patafix ? Déjà beaucoup trop de questions sur ce garçon à la main molle, et au regard plus calme qu'un pré suisse à l'heure de la sieste.

Charlie accepta malgré tout de déjeuner avec ses nouveaux collègues, espérant qu'on ne lui poserait pas trop de questions. Elle se fichait, de manière générale, de savoir qui venait d'où, par quel détour, considérant qu'on se rêve tous très originaux, mais que tout le monde suit souvent les mêmes trajectoires au bout du compte. Elle voulait entrer dans le vif du sujet, travailler, avancer. Elle se doutait que les enquêtes seraient moins palpitantes que celles qu'elle avait connues, mais elle aspirait à prendre moins de risques. L'affaire effroyable avec laquelle elle avait fait corps sans retenue, une petite fille assassinée, lui avait laissé un goût d'échec teinté d'amertume, et des pensées plus noires qu'à l'accoutumée. Charlie avait dû accepter de laisser le cadavre de l'enfant sans réponse, contrainte et forcée. Elle redoutait que l'enquête ne soit jamais résolue et priait pour que ce nouveau territoire la sauve du fantôme de la gamine.

Charlie, dès ses premières affaires criminelles, avait été considérée comme un prodige dans son genre. On lui avait aussitôt confié des enquêtes plus retorses qu'un Rubik's Cube à faire dans le noir, avec des gants en caoutchouc savonneux. Et elle résolvait ses affaires de la même manière, couche par couche, par un travail de fond inébranlable. Alors cet échec, c'était une douleur lancinante qui recouvrait ses yeux, son cerveau et ses tripes d'un voile sombre. Ce n'était pas simplement son ego, un doute plus profond que ça, une douleur aux racines puissantes. Mais elle avait perdu le droit de se plonger dans cette histoire, sauf dans son sommeil, là où personne ne pouvait mettre les pieds. Ses nuits, désormais chaotiques, ne suffiraient hélas pas à la mettre sur la bonne voie, pourtant elle savait qu'il y en avait une, forcément. C'était pour cela qu'elle avait atterri sur ces terres glacées. Presque d'un commun accord avec sa hiérarchie, si l'on peut dire. Il fallait qu'elle change de vie. Alors, quand sa patronne et mentor de l'époque avait fait le tour des postes à pourvoir, dont celui-là, la jeune capitaine s'était rappelé ses vacances sur les sommets, à une bonne demi-heure de Briançon, et, malgré sa frustration, y avait vu une opportunité, un espoir de faire table presque rase. Charlie eut tout à coup envie de savoir à qui ils avaient donné ce « dossier » mais savait que ce renseignement-là pouvait suffire à la faire replonger. Avec ne serait-ce qu'une bribe, elle pourrait repartir dans l'enquête à un rythme effréné, et qui sait jusqu'où elle irait cette fois-ci. Elle avait frôlé le non-retour, payé son entêtement très cher, et là, dans cette nouvelle vie, elle espérait qu'un bourdonnement nouveau s'installerait dans sa tête, très vite, avec des idées neuves, et un autre os à ronger, robuste.

— Charlie, ça vous convient, le menu du jour ? Nous, on prend toujours ça, comme ça, c'est frais !

— Oui… parfait, André, merci.

Elle se garda de préciser au commissaire enjoué que ce qui lui posait problème, ce n'était pas de prendre le menu du jour, mais de signer pour tous les déjeuners à venir, et aussi, dans une moindre mesure, ce que cela sous-entendait quant à la gestion de la chaîne du froid dans l'établissement. Cette routine du menu du jour, comme toutes les autres, c'était lui demander l'impossible. Elle fit semblant.

Arrivée à la crème caramel, délicieuse, Charlie comprit qu'il lui faudrait désormais espérer se divertir avec des séries, comme tout le monde, plutôt qu'avec son métier. Ce serait un renouveau. Elle aurait le temps de faire à manger, de découvrir la nature, d'accorder un peu de temps à sa vie personnelle pour s'éviter une énième tragique rupture dans les larmes, les cris et finalement la sidération d'avoir tout à recommencer. D'autant que, comme sa mère le lui glissait souvent, avec l'adresse d'un éléphant découvrant le patinage artistique, « à son âge elle n'avait plus beaucoup de temps », déclaration qui, bien que récurrente, continuait à saisir Charlie d'effroi, bien plus que le vent glacial sur les hauteurs.

Elle installa ses quelques rares affaires sur le bureau en face de Marc, prête à en découdre, et sans s'asseoir se laissa conter les différents dossiers qui s'apprêtaient à envahir sa nouvelle vie professionnelle, en priant de toute son âme pour que son partenaire donne un coup de booster à ce débit soporifique à souhait. En vain. Elle s'intéressa de près à un braquage dans une station-service, le type avait embarqué sept cents euros et des brouettes, la caissière avait reconnu sa voix et son véhicule, le suspense était soutenable. Peu de chances que cette enquête la hante cette nuit.

Toujours moins que sa peur du monoxyde de carbone. Aussi, en partant du commissariat, elle s'arrêta à la supérette pour acheter un détecteur, où on lui proposa un modèle complet avec détection de fumée en prime, une aubaine. Elle fit ses courses sans se presser et fut surprise, en arrivant à la caisse, d'avoir réussi, pendant le temps écoulé, à ne pas imaginer l'irruption du moindre braqueur casqué, et à éviter ainsi toutes les questions qui en découleraient : où se cacher, comment faire pour protéger la vendeuse du magasin, y avait-il une sortie dérobée de l'autre côté ? Non. Elle ne l'imagina à aucun moment. Pourtant elle repérait systématiquement les issues de secours potentielles, où qu'elle se trouve, s'orientait de manière à voir qui entrait et sortait. *Idem* au restaurant. Et ça ne datait même pas de sa vie de flic, elle n'avait jamais fonctionné autrement, c'était comme ça aussi qu'elle choisissait son côté de lit quand elle le partageait. Dès qu'elle pénétrait quelque part, elle se représentait mentalement un parcours fléché pour savoir comment s'échapper, en cas de besoin : sans lumière, en rampant, mains ou pieds attachés ou dans n'importe quelle posture que la situation engendrerait. Quand elle passa à la caisse et demanda à la commerçante un porte-clés marmotte en authentiques faux poils, elle se demanda si c'était la fin, le renoncement, ou la vraie vie qui commençait. Un peu comme quand elle avait arrêté de fumer ou, supposait-elle, les jeunes mariés au moment de signer. Ce dernier problème, elle avait su s'en délester toute sa vie durant et là aussi, elle en était persuadée, c'était la voie de la raison : ça lui épargnerait d'être victime d'un crime passionnel – quoiqu'un tel assassinat n'eût de passionnel que l'adjectif, et si on lui avait demandé son avis, elle aurait volontiers appelé cela crime de lâcheté.

Charlie se gara, mit ses courses dans son sac à dos, chaussa ses raquettes et entama l'ascension vers le chalet. Cette journée l'avait secouée par son calme, mais saisie par sa beauté, sa douceur. Même la montée dans la neige, le sac à dos rempli, n'avait rien de pénible, elle se sentait vivante, les sens aiguisés et sa méfiance, moins. C'était agréable, à la fois hors du monde, mais dans la vie. Cette montée terrible avait l'avantage de lui prouver avec force qu'elle n'était pas cardiaque, encore plus efficace qu'un test d'effort chez le plus coriace des assureurs, et ces séances de cardio journalières justifieraient indéniablement les dîners riches en calories qu'elle comptait engloutir.

Il s'était remis à neiger pendant sa remontée, une matière épaisse, collante, encore un vrai désastre pour sa voiture, mais une panacée pour l'exploration. Quelle belle fin de journée – avec ce détecteur de monoxyde dernier cri qu'elle rapportait sous son bras. Elle avait même les piles. Bien décidée à ne pas se servir de la perceuse de trente ans d'âge de Pierre, elle se contenta de poser l'appareil en hauteur sur l'une des poutres poussiéreuses, comme indiqué dans le mode d'emploi. Là, elle pourrait dormir sur ses deux oreilles. En ce moment sa matière grise se reposait, à défaut de ses jambes, et il lui semblait que ses problèmes de sommeil tendaient à s'arranger. Quand la nuit approchait, une fois qu'elle avait accepté, au fond de son lit, d'être totalement seule, avec une porte qui fermait mal, perchée dans la montagne à deux mille mètres d'altitude, elle parvenait à s'endormir. Charlie avait de toute façon repéré la route pour l'hôpital en cas de besoin, en minutant le trajet, acheté ce qu'il fallait pour des urgences de blessures, d'allergies ou autre, elle était parée à un grand ensemble d'éventualités. Pas toutes, évidemment, et ça l'atterrait, mais une grande partie, de l'ordre de quatre-vingts pour cent, un beau ratio. Elle gardait l'habitude de fouiller la maison à son retour, quand elle s'était absentée, pour être sûre que la zone était « claire », mais ça n'avait pas d'importance, ici, elle était à l'abri du jugement.

Cette maison était un gruyère, la déperdition de chaleur y était maximale, et les verrous des portes avaient l'utilité d'un trompe-l'œil. Un technicien spécialisé dans l'économie d'énergie se serait sûrement pendu au milieu du salon, en plein courant d'air. Assise devant la télé éteinte, tandis qu'elle imaginait le corps suspendu du pauvre homme tanguer dramatiquement avec un léger grincement dans le séjour, un bruit de ponceuse lui révéla qu'elle était moins seule que ce qu'elle supputait. Elle chaussa ses après-ski en vitesse, enfila sa doudoune et sortit. Le chalet juste à côté était allumé. Elle s'approcha discrètement – avec cette neige, c'était facile –, le pas lourd, gobant malgré elle les flocons qui s'accumulaient sur son visage. Même pour vingt mètres, elle regrettait de ne pas s'être mieux équipée. De là à faire machine arrière, c'était bien trop demander à son petit caractère aheurté. Elle y voyait à peine, elle essaya de se rappeler si elle avait repéré des trous sur le chemin, ou quelque obstacle susceptible de la faire tomber puis rouler sur plusieurs mètres en contrebas. Elle imaginait déjà l'instant d'après, une fois la chute achevée, la douleur et l'effroi d'une jambe brisée, d'un poignet cassé, la consternation devant une fracture ouverte sanguinolente.

Quand on n'y voyait rien, il restait l'ouïe, l'odorat, le toucher, mais, à part le vent, elle n'entendait pas grand-chose, son nez congelé ne lui serait d'aucun secours et ses doigts gourds ne pouvaient plus se plier. Concentrée sur ses pas lents et instables, elle marchait courbée, le plus près du sol possible pour affronter les bourrasques. On lui toucha l'épaule, ce qui lui fit adopter la réaction appropriée : elle hurla.

— Bonsoir, je vous ai fait peur ?

— Non… Enfin, j'ai été surprise.

— Oui, c'est pareil !

— C'est vrai…

— Je suis votre voisin, Denis. Enchanté ! Je fais des travaux dans mon chalet, vous voulez visiter ?

— C'est gentil, j'ai un peu froid, plus tard… avec plaisir, je voulais juste vous saluer, bonsoir…

Elle espérait que ce Denis ne lui demanderait jamais son métier. Une capitaine de police avec dix ans d'expérience, qui hurlait quand on osait lui dire bonjour, ça serait difficile à justifier. Elle pourrait tenter de mettre ça sur le compte d'une acuité hors du commun, raconter qu'elle était sur les traces du mystérieux yéti et que, croyant l'avoir trouvé, elle s'était fait happer par l'émotion de sa découverte. Elle s'inventerait un autre métier, n'importe quoi mais pas flic – elle s'était souvent demandé si son instabilité psychique se serait apaisée si elle avait été institutrice, commerçante ou bergère. L'immensité du paysage commençait à lui imposer trop de questions, et comme souvent pas les bonnes. Elle accepta que sa peur d'être isolée, perdue dans cette montagne intimidante, était infondée.

En revanche, en verrouillant son logis, elle regretta que cette porte n'ait pas une allure plus imposante, pour dissuader tout éventuel intrus. Une serrure trois points, avec un seau d'huile bouillante qui tomberait sur la tête du premier énergumène venu, ainsi qu'un piège à loups à peine dissimulé par le vieux tapis élimé de l'entrée. Quelque chose d'à la fois rassurant pour le locataire et inquiétant pour le voleur du coin, quoiqu'il fallût être doté d'un goût tragique pour venir cambrioler ici, vu le mobilier et les choix de matières. Quant aux coloris des tissus, son cerveau lui-même lui intimait de les ignorer. Elle se mit à culpabiliser quand elle imagina le pied de ce pauvre Denis coincé dans ce traquenard. Il avait une bonne tête, avec ses cheveux qui lui tombaient dans les yeux, sa barbiche emmêlée, ses yeux azur qui semblaient chercher à mesurer, à tout moment, la moindre surface présente autour de lui. Il s'était montré accueillant, le taux de criminalité était résolument plus bas ici qu'en l'Île-de-France, et on n'avait encore jamais vu un tueur en série commettre ses crimes avec une ponceuse, même de qualité professionnelle.

Charlie regrettait maintenant de ne pas avoir visité le chalet, il avait l'air beau de l'extérieur, qui sait, après le porte-clés marmotte, tout était envisageable, peut-être se lancerait-elle dans la décoration du sien, auquel cas un collègue ne serait pas de trop, vu ses connaissances dans le domaine. Elle se demanda si c'était une activité conciliable avec la violence de son métier – peut-être, à condition que cela reste secret. Elle était bercée maintenant par le bruit des travaux, avec la neige, le vent, c'était un bruit lointain, mais une présence tout de même, elle fut presque déçue quand il redescendit avec sa motoneige. Elle entreprit de se préparer un beau dîner avec du poulet fermier, des pommes de terre et des carottes, sans oublier de rôtir le tout, avec un verre de vin un peu corsé, qui lui fit voir instantanément la vie du bon côté. Jusqu'à ce qu'elle aperçoive plusieurs rangées de lumières se déplacer lentement dans la montagne. Ce n'était pas l'effet de ce vin capiteux, mais le ballet des dameuses aux chenilles puissantes qui commençait. Elle s'approcha de la fenêtre, hypnotisée par les déplacements presque hiératiques des machines, domptant fièrement les montagnes et leur calme apparent, transitoire surtout. Les pistes étaient tout près du havre de Charlie, c'était majestueux. Le nez toujours à la fenêtre, elle laissa son cerveau voguer jusqu'à ce week-end ardent, sur l'île où ils s'étaient aimés, où le pacte entre eux s'était scellé insidieusement malgré le danger qu'il représentait. Elle avait passé une partie de ses nuits à observer les signaux lumineux du phare, tout en épiant le va-et-vient de sa respiration, l'envie chevillée au corps de le réveiller et de recommencer. C'était finalement lui qui l'avait fait la première nuit, quand elle avait enfin lâché prise. Ils auraient voulu tous les deux que ça dure toujours.

Ce soir, devant son hublot enneigé, elle ne voyait pas de signaux d'un quelconque phare danser sous ses yeux, et ses pensées cessèrent tout à coup d'accourir vers son ancien amour sans qu'elle ait pu finir de déglutir. Elle avait entendu un bruit, un vrai, quelque chose d'anormal dans le silence du hameau. Elle se rhabilla, prit son flingue, son chargeur, sa lampe torche, dévala l'escalier et sortit sur la terrasse devant son chalet en faisant des cercles avec son faisceau plus puissant que celui d'un cargo. Elle observa la neige, le gouffre devant elle. Elle était persuadée qu'il s'agissait d'un cri étouffé, comme quelqu'un surpris par la douleur et désireux de rester anonyme. Un animal ? Pourquoi se ferait-il discret ?

Charlie n'en avait rien dit à la psy, mais elle avait déserté aussi pour ça. Depuis l'enquête de la petite Louise, elle s'était surprise à entendre mieux que d'habitude. Elle n'ignorait pas que ses pensées, qui tournoyaient sans cesse autour de l'affaire, l'attiraient dangereusement vers toutes sortes d'hallucinations, auditives entre autres.

Elle devait balayer la zone entière. Elle descendit en se cramponnant à la rambarde en bois tremblotante, et, arrivée au pied des marches, se résigna avec un pincement à ranger son arme dans son blouson, puis avança vers le chalet du bricoleur. S'il lui fallait se battre dans cette hauteur de neige, elle risquait de se faire refroidir pour de bon. Qu'est-ce qu'elle était venue fabriquer ici ? Elle avait l'habitude de tout remettre en question en permanence, mais elle se mit à haïr son cerveau de lui faire ce coup-là maintenant ; s'il fallait annuler cette nouvelle vie demain matin, ça allait être cataclysmique, au mieux. Charlie s'en savait capable. Elle continua son tour avec sa lampe, s'attendant à ce qu'une personne lui tombe dessus d'une manière ou d'une autre, elle n'avait pas de préférence mais jugerait toujours plus durement un adversaire qui l'attaquerait dans le dos, question de principe. Depuis quelques mois elle avait développé un symptôme supplémentaire qui avait mis la psy sur la voie d'un pseudo-burn-out : elle faisait défiler dans sa tête, dès que le calme y pénétrait – donc pas souvent –, tous les gars qu'elle avait fait incarcérer. Persuadée qu'elle était une cible. Au fond, Charlie s'observait comme une paranoïaque en début de carrière. « La paranoïa est une psychose caractérisée par un délire systématisé, sans affaiblissement des capacités intellectuelles. » Cette fin de description lui avait apporté un profond soulagement lorsqu'elle avait erré sur le site Doctissimo, à la recherche de certitudes. Mais ce soir elle était convaincue qu'un cri avait survolé les abords de son chalet, devait-elle se méfier d'elle-même, de ses sens ? Il le fallait, plus que de quiconque, plus que des assassins qu'elle avait harcelés et rendus à la justice, étouffant son envie de les enterrer vivants. Elle devait rester sur ses gardes, ignorer son esprit qui lui jouait des tours depuis cette affaire tordue. Elle cessa sa fouille, remonta vers son chalet, ferma vivement la porte du sas derrière elle malgré sa lourdeur, puis s'y adossa en inspirant enfin, soulagée. Elle se rappela l'existence de la clochette ancienne posée avec nonchalance sur le buffet de la cuisine, et se mit à vider la caisse à outils, puis le débarras entier derrière la chaudière, à la recherche d'une corde. Un vieux fil à linge en métal lui procura un sentiment de plaisir furtif. Elle sortit de la cave, accrocha le fil à la cloche et se lança dans l'installation sans douter. Elle testa son piège. Une réussite, la clochette se mettait à tinter, stridulante, dès que la poignée s'inclinait. La jubilation de Charlie s'éteignit à la vue de la seconde porte, côté sud, qui donnait sur la terrasse. Vaincue, elle monta se coucher, vit encore les dameuses au loin – les chenilles devaient tout simplement crisser sur le verglas, voilà ce qui avait gâché sa soirée. Elle s'étendit dans le lit après avoir allumé la lumière du couloir, et pour se sauver, repartit sur l'île avec lui, cernée par les bruits de la mer se faisant remarquer jusque sous leur fenêtre.

3

La voix qui se confondait en questionnements sur la messagerie de Charlie était mal assurée. Les mots surgissaient comme le pop-corn d'une machine mal réglée, et le flot de paroles se laissait subitement aspirer par un gouffre de silence inquiétant. Charlie dut se rendre à l'évidence : il fallait qu'elle rappelle son ex-future belle-mère.

Elle s'installa au soleil, face à la vue féerique, épousseta la neige accumulée sur le banc et attendit avec appréhension que son interlocutrice décroche de l'autre côté. Charlie l'imagina, cette femme dans la force de l'âge, avec ses sourcils au tracé parfait, obligeante et complexe, assise devant son petit secrétaire, sur lequel elle avait dû corriger tant de copies, le dos bien droit, à l'autre bout du fil imaginaire. Elles se témoignaient un respect mutuel, c'était déjà pas mal.

Charlie lui fit un résumé de la situation, elle avait été mutée, ils avaient dû faire une pause… Bien que ce ne se soit pas tout à fait passé dans cet ordre-là… Tant pis, toute justification supplémentaire pourrait les attirer vers des méandres dont elles regretteraient toutes deux l'existence. Sa désormais ex-belle-mère se montra désolée, dépitée aussi, au terme de ce qui parut à Charlie être un véritable interrogatoire, sans avocat.

La jeune femme promit de la rappeler, termina la conversation en la rassurant sur le fait qu'il n'y avait rien d'anormal à ce que Victor n'appelle plus ses parents toutes les semaines, tout en essayant de ne pas la vexer, exercice d'équilibriste. Le contrôle du débit était la clé pour se sortir de là, et Charlie tentait de s'appuyer sur le calme apparent du paysage grandiose en face d'elle.

Cette conversation lui avait semblé gênante, pas à propos, et la plongea dans un questionnement lamentable. Victor était-il déjà avec quelqu'un d'autre ? Et c'était le « déjà » qu'il convenait de mettre en exergue. Quelqu'un qu'il connaissait depuis longtemps ? Une femme avec qui il travaillait, un ancien amour d'adolescence ou une rencontre par l'intermédiaire d'amis – toujours les plus prompts à vous recaser ? Elle avait horreur de se jeter dans ce genre de bassesse. Charlie trouvait ça pathétique, et encore plus alors qu'elle avait planté Victor entre leur emménagement dans un nouvel appartement et quelques jours de vacances. Son ex-belle-mère avait déclenché en elle un tsunami de questions toutes plus consternantes les unes que les autres, dont Charlie sentait qu'elles allaient l'obséder des semaines durant si elle ne trouvait pas un moyen ou un autre de dévier son attention sur quelque chose ou quelqu'un d'autre, mais ça, c'était toujours plus risqué. Faire du ménage peut-être, ou des confitures ? Un puzzle pour se punir encore davantage ? Elle en avait remarqué un de cinq cents pièces, posé négligemment à côté de la cheminée. Un précédent locataire avait dû s'y lancer un jour de neige ininterrompue, sans doute avait-il lui aussi quelque faute à expier. Elle s'en voulait certes atrocement depuis des mois, mais jugea que ça n'était pas encore assez pour s'infliger cinq cents pièces. Et elle pensa tout à coup qu'il était indispensable qu'elle creuse autour de la maison à la recherche d'ossements, celui qui était allé au bout de ce casse-tête avait au minimum commis un meurtre avec préméditation. Le paysage était constitué pour moitié d'un ciel ennuagé, pour le reste de montagnes immaculées… Le créateur de ce jeu lui-même avait assurément enterré vivante sa propre mère.

Vu le suspense des différents dossiers abordés cette semaine, ce n'était pas le travail qui mettrait ses neurones en ébullition. Elle se contenta d'un texto à Victor, pour le tenir au courant du déraillement proche de sa génitrice, et appuya sur le bouton « *on* » de sa bouilloire.

À nouveau la ponceuse, Denis était revenu, elle se pencha, depuis la terrasse, et vit sa motoneige garée devant. Elle se verrait bien conduire cet engin, elle pourrait peut-être lui demander de le lui faire essayer, même si elle haïssait qu'on lui rende service, à cause, bien sûr, du retour espéré par l'autre parti – Charlie savait par exemple qu'il ne fallait sous aucun prétexte demander à quelqu'un de l'aider pour tout déménagement, erreur qui pouvait aboutir à un chapelet de week-ends fichus à porter des canapés-lits mal pliés. Malgré tout, elle devrait sûrement apprendre le pilotage de cette machine si elle comptait vivre ici éternellement. Mais l'éternité était là aussi un concept qui risquait de gâcher son samedi. Elle fut sauvée de ses querelles internes par son téléphone, retourna à l'intérieur, et décrocha avec vigueur, infiniment soulagée qu'on crève les pneus de son petit vélo intérieur.

— Bonjour, c'est Sabine, la femme de Léon, dites, on se demandait si ça pouvait vous intéresser, un chiot ?

— Ah, c'est… Pourquoi pas ? Je vous dirai, merci. Je suis désolée pour le balai…

— Je l'ai récupéré sur le parking, au revoir.

Elle raccrocha sèchement. Ça, au moins, ça allait relancer la machine sur un tout autre sujet. À quel moment cette Sabine, aussi sympathique soit-elle, avait-elle pu se dire qu'elle était du genre à s'encombrer d'un clébard ? Elle était débordée seulement avec elle-même, alors rajouter un chiot à cette vie dissolue…

Charlie raccrocha vivement et se prépara à partir pour une randonnée, avec un équipement sérieux pour se confronter un peu plus aux éléments, vider sa tête, respirer… L'ascension était périlleuse avec toute cette neige, le risque d'avalanche important, elle devait être prudente, et moins entêtée qu'à l'accoutumée. Elle avait fini par trouver le meilleur moyen pour avancer dans sa vie, pour soulager son cerveau embarrassé : la lutte physique. Plus les obstacles étaient grands, plus elle se sentait bien. Elle était servie. Le dénivelé, la neige molle et épaisse, le vent, tout contribuait au dépassement de soi et de toute façon, à ce stade, ne pas se dépasser aboutirait, de manière certaine, à une mort lente et atroce, Charlie en était convaincue. Victor était toujours là, tapi dans un coin, avec discrétion, sans douleur. Elle ne pouvait pas dire s'il lui manquait. L'attente d'une réponse de sa part n'était-elle plus que curiosité ? La neige l'éloignait progressivement…

C'était un homme bien. Elle en avait rencontré suffisamment pour savoir les identifier avec assurance. Mais ça n'avait pas suffi à Charlie, elle s'en voulait désormais d'avoir pris son envol sans lui. Ses pensées lui donnaient la force de crapahuter toujours plus intensément, comme pour tous les laisser derrière, loin des sommets. Ce fut seulement une fois arrivée en haut de la corniche qui surplombait le hameau, et quand elle crut qu'elle s'était tordu une cheville, qu'elle constata, avec amertume, que la solitude comportait largement autant de risques que la vie de couple.

Elle pensa à tous ces films et ces livres où la flic s'éprend de son partenaire, à ses erreurs passées aussi, et se mit à imaginer différents scénarios. Ce bon vieux Marc accourant dans la neige avec l'agilité d'un loup, bravant le froid, les crevasses, les éléments et le doute pour la secourir. Avec toute l'imagination qui était la sienne, elle ne parvint pourtant jamais à faire coïncider le fantasme avec un début de réalisme. Elle repensa au tabac à rouler entre les feuilles, au menu du jour sans joie, à la mollesse de sa poignée de main, à la lenteur de son débit, et envoya un texto à Sabine dès qu'elle eut récupéré du réseau et vérifié que sa cheville était en état de marche.

Dans sa tête un chiot, c'était… un chiot, un bébé chien, comme dans *La Belle et le Clochard*. Quand Sabine ouvrit à Charlie la porte de son logis et appela l'animal, conquérante, Charlie fit d'abord semblant de ne pas entendre le nom qu'on lui avait donné, et comprit dans la foulée que, là aussi, le fantasme et la réalité divergeaient largement. Le bruit du « chiot » qui courait dans le couloir ne lui avait déjà pas envoyé un signal rassurant, mais sa vue fut un choc plus grand encore. En fait, c'était un vrai chien, un grand, un genre de berger allemand mélangé probablement, avec un chat géant, un maine coon, sûrement. Elle pensa à ce qu'elle avait acheté en vitesse à Briançon. Un panier ridicule en fausse fourrure, une petite gamelle avec un os dessiné au fond. Le panier pourrait lui servir d'oreiller. Elle fut gênée d'avoir dans la main un collier qui faisait la moitié du cou de l'énorme chiot et essaya de le cacher pour éviter ce moment gênant où elles comprendraient toutes les deux, enfin sur la même longueur d'onde, qu'il y avait un malaise.

Elle se tut donc, récupéra le sac de croquettes dans les mains de Sabine, le regard fuyant, salua rapidement Léon occupé à réparer une paire de vieux skis pointus, et se concentra sur la neutralité de la réaction qu'elle affichait quand Sabine lui demanda si ça lui convenait qu'ils l'aient appelé « Gérard, comme ça, en plus, ça peut faire Gégé ». C'est ainsi qu'elle claqua leur porte et repartit avec son chien. Elle le fit entrer dans la voiture comme elle le put, espérant que la bête ne la mordrait pas, poussant le panier moumoute ridicule et mettant les croquettes dans le coffre. Elle démarra le moteur, soucieuse, Gérard la fixait dans le rétro, assis fièrement avec une certaine assurance dans le regard – ou peut-être était-ce du défi. Quand il commença à envisager de bouffer l'appuie-tête, Charlie comprit, douloureusement, qu'elle avait encore pris une mauvaise décision. À quel moment s'était glissée une telle incompréhension avec ces gens ? Tout ça parce qu'elle craignait que son ex soit recasé. Elle sentait qu'elle touchait le fond, et la présence de la pauvre bête lui rappellerait longtemps la dégringolade de sa vie tout entière, ballottée par les vents de l'échec, de la peur et de la culpabilité. Il lui restait l'abandon, ni plus ni moins. C'était navrant et abject, mais ça lui traversa l'esprit. Elle prit le temps d'imaginer la scène, le chien attaché à un poteau au bord d'une route, la mine dévastée… Mais, vu la laisse qu'elle avait choisie, elle ne doutait pas qu'il se détacherait dans la minute. Sans compter qu'il n'était pas spécialement beau. Elle n'était pas certaine que, même en affublant la pauvre bête d'un nœud papillon, quelqu'un s'arrête et la récupère. C'était quoi, l'espérance de vie moyenne d'un chien ? La honte la saisit devant ce questionnement. Elle avait une faculté à s'équiper de toutes sortes de fardeaux qui la surprenait encore. Au moins, cette fois, elle avait changé d'espèce. La psy aurait été satisfaite.

La seule chose qui finit par lui remonter le moral, c'est qu'un chien resterait toujours moins contraignant qu'un môme. Elle ne se retrouverait pas à se battre pour des histoires de garde, tenaillée par le besoin de respirer le même air que cet enfant, vivant dans l'angoisse absolue de tout ce qui pourrait lui arriver de dramatique, allant des plus atroces rencontres à l'accident de voiture, en passant par la chute du trampoline, aboutissant à un épouvantable trauma crânien. Tout ce que ce mystérieux animal pourrait susciter en elle, ce serait, au mieux, un début d'empathie. Non, il fallait se réjouir, ça aurait pu être bien pire. Sans compter que le chien ne ferait jamais de trampoline ni de foot le week-end, en tout cas pas en club, et qu'il y avait moins de tueurs de chiens que de femmes ou de gamins. Charlie se demandait juste si elle allait supporter longtemps d'avoir un témoin de ses moindres faits et gestes en permanence, heureusement, *a priori* il n'avait pas d'avis, quoiqu'en le regardant au fond des yeux, elle en fût tout à coup moins certaine.

Sabine et Léon habitaient dans la vallée après le village, c'était beau, très beau, mais d'un abord sinueux. Le désespoir du chien semblait tel qu'elle crut qu'il allait vomir. Elle lui ouvrit la fenêtre malgré le froid qui sévissait, et pensa qu'il lui demandait déjà trop d'adaptation, elle était mal entraînée et craignait le claquage. Son nouveau colocataire vomit ses croquettes à l'avant-dernier virage. Charlie sentit alors le poids de ses erreurs passées, présentes et peut-être même futures l'attirer par le fond dans l'odeur chaude et mouillée des croquettes au saumon, de loin les pires du marché.

L'ascension jusqu'au chalet fut difficile, le chien manqua de lui arracher les mains en tirant sur sa laisse trop courte, elle finit par le lâcher, espérant secrètement qu'il fuguerait, rentrerait chez Sabine ou n'importe où ailleurs. Au lieu de ça, il lui en fut si reconnaissant qu'il lui sauta dessus, manquant de la faire tomber, et courut partout comme un damné. Elle eut envie de rire, mais sentant qu'il l'observait, ne voulut pas lui faire ce plaisir alors qu'il avait manqué de déchirer sa doudoune. Ils arrivèrent au chalet, le curieux animal fit le tour du rez-de-chaussée et parut dépité, au moins autant qu'elle, de ne pas pouvoir monter à l'étage à cause de cet escalier pentu.

Charlie lui fit une gamelle de croquettes pour « chiot » et mangea ses pâtes pas si loin d'être *al dente*. Ce chien la regardait tout de même beaucoup. Elle trouvait qu'il la dévisageait avec insistance et se demanda ce que ça signifiait, et s'il y avait une chance infime qu'elle finisse comme ces gens seuls qui parlent à leurs animaux, les invectivant comme s'ils allaient répondre. Ça lui rappelait une affaire : une femme était tombée chez elle, fracture ouverte, et ses deux clébards lui avait bouffé le bras. Là encore, c'était rare, mais cela arrivait. Décidément sa vie était sur une pente glissante. Pas autant que lorsqu'elle enquêtait sur le meurtre de Louise, son âme entière tournée vers la douleur de cette famille qu'elle avait presque faite sienne, mais oui ça glissait. Peut-être après tout que cette femme battait ses chiens et qu'ils s'étaient vengés ? Elle alluma la télé pour faire cesser la rumeur cacophonique dans sa tête. Un documentaire sur la vie animale dans les champs l'apaisa un instant, jusqu'à ce qu'un plan sur un campagnol terré dans sa cachette se télescope assez curieusement avec son amour secret. Après quelques minutes de lutte, elle revit les images de toute leur histoire brisée défiler sous ses yeux impuissants, et sentit son corps désarmé s'ouvrir en deux, tomber dans un gouffre sans échelle, plus noir que les abysses. Elle se doutait qu'elle se servait de cette passion tragique pour rester à l'abri lâchement, dans une fosse de douleur où personne ne viendrait la chercher. Mais, au fond d'elle, elle se demandait comment on pouvait être heureux dans ce monde où tout heurtait si on était à peine attentif. Comment ne pas ressentir les peines de tous grandir et gonfler jusqu'à ensevelir la

Voie lactée ? Elle arrivait à être heureuse quelques instants, parfois une journée complète, s'attendant à la retombée violente bien sûr, mais comment contourner cette mélancolie qu'elle avait faite sienne depuis l'enfance ? Elle entendait l'univers entier lui hurler son malheur. Aurait-elle pu se consoler des douleurs de ce monde si elle avait trouvé l'assassin de Louise ? Pourquoi est-ce que ça lui importait tant ? Son existence, celles des autres aussi, lui paraissait vaine, fallait-il juste survivre, tenter d'être heureux – pour quelques rares privilégiés, en faisant semblant de ne pas voir la misère –, ou accepter l'absurdité de l'existence ?

Elle sursauta, se retourna vivement vers l'entrée, Denis était en train de toquer à sa vitre, une bière à la main, mettant fin aux interrogations éreintantes de Charlie. Elle avança pour lui ouvrir, faisant mine de trouver ça charmant, qu'il puisse la voir de l'extérieur. Vu le nombre de voisins et d'êtres humains dans le coin, il fallait mettre de l'eau dans son vin – et pourtant à choisir elle préférerait du vin. Les gens envahissants, c'était sa terreur, elle essayait de les repérer au premier coup d'œil, pour être sûre de ne jamais se retrouver coincée. Ça allait du voisin avenant à la commerçante curieuse, en passant par ce qui se fait de pire en ce monde : un témoin dans une affaire, qui sent enfin sa vie décoller et vous impose sa vision, le long exposé de ses hypothèses, son emploi du temps et ce qu'il a ressenti dans les moindres détails jusqu'à vous donner envie de l'étrangler. Fort heureusement elle n'était jamais passée à l'acte, mais plus d'un avait frôlé le trépas sans le savoir. Le monde avait ses pénibles, et Charlie était plutôt moins bien lotie que d'autres pour les supporter. Alors qu'elle détaillait en quelques secondes le faciès décidé de Denis, dont sa barbichette frisottée parsemée de copeaux de bois tout en posant la main sur la clenche pour le laisser entrer, elle sentit qu'il avait appuyé en premier, et que la porte était déjà en train de céder sous sa puissante main de travailleur, déclenchant le tintement presque poétique de la clochette. Tout de suite, elle sut dans quelle catégorie il allait atterrir.

— Ça vous dit un apéro ? Je fais une pause.

Elle savait qu'elle ne pourrait pas toujours se défiler.

— OK, j'arrive dans quelques minutes alors.

Elle referma avec empressement le battant, dans l'espoir qu'il comprenne que c'était *sa* porte. Après avoir attisé son feu menacé d'extinction, elle s'emmitoufla et se pointa devant la maison de Denis, un paquet de chips minable en main.

— Tenez, une bière, j'ai que ça.

— Merci.

— Il s'appelle comment ?

Évidemment, « son chiot » l'avait suivie. Elle n'aimait pas les gens indiscrets, mais qu'en serait-il de ce canidé particulièrement dépendant ? Au moins, si c'était cette bête qu'elle finissait par étrangler, elle passerait moins de temps incarcérée.

— Ah, euh… Il n'a pas de nom… Pour l'instant.

Denis lui fit visiter son adorable chalet, cet homme avait du goût et un réel savoir-faire, les bois utilisés étaient denses, colorés, magnifiquement polis par le temps. Il lui expliqua que dans quelques mois il le mettrait sûrement en location de vacances, elle félicita Denis, le remercia pour la bière qu'elle s'était dépêchée de siffler pendant la visite et, en appelant le chien « le chien », rentra hâtivement vers son logis, infiniment soulagée qu'il ne lui ait pas proposé de dîner ; ça aurait été la goutte d'eau. Elle avait su gérer la situation. Peut-être avait-il compris, sans être vexé pour autant, qu'elle appréciait sa tranquillité. Elle se félicita intérieurement pour sa fermeté teintée de diplomatie. Mais c'est au moment où elle passa sa porte qu'il beugla fièrement à son intention, de son palier :

— Du coup vous me devez un apéro !

Les cartes étaient rebattues. Elle ne put répondre avec des mots, ils resteraient coincés longtemps dans le fond de sa gorge, alors elle fit un geste, un pouce en l'air, incapable de mieux. La main sur la clenche, elle avait su tout de suite ce que ça signifiait : Denis était un authentique casse-couilles des montagnes comme il en existe sur tout type de terrain. Un cercle vicieux naissait sous les yeux impuissants de Charlie : une bière, et elle venait d'en prendre pour dix ans, à se retrouver, un soir prochain, sans avoir rien demandé, à partager un minable cassoulet en boîte avec de fausses saucisses en parlant politique. C'est arrivé à plein de gens, pas assez vigilants. Imaginer le voisin, sur son canapé mollasson, à siroter sa bouteille entre deux cacahuètes et des pistaches trop ou pas assez salées, car il n'existe pas de juste milieu en la matière, lui donnait envie de se défenestrer. Pas nécessairement pour mourir, mais au minimum pour fuir sans possible retour en arrière.

Charlie ferma la porte à double tour, se demanda même si le verrou ne tournait pas dans le vide tant la mécanique s'enclencha prestement. Elle se promit d'annoncer bientôt à Denis qu'elle avait une phobie de l'apéro, elle était sûre que ça existait d'un point de vue médical, et en ce qui la concernait, c'était une réalité : elle avait horreur de recevoir des gens, elle avait honte par anticipation, peur que cela ne se passe pas bien, que ses invités regrettent d'être là, qu'ils n'aiment pas le menu, le choix de la musique, la déco, les autres convives… Alors elle ne prenait pas de risques, elle ne recevait personne. Elle se doutait que ça devait venir d'un vieux trauma mal digéré mais elle se fichait du pourquoi du comment, à quoi ça pouvait bien servir de chercher des réponses pareilles alors qu'on va mourir un jour ? Elle avait horreur de perdre du temps.

La vraie vie l'éprouvait bien davantage que son travail pourtant difficile. Les espérances d'autrui, le voisinage, c'était décidément trop à gérer, se dit-elle en s'écroulant sur le canapé toujours aussi inconfortable.

Gérard ne perdait pas une miette des réactions de sa nouvelle maîtresse, surveillant la moindre mimique ou onomatopée qui pourrait lui échapper. On se satisfait d'un oncle qui s'appelle Gérard, ou d'un collègue, mais son chien… Ou alors Gégé ? Objectivement ce ne serait pas plus facile à porter. Et pourtant la bestiole avait l'air de se foutre de tout.

Charlie alluma son ordinateur et, après une recherche rapide sur Internet, son regard glissa finalement vers l'étagère à gauche de la cheminée, débordant de DVD en tout genre, s'arrêta un instant sur le titre *L'Inspecteur Harry*, puis sur le chien du coin de l'œil, et elle lui demanda si « Clint » pourrait lui plaire. Charlie décida sans plus de manières de prendre la petite moue interrogative du cabot pour un acquiescement. Elle sentait que le caractère du chien, enclin à la déconcentration, nécessitait un prénom doté de peu de syllabes.

Au terme d'une soirée plutôt sympathique avec son compagnon Clint, et sans connaître les rudiments de l'éducation canine, Charlie se douta qu'il devait faire son petit tour dehors, lui ouvrit, et lui se rua aussitôt dans la neige. Elle fut soudain soulagée de ne pas vivre dans une résidence sécurisée avec gardien, Clint n'aurait pas été plus adapté qu'elle. Elle l'imaginait arracher les bandes de gazon en rouleaux en jappant, pisser sur les luminaires extérieurs en finissant par se jeter sur les enfants en train de jouer dehors, dans un but pacifiste mais non moins dangereusement. Pour leur bien-être à tous les deux, mieux valait rester là, et puis elle ne se voyait résolument pas l'abandonner. De toute façon, Sabine n'en voudrait plus, ou seulement sous la contrainte. Charlie la soupçonnait maintenant d'avoir tenté d'éduquer l'animal jusqu'à l'épuisement, et d'avoir baissé les bras face à un profond sentiment d'échec, avant de le fourrer dans les pattes de la première venue. Charlie se demanda si elle ne s'était pas fait refourguer le moins malin de la bande, au minimum, le plus instable.

Elle se prépara un vin chaud avec des épices, laissant le chien vagabonder, et se mit devant la télé au milieu des coussins qu'elle avait rassemblés pour améliorer l'assise déplorable de ce canapé, technique qui n'a par ailleurs jamais fonctionné, pour qui que ce soit dans l'histoire de l'humanité, mais que chacun continue de tenter dans l'ensemble des locations de vacances de la planète. Soudain, Charlie entendit Clint hurler. Elle sortit en trombe avec ses après-ski pas totalement aux pieds. Son chiot était en train de se battre avec, à vue de nez, un énorme loup – elle avait lu dans le journal local qu'il y avait une meute dans le coin. Charlie aperçut débouler plus haut au début du sentier une silhouette munie d'une lampe frontale. L'homme s'approcha des bagarreurs en criant pour les séparer. Quand Charlie put se rapprocher en éclairant la scène avec son portable, elle vit qu'il s'agissait du monsieur âgé avec qui elle avait déjà discuté un an auparavant, son nom lui échappait. Avec sa longue barbe, ses traits abîmés par le froid, sa tunique immense en pure laine et sa large capuche qui partait en pointe, elle aurait pu croire qu'il s'agissait du père Noël en personne, et en aurait été convaincue si seulement elle avait pu finir son vin chaud.

— Madame, il faut tenir votre chien, il s'est jeté sur le mien, et lui, il est vieux, il n'est pas commode, vous savez !

— Excusez-moi, je pensais qu'on était seuls.

Clint, qui avait fini par avoir franchement les jetons, se tenait maintenant derrière sa maîtresse et sur ses gardes.

— Nous venons d'arriver, je suis là depuis quelques jours…

— Faites gaffe, mon chien se bat tout le temps.

— OK, merci, eh bien, bonne soirée alors. C'est un gros… enfin, un beau chien en tout cas.

Elle eut envie de lui dire qu'en vivant avec une teigne pareille, il ferait mieux lui aussi de se méfier des crocs de son propre clébard. Voilà qu'elle défendait déjà son sac à puces impétueux et fantaisiste.

L'intéressé lui jeta un regard insistant, un de plus, comme s'il voulait lancer la conversation, mais elle se refusait de commencer à lui parler, pourtant elle en avait envie : ce Gérard Clint lui était agréable car très mal adapté.

Ce fut sur cet heureux dénouement qu'elle s'endormit, comme un plomb, sans médicament, à peine avec un demi-verre de vin chaud. Elle ne fit pas de cauchemars, ne vit pas d'images de cette nuit-là, même pas les restes du corps de la gamine. Ni les silhouettes des parents, désarticulées par le choc. Pas non plus Bastien, le grand frère de la petite, s'étouffant dans ses larmes. Rien.

Quand elle émergea au petit matin, elle se rendit compte qu'elle avait manifestement trop dormi et que son nouveau partenaire avait consciencieusement épilé le tapis de l'entrée, transformé en amas de bouloches informes. Elle ne fit aucune remarque, décrétant pour elle-même que parfois le silence était la plus froide des remontrances. Elle lui ouvrit néanmoins, finalement reconnaissante qu'il veille sur l'entrée, et ce, quoi qu'il fasse du tapis, de toute façon laid, et à coup sûr bourré d'allergènes en tout genre. Il avait pris l'habitude de se positionner contre la porte, bouchant le trou d'air comme les « coussins saucisses » prévus à cet effet, utilisés par nombre de personnes souvent vieillissantes.

Après son thé, elle sortit pour être sûre que Clint ne se battait pas avec son voisin. Et en effet, « son chiot » avait compris et s'amusait plus bas. Elle salua de loin le père Noël qui, inquiet, avait enfermé son monstre sur la terrasse.

Elle se doucha rapidement, récupéra Clint en commençant par l'appeler gentiment pour finalement lui hurler de rentrer, l'enferma dans la maison en priant pour qu'il ne déplume pas le canapé et descendit vers sa voiture. Cette marche journalière dans la neige et le froid lui coûtait de moins en moins, surtout dans le sens de la descente.

Elle arriva en pleine forme au commissariat ; c'était le grand jour. Après avoir espéré que le braquage soit le « crime parfait », que les apparences soient trompeuses et que la caissière ait fait erreur sur l'homme qu'elle croyait avoir reconnu, Charlie dut accepter l'évidence. Pour couronner le tout, le p'tit génie avait fait tomber un ticket de caisse de sa poche avec son numéro de Carte Bleue dans la guérite de la station essence. Le type s'était vraiment trompé de vocation. Elle commença l'interrogatoire, pleine de pitié pour ce pauvre garçon paumé. Tandis qu'il niait, elle se demandait s'il valait mieux prévoir une fondue ou une raclette le week-end prochain. Il avoua au moment précis où elle se décidait pour la raclette, tout en s'effondrant sur le ticket de caisse emballé dans une pochette plastique transparente. Elle en avait connu de plus coriaces.

Elle finit sa journée par un passage au stand de tir municipal, elle n'était pas certaine d'avoir à dégainer ici, mais ne pouvait envisager de ne pas être prête si un jour il le fallait. Ça lui avait pris du temps de s'habituer à ces armes, d'accepter leur finalité, et d'être suffisamment bonne tireuse pour avoir confiance quand elle se retrouvait avec des fous furieux à ses basques – et elle en avait énervé plus d'un. Comme le lui avait enseigné son formateur, le premier réflexe devait toujours être de courir, et le deuxième, de tirer, car « mieux vaut être jugé par douze que porté par six ». Forte de cet adage qu'elle avait fait sien, elle s'entraînait régulièrement. Elle n'aimait pas les armes mais les acceptait.

Elle quitta le commissariat, Marc, son binôme désordonné, était rentré assouvir sa passion pour la philatélie sûrement. Charlie le sentait capable d'une telle manie, et lui était infiniment reconnaissante, et à tout jamais, de ne pas lui en parler, sous aucun prétexte. Elle eut une dernière pensée pour son braqueur pas futé, imagina la catastrophe qu'allait être sa défense au tribunal, et, tandis qu'elle s'acheminait vers sa maison de pierre, décida qu'elle ne préparerait même pas son témoignage, gageant qu'il s'enfoncerait sans l'aide de personne.

Ce fut en apercevant le chien du voisin toujours sur la terrasse qu'elle se rappela Clint.

Après avoir ôté ses raquettes dans le sas, elle aperçut à travers sa porte vitrée la bête couchée, ensevelie sous de grosses miettes accrochées dans ses poils. Quand la porte s'entrouvrit, Charlie eut la certitude qu'il s'agissait du lino du salon, en petits morceaux, parsemés tels des confettis. Il profita de la sidération que cette vision d'horreur procurait pour se ruer dans la neige.

Elle savait ce qu'était une envie de meurtre, elle l'avait déjà sentie dans sa chair ; pour la première fois, elle s'attacha au sens non littéral de l'expression, afin de ne pas commettre un massacre. Elle sortit avec son vin chaud, Clint cavalant de plus en plus loin. Le vieux chien était toujours sur la terrasse, il la regardait, probablement en rêvant d'une bonne castagne. Mais avec le vin, et à l'instar d'un abruti bourré au fond d'un bar, elle se sentait d'attaque si la barrière venait à céder. Son téléphone couina, elle vit le nom apparaître.

Elle était persuadée que la maman cesserait désormais de lui écrire pour connaître les avancées de l'enquête, et Charlie s'y était presque faite. Néanmoins face à ces quelques lettres, tout lui revint, une fois de plus. Cette nuit-là, la découverte du corps de Louise dans la moiteur, cette discussion éprouvante dans la forêt, à quelques mètres du cadavre en grande partie calciné, cette famille qui ne lui avait pas laissé le choix, et cette promesse... L'image de la dépouille, elle acceptait de la garder imprimée dans sa rétine, cette nuit d'horreur sans sommeil ni espoir aussi, mais cette promesse, elle voulait l'oublier pour toujours. Elle se revoyait, bourrée d'adrénaline, habitée par une colère indicible, les sens en ébullition. Charlie était sûre de son coup, certaine qu'elle lui ferait la peau, que le coupable prendrait perpète sans remise de peine, elle y veillerait, et elle le leur promit. C'était une chose d'être déçu par quelqu'un, c'en était une autre de l'être par soi-même. Elle avait la réputation d'être coriace, entêtée jusqu'à l'épuisement des autres et d'elle-même, jusqu'au-boutiste. Pourtant ce fumier avait déjoué tous ses pièges. Elle était allée au-delà encore de ce dont elle était capable pour l'attraper, mais elle avait échoué. Elle ne se le pardonnerait jamais. Ni le jour, ni dans son sommeil, à jamais entrecoupé de scènes insoutenables.

Alors que faire de ce message ? Elle lut et le digéra d'une traite comme son verre.

Il était d'une parfaite sobriété, dénué de la moindre trace de reproche, ce n'était pas un soulagement. Ce n'était rien, juste le lien qui l'attachait à cette forêt, à cette gamine, à son frère et à ses parents qui refusait de se couper. Cette corde ne serait jamais suffisamment usée pour céder. La distance physique n'éludait rien, une promesse en l'air, c'est un obstacle à la liberté et pour l'éternité, elle n'était pas assez ivre pour oublier cela. Il ne fallait pas répondre. Certainement ne plus lire. Sous aucun prétexte. Elle devait attraper cette nouvelle chance à bras-le-corps, faire ce qu'elle savait faire dans ce commissariat qui n'avait rien de semblable à ceux qu'elle avait fréquentés. Se confronter aussi à sa solitude, pour ne plus se fourvoyer.

Le retour du chien la fit sortir de cet antre enténébré, elle lui fit une brève caresse et rentra, la bête à ses basques.

4

La présence de ce chiot, plus exactement de cet énorme chien, était réjouissante. Charlie ne se rappelait pas avoir autant souri depuis longtemps. Pourtant elle se retrouvait, un samedi matin, à reconstituer les morceaux de lino tel le puzzle à côté de la cheminée, activité abominablement rébarbative, depuis une bonne heure déjà, et elle continuait étonnamment de ne pas détester le responsable du carnage.

Elle s'était fait du thé et grignotait en même temps pour garder le moral. Elle en avait pour plusieurs heures, le coupable se tenait assis devant la porte à l'extérieur, en train de l'observer. Charlie pensa à un sentiment de culpabilité – du moins, elle l'espérait –, à moins qu'il ne veuille simplement rentrer, il commençait à neiger. Elle trouvait sa tâche particulièrement ingrate, ce sol était abîmé et d'un goût hasardeux, il était peut-être temps de le remplacer par un revêtement esthétique. Elle se mit à rêvasser, en regardant la neige tomber. Elle avait compris depuis peu que, lorsque les flocons commençaient à arriver de cette manière, en deux heures le paysage était métamorphosé, elle adorait ça. C'était comme une nouvelle peau, un autre horizon, des sons différents, et des sensations retrouvées. Elle regrettait juste de ne pas avoir racheté de pain, eut une pensée pour son braqueur au ticket de caisse qui n'aurait pas assez d'une vie pour regretter son acte, peut-être s'en voudrait-il simplement de ne pas avoir assez bien préparé son coup ?

Elle s'était toujours demandé comment les gens qui se mettaient dans de telles situations pouvaient croire que « ça passerait ». Qu'ils continueraient leur vie de la même manière. Elle ne savait pas si elle trouvait cette simplicité presque touchante ou consternante. Les crimes passionnels la révulsaient, mais elle parvenait parfois à imaginer par quel processus le tueur avait perdu les pédales, alors que ce genre d'actes, prémédités, auraient dû avoir la décence d'être moins ratés que ça. À quel moment le type avait-il cru bon de ne même pas préparer ses vêtements, ni de prendre une paire de gants, ni de répéter ses gestes pour qu'ils deviennent instinctifs ? Comme pour la cueillette des champignons, l'amateurisme se payait à coup sûr. Elle était affolée par la naïveté de certains apprentis voyous, qui les rendait certes plus faciles à traduire en justice, mais était surtout la preuve de la bêtise à l'état brut. Elle en voyait toutes les semaines, des mecs qui perdaient tout, faute d'avoir répété leur plan. Parfois elle les détestait de lui faire perdre son temps, il lui arrivait aussi d'avoir de la peine pour eux, pour l'entourage qui bien souvent ne comprenait pas la gravité des actes de leur fils, conjoint, frère ou ami.

Charlie se releva pour contempler le résultat. De loin, c'était pas mal, du moins, le revêtement avait une couleur homogène. De près, en revanche, c'était minable sans conteste. Les aboiements du chien, de plus en plus bruyants, la sortirent de sa torpeur.

Ce chiot géant était décidément un véritable histrion. Roulant des yeux, elle monta prendre une douche, agacée par ces jappements incessants. Comme elle entendait toujours les hurlements après cinq minutes à tenter de fondre sous l'eau brûlante, elle redescendit prestement, les cheveux trempés, et sortit. Mais Clint n'était pas là, et on n'y voyait pas à un mètre. Elle retourna à l'intérieur pour enfiler sa tenue de circonstance, sans oublier les gants, ni le bonnet, ni le pantalon imperméable, saisit ses lunettes de ski, sans lesquelles elle savait qu'elle ne pourrait avancer, le tout en bougonnant, puis repartit à l'assaut. Elle appela Clint et eut l'impression de distinguer sa silhouette très loin. Il aboyait toujours, mais comme elle s'en aperçut soudain, ce n'était pas cette andouille qui s'égosillait, mais le vieux monstre de son voisin avec sa voix de stentor. Il avait l'air hors de lui, et très excité. Elle eut pitié de lui, enfermé sur sa petite terrasse. Elle voulut s'approcher, mais les bourrasques l'empêchaient d'avancer vers le chalet. La neige était trop fraîche, dès qu'elle faisait un pas, elle s'enfonçait d'un mètre. Elle commença à appeler vers la maison du vieux monsieur, mais sa voix ne portait pas. La lumière était allumée, il ne la verrait jamais de sa fenêtre.

Elle tenta de se frayer un chemin, pas à pas, tout en pestant. Elle aurait avancé tellement plus facilement avec ses bâtons et ses raquettes. Au bout d'un quart d'heure de bagarre acharnée contre les éléments et contre elle-même, quand elle observa le peu de distance qu'elle avait parcourue, elle renonça enfin et se décida à rebrousser chemin pour récupérer son matériel. Harnachée, elle repartit de bon cœur dans la direction du chalet du vieux monsieur. Alors qu'elle arrivait enfin au pied de la maison, le gros chien s'approcha de la barrière, semblant se calmer. Elle frappa à la porte d'en bas, plusieurs fois, mais le blizzard couvrait tous les bruits, alors elle enleva ses raquettes, jeta ses bâtons dans la neige et monta sur la terrasse, en se félicitant d'avoir payé ses gants triple épaisseur au prix fort, et tendit sa main vers le chien pour l'amadouer. Quand elle eut l'impression d'avoir gagné sa confiance, elle ouvrit calmement la barrière, en priant pour que le chien n'essaye pas de la mordre, et curieusement, il se montra plutôt accueillant. Elle le caressa sans retenue, par intérêt, et par soulagement, et se posta enfin devant la baie vitrée de l'étage, face à la pièce de vie. Elle tapa à nouveau, et lorsque sa boîte crânienne commença à dégeler, elle se rendit compte que la porte était très légèrement entrouverte. Comme elle ne connaissait toujours pas le nom du vieux monsieur, elle appela sur le pas de la porte « Monsieur » plusieurs fois… Mais rien. Par la fenêtre, elle vérifia que la motoneige était garée en bas, elle en avait vu une sous une bâche. En se penchant, elle put constater, avec la réverbération de la neige, qu'elle était bien là.

C'était curieux de se retrouver ici, avec le molosse qui ne lui en voulait pas d'être sur son territoire. Elle supposa qu'il avait ses têtes, comme tout le monde.

Elle enleva ses lunettes, son bonnet, ses gants, il faisait chaud, il restait quelques braises dans l'âtre.

Elle n'hésita plus et avança dans la cuisine. Il y avait un repas en cours, c'était gênant de découvrir l'intimité de quelqu'un d'absent, qui ne l'y avait pas autorisée. Elle aurait horreur qu'on lui fasse ça. Le monsieur avait manifestement prévu une soirée crêpes. Elle se prit à rêver qu'il l'invite, ou mieux, lui en donne quelques-unes, ça changerait sûrement l'ambiance de son samedi soir. Il y en avait partout dans cette cuisine figée dans les années 1970, un homme de cet âge-là, bloqué dans son époque, pouvait-il seulement avoir un portable ? De toute façon, si c'était le cas, ça ne changeait rien, elle n'avait pas son numéro. Elle l'appela à nouveau, ouvrit une porte délicatement, c'étaient les toilettes, elle referma aussitôt, une deuxième, l'homme s'était fait une sorte de bureau, à la découverte duquel Charlie se demanda s'il n'était pas le père biologique de son binôme. C'était innommable, il faudrait sûrement une bonne année de tri pour espérer récupérer la pièce ; quant à débarrasser la table qui lui servait d'entrepôt, c'était sûrement impossible. Un craquement lui fit tourner la tête, puis pousser un cri bref. Elle se précipita vers l'arrière, comme prise en faute. Denis, sans sa ponceuse, se tenait sur la terrasse. Il ouvrit la porte et entra.

— Excusez-moi, avec toute cette neige je n'arrive plus à faire démarrer ma moto, je voulais demander à Michel les clés de la sienne.

— Le chien aboie tout seul depuis hier, et je ne sais pas où est Michel.

— Il a dû aller au village à pied, ne vous inquiétez pas.

Il prit des clés, sûrement celles de la motoneige qui étaient accrochées dans le salon ; dans un petit tableau qui représentait un bateau pris dans une tempête, une partie de l'œuvre se soulevait et cachait admirablement quelques jeux de clés.

— Vous voulez boire un verre avant que je redescende au village ?

— Oui, pourquoi pas… Je vous suis alors.

Elle ne savait pas pourquoi elle avait accepté, décidément ce type avait le chic pour se pointer au mauvais moment. La seule bonne nouvelle était que, s'il continuait à la convier à des apéros, elle glisserait doucement vers un alcoolisme mondain, toujours moins triste que l'alcoolisme tout court.

Elle remit ses affaires et lui emboîta le pas, ronchonnant intérieurement, après une caresse au chien pas si grincheux que prévu, et descendit l'escalier de la terrasse. La neige tombait dru. Il passa devant, avec ses raquettes aux pieds lui aussi, et après dix minutes épuisantes, ils s'installèrent dans le salon sans meubles, excepté quatre chaises en bois. La bière que son hôte lui servit lui apporta un léger réconfort, comme imaginé. Ils échangèrent quelques banalités. Denis était un natif de ces montagnes, un homme affable mais atrocement bavard, intéressé mais pas bêtement curieux, c'était déjà pas mal. Il pouvait sûrement être attachant – à condition de raser cette barbiche –, dans un certain contexte, malgré les torrents de mots qui dévalaient dans la pièce sitôt qu'il reprenait de l'air. Elle se demanda quelle était la technique pour le faire taire – excluant d'office l'option, quoique tentante, de l'assommage à coups de chaise ; il y avait bien quelque chose qui l'aiderait à lui couper le sifflet, il fallait qu'elle trouve quoi, elle avait signé un bail d'un an. Elle évita toujours soigneusement d'évoquer son métier, persuadée qu'il tirerait de cette information un long chapelet de phrases ininterrompues et de questions en tout genre. Il lui parla de son fils, un grand skieur classé. La porte grinça, c'était Clint, tout juste précédé par son piquant fumet canin. Il était trempé et ses câlins laissaient une empreinte olfactive tenace – grand désavantage de la saison hivernale auprès d'un chien, ça, et l'hystérie que la neige provoque en eux. Charlie eut envie de demander à son voisin son expertise à propos du lino en tant qu'homme de l'art mais hésita, ce serait sûrement long, périlleux, et détaillé jusqu'à la maniaquerie.

— Je vous laisse avec vos travaux, bon courage, d'ailleurs savez-vous où est-ce que je pourrais acheter un morceau de lino ?

Une centaine de mots plus tard, il se déplaça jusque chez elle et arbora une mine circonspecte devant le revêtement reconstitué, pas vraiment à l'identique. Il lui proposa un coup de main quand elle aurait acheté un nouveau rouleau, elle accepta, il n'y avait pas d'autre solution. Sans son aide, ça n'était pas juste sa caution qu'elle perdrait, mais aussi l'amitié pour l'unique être de sa vie qui les observait, tous les deux accroupis, et ça lui paraissait bien trop dangereux. C'est lorsqu'il entreprit de prendre toutes les mesures bien détaillées, pour faciliter son achat, qu'elle se mit à sérieusement considérer la terre battue comme une solution pérenne et sans souci. Denis la conseilla, longuement, sur le magasin, ensuite sur le type de Scotch double face qu'il lui faudrait acheter pour pouvoir encoller totalement son nouveau revêtement, et pour finir sur le vendeur auquel il faudrait qu'elle s'adresse, s'exposant autrement à des catastrophes en cascade et donc ininterrompues. Elle priait pendant ce temps pour qu'une avalanche, une attaque d'ours ou de loups enragés les oblige à fuir et mette un terme à cette discussion assommante. Un mot de plus sur la technique pour bien coller le lino pouvait transformer ce patelin en lieu de drame. « Une policière (appréciée par ses collègues) récemment séparée, victime d'un accès de violence, plante son voisin avec ses quatre piques à fondue. » Ce coup-ci, elle pourrait espérer, raisonnablement, une première page – avec photo.

Il continua de neiger tout l'après-midi et, une fois Denis parti « documenter » certainement un autre bricoleur en herbe, elle alluma la télé. La parabole avait dû subir les assauts de la neige et du vent, et la connexion loin d'être optimale permettait tout juste d'entrevoir quelques images, qui se figeaient l'instant d'après. Charlie sortit en pull, son bonnet enfoncé jusqu'aux yeux, pour essayer de déneiger l'antenne accessible en bordure de toit. Le chien, que la météo et le bricolage mettaient dans tous ses états, jappait comme un damné autour d'elle. En y réfléchissant, il était plus proche du maniaque que du gros pépère rassurant. Les accalmies étaient de courte durée, et il était en proie à quelques obsessions, le lino pouvait en témoigner. Et, si le doute était encore permis, Charlie le retrouva, après sa douche, à nouveau en train de tirer sur le revêtement tout juste rafistolé, les yeux fiévreux. Le peu de suspense quant à l'éventualité du paiement de la caution, ou pas, était en train de se dissiper. Tout ce qui la séparait de cette perte sèche était une paire d'accoudoirs de canapé et les deux premières marches d'un escalier scabreux, et, elle le sentait, c'était l'affaire de quelques jours. Elle qui était si entêtée se surprit pourtant à accepter cette situation. C'était bien la première fois. Peut-être que ce chien turbulent la faisait progresser. Elle jeta un rapide coup d'œil sur son portable, Victor ne l'avait pas rappelée, il avait rencontré quelqu'un, ça devenait clair comme de l'eau de roche. Elle constata, avec froideur, l'implacabilité de ce dénouement, tenta de convoquer le souvenir des exercices de méditation qu'elle tentait d'apprendre depuis quelques mois pour s'extraire en souplesse de ses pensées encombrantes. Elle était affligée par la médiocrité de ses questionnements sans fin ni réponse, sur la nouvelle vie de Victor. Ils ne consistaient finalement qu'à rafistoler sa plaie égotique, et Charlie se convainquit de chasser définitivement de sa conscience cette histoire d'amour ratée par ses propres soins. Cela faisait plusieurs fois qu'elle essayait de méditer, avec un succès mitigé. La psychologue le lui avait conseillé après l'affaire de la petite fille, et encore, elle n'avait même pas eu tous les pans de l'histoire, la psy, sinon allez savoir ce qu'elle lui aurait proposé comme activité pour « réparer le passé ». Croyait-elle vraiment que c'était raccommodable ? Ou était-ce juste une formule toute faite apprise à la fac de psychologie ? D'ailleurs, fallait-il soigner ? Ne valait-il pas mieux se rappeler que des monstres existent pour s'en prémunir et pour protéger les autres ? Dans cette affaire-là, Charlie n'avait protégé personne, pas même elle. Chaque fois qu'elle arrivait dans la salle d'attente de cette femme élégante et pondérée, elle devait reprendre toute l'histoire – pas la vraie, celle qu'elle avait adaptée. Elle s'était attachée à lui redonner toujours les mêmes éléments. Elle avait coincé trop de gens comme ça, en leur faisant faire et refaire le déroulé des événements, pour se croire infaillible face aux assauts de la psy. Celle-ci se donnait pourtant un mal fou pour lui montrer qu'elle était de son côté, qu'elle ne jugeait pas, que c'était confidentiel, mais Charlie tenait bon. Il n'y avait personne d'autre qu'elle-même de ce côté de la barrière et cela valait mieux pour tout le monde. Alors toutes les semaines, elle prenait des bribes de réalité qu'elle remodelait en une histoire « acceptable », elle cherchait à teinter chacune de ses phrases, de ses expressions et chacun de ses mouvements corporels d'une véracité des plus convaincantes. Après cette phase, elle tâchait, même si cela lui répugnait, d'attirer la pitié de la praticienne pour obtenir une ordonnance de somnifères. Elle sortait de là épuisée, et devait alors tout reprendre à zéro, se refaire mentalement le film de cette terrible affaire, de cette nuit-là, puis de sa vie d'après, jusqu'au drame du secret répandu comme une tache d'essence. Un film qu'elle s'imposait de jouer et rejouer en elle, sans la moindre coupe, pour ne jamais perdre la trace.

Elle s'allongea, les jambes contre le mur, les yeux fermés, commença comme le voulait la « procédure » à poser son attention sur ses pieds, puis ses jambes, son ventre… Elle n'en espérait pas grand-chose mais ce n'était pas désagréable. Elle se redressa au bout de dix minutes, elle aurait souhaité être groggy, elle était à peine plus détendue. Elle finit par dîner devant un programme télé approximatif, l'image continuant d'être hachée au gré des vents qui malmenaient l'antenne, mais ça n'avait pas d'importance, elle n'écoutait pas vraiment, quelque chose tournait dans sa tête, et puis repartait dans l'autre sens. Comme son chien avec le lino, elle ne parvenait pas à penser à autre chose. Elle s'équipa, mit ses raquettes et avança vers le chalet de Michel. La lumière était toujours allumée, elle avait ce coup-ci pris sa lampe frontale et avançait à grandes enjambées. Une fois au pied du chalet, elle tapa à nouveau en bas. Le vent s'était calmé, la neige aussi, elle monta l'escalier, caressa allègrement le chien de plus en plus aimable, avec la satisfaction de ne pas repartir de zéro avec lui, et tapa à la porte vitrée du haut.

Ce n'était toujours pas fermé à clé, la motoneige n'était plus sous l'auvent, à l'évidence.

Elle appela Michel, retourna dans la cuisine, se dirigea dans le couloir, se posta à la porte du fond. Interrompue par Denis, elle n'avait pas eu le loisir de visiter la pièce, sûrement la chambre, dont elle poussa enfin la porte, hésitante.

Le vieux Michel était recroquevillé au pied de l'échelle de meunier qui permettait d'accéder à la mezzanine de sa chambre, entouré d'une mare de sang pas encore sec provenant de l'arrière de sa tête.

Charlie se précipita, prit son pouls, mais elle avait su dès le passage de la porte que c'était fichu.

Elle connaissait le faciès de la mort, sa température aussi. Elle était furax. Elle n'avait pas pris son portable. Il était mort depuis un moment déjà, elle n'avait pas entendu le chien arriver dans son dos, qui léchait maintenant les pieds de son maître et faisait des traces de sang partout avec ses grosses pattes. Charlie le poussa hors de la chambre et sortit avec lui, chercha un téléphone fixe, n'en trouva pas. Une fois le chien remis sur la terrasse, elle dévala l'escalier, chaussa ses raquettes et retourna le plus vite possible chez elle. L'adrénaline était revenue, elle lui donnait une force herculéenne, un souffle court mais profond, une envie d'aider, un destin. Elle mit peu de temps à rentrer et à attraper son téléphone, puis composa enfin un numéro, son sang battant dans ses tempes plus fort que les bourrasques de la lombarde venues du nord.

Elle les attendit, assise avec virilité sur une marche au pied de la terrasse de Michel qu'elle avait déblayée. Il faisait maintenant un froid polaire, l'air sec congestionnait son nez, mais elle ne sentait rien de tout ça. Les pieds bien plantés dans le sol, l'une de ses mains fermement accrochée à la rambarde, tandis que l'autre tenait son portable, à l'affût d'un mouvement ou d'un son, elle espérait les voir arriver très vite. La vérité, c'était qu'elle se retenait de toutes ses forces d'aller dans la chambre faire les premières constatations. Elle vit des lumières au loin, et peut-être deux ou trois hommes ou femmes sur des motoneiges, qui avançaient lentement à son goût.

Elle aurait dû attendre à l'intérieur, enfin chez elle, ou elle aurait pu bouffer le canapé d'impatience avec Clint. Quand les nouveaux arrivants s'approchèrent suffisamment, elle leur envoya des signaux avec sa frontale, non sans une certaine frénésie. Ils se garèrent enfin, Charlie se leva, leur serra la main brièvement, c'étaient les gendarmes du village. Elle n'en connaissait aucun, tous avaient la mine de gens dérangés dans la nuit, partagés entre stupéfaction, fatigue et consternation. Elle connaissait bien cet état, elle avait même su l'apprécier parfois. L'épuisement lui permettait de se concentrer sur un seul problème à la fois, et l'aidait à se focaliser sur la victime puis rapidement sur l'agresseur.

Une fois les gendarmes dans la chambre, il ne leur fallut pas longtemps pour conclure que Michel avait probablement raté une marche, et était par malheur tombé sur la tête. Charlie constata (pour elle-même) que décidément, le crâne était l'endroit à protéger par excellence. En matière d'accidents domestiques, c'est souvent lui qui vous envoie à la morgue. La seule solution pour se prémunir de tout traumatisme crânien étant de porter un casque intégral chez soi, elle accepta, à regret, qu'on ne pouvait rien faire contre ce risque-là.

Elle les suivit à la gendarmerie pour faire une déposition. Elle n'avait pas grand-chose à raconter, tout le monde rêvait de retourner dormir. Ils proposèrent de la raccompagner à pied, elle déclina, tout ça l'avait réveillée, elle ne dormirait pas avant dimanche matin. Charlie enviait ceux qui peuvent trouver le sommeil dans n'importe quelle situation, quels que soient les événements de la journée. Elle en avait connu – pire encore, dans son propre lit. Elle priait toujours pour que rien ne lance son cerveau juste avant de dormir, autrement c'était râpé pour la nuit.

Depuis plus de sept ans, ses insomnies suivaient le même parcours. Elle s'allongeait, commençait à ressasser, ses pensées erraient quelques heures et atterrissaient dans les bois calcinés, juste après, dans le séjour de la maison de Louise, sur le canapé en cuir sombre. Elle se rappelait le contraste entre la fraîcheur de l'assise et sa peau qui bouillait, agressée par la canicule et son agitation intérieure.

Elle remonta de la gendarmerie à pied, seule comme elle l'avait décidé. Pourquoi s'était-elle autoproclamée paranoïaque ? Le premier soir, il y avait eu cette errance dans la nuit, était-ce la vibration du malheur qui se tramait qu'elle avait ressentie ? Charlie trouva soudain ces gendarmes bien optimistes. Le type avait la tête du père Noël mais quelle était sa vie ? Ses casseroles ? Elle en connaissait des tas qui n'avaient l'air de rien, mais trimballaient des marmites entières dans leur sillage, comme leurs dissimulations. Elle connaissait bien le sujet. Elle était partie à la gendarmerie sans son arme, et pistait entre deux rapides enjambées le territoire enneigé avec inquiétude. Elle se tournait vers la descente régulièrement, puis se remettait vivement dans le bon sens, et ne négligeait pas non plus ce qui pouvait se passer sur les côtés. Arrivée jusqu'à son promontoire, elle se demanda si elle ne faisait pas insulte au pessimisme en espérant s'installer sur son divan tranquillement, son chien à ses pieds. Alors elle continua à gravir le chemin immaculé jusqu'à la bergerie de Michel. Encore loin de son but, il lui sembla voir une lumière, elle en fut certaine quelques mètres après. Sa sagacité, dont les contours se redessinaient avec toujours plus de finesse à chaque nouvelle épreuve de sa vie, la poussa à redescendre, à pénétrer dans son logis, et à récupérer son arme. Quant à Clint, en tant que commandant de l'équipe, elle le condamnait à attendre ici ; le regard cafardeux que la bête lui envoya de l'autre côté de la porte vitrée laissa Charlie de marbre. Quand elle parcourut les derniers mètres qui la séparaient de la masure de Michel, elle tâta sa veste qui contenait son portable, et, prête à dégainer l'objet de sa poche gauche, à moins qu'elle ne préfère celui de la droite, grimpa à vive allure sur la terrasse, effrayée à l'idée de tomber sur quelqu'un, le tueur de Michel, ou la personne qu'elle était persuadée d'avoir entendue se blesser la première nuit, ou bien un violeur relâché dans la nature, ou encore un assassin spécialisé dans les assurances-vie, parmi ses préférés. Elle voyait bien qu'il suffisait de pousser la baie vitrée, mais si elle se faisait choper, laissait une quelconque empreinte, on lui reprocherait encore de ne pas avoir l'esprit d'équipe. Ou peut-être l'accuserait-on ? Ça aurait pu être elle. Le mobile ? Voler les crêpes de Michel. Elle en avait déjà croisé, des mauvais flics. Des mobiles minables aussi. Dire qu'il lui faudrait choisir un avocat… c'est sûrement cela qui la pousserait à se pendre aux barreaux de la cellule.

La lumière ne se distinguait plus de là où elle était, elle redescendit, s'agrippant à la rambarde, et entreprit de faire le tour du logis. Charlie ne se souvenait pas d'avoir eu aussi chaud depuis qu'elle avait débarqué à la montagne, et sentait la peur la grignoter tout doucement, comme pour ne pas l'effrayer encore plus. Elle avait soif. C'était préférable pour elle de penser à ça, plutôt qu'à ce fredonnement, toujours sur la même note, qui s'était installé dans sa tête depuis cinq bonnes minutes. Elle vit de la lumière sortir à travers un soupirail, c'était ça qui se reflétait de loin dans la neige. Elle s'immobilisa, tâcha de réduire son corps au silence, fit taire le moindre apophtegme qu'elle se savait capable de convoquer pour conjurer sa peur. Cette dernière s'accrochait à elle de la pointe de son bonnet à pompon jusqu'au bout de ses deux chaussures. Elle put observer par le carreau ce qui semblait être une cave, et appuya à peine sur le bouton de porte, comme pour se raconter qu'elle ne l'avait pas ouverte volontairement. Quand cette dernière s'entrouvrit, Charlie se glissa sans abuser de l'ouverture, et laissa le battant se refermer délicatement derrière elle. Elle voyait assez distinctement le fond de la pièce où s'amassaient toutes sortes de bocaux, de bouteilles, de ferrailles, deux vieux vélos aussi dont les pneus semblaient avoir déposé le bilan. Elle progressa dans la pièce tout en longueur, précautionneusement ; elle était certaine que, si quelqu'un était caché là, elle pourrait deviner quelques sons suspects. Le vieux Santa Claus avait dû oublier d'éteindre avant d'escalader sa mezzanine, et de s'écraser quelques mètres plus bas dans des restes d'odeur de crêpe. Elle reprit sa respiration plus calmement encore, et tandis qu'elle tournait les talons, un claquement la fit sursauter si fort que sa tête heurta une poutre moins haute que prévu. Concentrée sur sa tenace tachycardie, elle vit que le barouf provenait d'une tapette à souris, sur laquelle elle avait marché sans élégance. Elle tâcha de reprendre ses esprits, satisfaite d'avoir sauvé le pauvre rongeur locataire des lieux, se sentit finalement de trop et retourna sur ses pas, empêchant son souffle de chahuter. Elle rasa les murs jusqu'à la sortie, tâcha d'actionner le loquet, l'absence de mouvement du mécanisme la stupéfia un instant, et elle repartit à l'assaut, appuyant plus lourdement. Charlie réitéra son geste, calculant grosso modo au bout de combien de tentatives elle se considérerait comme enfermée. Compter est souvent rassurant. Jusqu'à ce que cela devienne une véritable litanie.

On l'avait parquée là.

Elle s'était fait capturer quasiment avec son consentement. Elle observa l'extérieur par la petite vitre poussiéreuse, analysa les moindres reflets dans la neige pouvant s'apparenter à un quelconque mouvement. Il y avait un intrus dans ce hameau. Il était de plus en plus facile de retrouver quelqu'un avec Internet, notamment des flics. Charlie sentit la frayeur la gagner et se mit à taper frénétiquement contre le carreau. Si on l'avait emprisonnée, elle voulait savoir à qui elle avait affaire. Elle avait son flingue.

Bien sûr, son flingue. Elle tira en s'écartant d'un mètre. Le premier coup suffit, le système se souleva et Charlie sortit, épiant l'extérieur et cherchant à voir l'ennemi qui la pourchassait. Ou se cachait-il, cet aliéné ? Au bout de dix minutes à fureter en tournant sur elle-même, et le long de la maison, elle retourna devant l'issue, observa la serrure avec minutie, et eut la quasi-certitude que le loquet avait simplement lâché sans le concours de personne, si ce n'est d'elle-même.

Elle redescendit vers son logis, honteuse mais certaine de pouvoir s'épanouir dans une forme de sérénité sous ses draps frais, dès lors qu'elle aurait fermé la porte avec sa clochette de sécurité. Elle salua son chien, se jeta sur son lit, face vers le matelas. Ce moment dans ce soubassement serait une flétrissure qu'elle ne pourrait oublier.

Au petit matin, elle guetta l'arrivée de Denis avec empressement ; peut-être n'était-il pas encore au courant du drame. Évidemment, pour une fois qu'elle voulait le voir, le type ne se montrait pas, confirmant un peu plus sa théorie sur l'authentique casse-couilles. Il en avait décidément tous les vices. Le soleil brillait avec insolence, la montagne n'avait cure de ce drame en son sein. Seule sous ce grand ciel d'un bleu qui lui paraissait presque agressif, Charlie regardait tristement la terrasse de Santa Claus. Les gendarmes avaient récupéré le chien. Mais la journée était belle, propice pour faire des raquettes, aussi commença-t-elle à préparer son sac à dos. Maintenant qu'elle rêvait que Denis débarque avec ses bières, ses blagues et tous ses mots, il devait enfin passer son dimanche tranquille loin des travaux. Elle devrait l'accepter malgré l'impatience qui étreignait son cœur à chaque fois qu'elle apercevait son chalet flambant neuf.

À l'époque aussi, elle avait cru mourir d'impatience quand elle avait découvert trois récidivistes dans les parages de la maison de Louise. Tous avaient à leur actif des crimes et délits qui les rapprochaient de son affaire. Aussitôt, elle s'était empressée d'éplucher leurs dossiers ; elle avait tant espéré l'emporter sur ce fumier.

Au milieu du rangement si primordial de son sac de randonnée, elle se souvint d'une avocate, dans une affaire criminelle abjecte, expliquant à l'aide d'arguments prétendus humanistes que son client était bel et bien un être humain, et devait être jugé en tant que tel. Charlie s'était forcée à penser à autre chose pendant toute la démonstration. Elle ne voulait pas que ces salopards soient du même côté de la barrière qu'elle, il n'y aurait alors plus de limites. C'était elle contre eux, elle devait gagner.

Elle finit son paquetage avec discipline, elle envisageait une balade plus dure que les précédentes, il fallait un équipement à la hauteur de l'enjeu.

Elle commença par prendre le chemin qui serpentait au-dessus du chalet du pauvre Michel, Clint en tête. Alors qu'elle avançait lentement dans la neige, l'un des trois gendarmes se rappela à elle, elle n'avait pas vu s'il avait une alliance mais il était assurément séduisant, donc à éviter à tout prix. Elle avait appris à fuir plus vite que son ombre en cas de danger imminent, ça valait pour les maniaques, les pervers en tout genre, les assassins, les violeurs, les braqueurs, et aussi les hommes attrayants. Elle se rendait bien compte que les mettre tous dans le même panier était injuste, mais elle avait besoin d'être manichéenne pour ne pas tomber dans certains travers. Un raisonnement subtil l'entraînerait déjà dans une forme d'approbation dont découlerait toute une série d'emmerdements ingérables. Un gendarme charmant, dans son nouveau village, c'était un risque considérable de péripéties en cascade pouvant amener au pire, elle n'avait aucun doute là-dessus. Elle continua à crapahuter tandis que le canidé, en peine de son côté, dépourvu de raquettes, avait la moitié du corps enfoncé dans la neige à chaque nouveau pas. Il restait badin malgré tout, sa joie de vivre était d'ailleurs son principal atout en tant que colocataire, bien plus appréciable que son goût pour la décoration d'intérieur déstructurée. Ils s'arrêtèrent pour une pause déjeuner, elle s'était préparé un sandwich et avait pris soin de couper quelques morceaux de saucisson pour son clébard turbulent qui pleurait quasiment de joie en tournant sur lui-même. Il était temps qu'elle l'envoie chez sa psy, quelque chose ne tournait pas rond chez lui, trop de joie, d'excitation, rien n'était tiède et à en croire les spécialistes, c'était toujours inquiétant.

Elle regarda son téléphone, le néant, toujours. De toute évidence, Victor l'avait rayée de sa nouvelle vie, et cela éveillait malgré elle une peur de l'abandon aux racines infantiles. Quand elle fut une fois de plus convaincue, en faisant défiler la liste des appels manqués de son portable, que seul son amour-propre était en jeu, entre deux pas alourdis de neige et de souvenirs, Charlie cessa instantanément d'alimenter cette petite comédie sans saveur ni spectateur et reprit son ascension. Le chien, maintenant sur ses talons, pesait de tout son poids au risque de les faire chuter tous les deux mètres dans une insouciance la plus totale. Certes elle ne se consumait toujours pas de passion pour une enquête sur ces terres sauvages, mais elle gagnait en philosophie et en sérénité, si l'on mettait de côté cette histoire de séquestration dans une cave, bien sûr. Une fois qu'elle fut arrivée en haut d'une sorte de plateau, son esprit parvint enfin à revenir au seul moment présent, comme le préconisait son application de méditation sur son téléphone, et Charlie se demanda, face à l'étendue aussi enneigée qu'impressionnante, si elle n'était pas en train d'entamer son nouveau rêve de vie. Clint semblait penser de même, à moins qu'il ne s'agisse seulement d'un certain talent d'imitation. Les acolytes entamèrent la descente, l'espoir du renouveau réchauffant leurs entrailles. La découverte d'une cascade gelée, qu'ils n'avaient pas vue en montant, sema le doute dans les idées foisonnantes de Charlie. Avait-elle eu le bon goût de les perdre en pleine montagne ? Un classique, en descendant. Si c'était le cas, combien de temps faudrait-il qu'elle médite pour oublier qu'elle allait mourir dans le froid avec son bâtard ? Plutôt assise en tailleur ou couchée ? Les mains vers le ciel, évidemment. Elle fit un tour sur elle-même et pouffa nerveusement en découvrant des traces juste à côté, à vue de nez deux raquettes et, sur le côté droit, quatre pattes se glissant dans le sillage. Il ne fallait pas être un fin limier pour comprendre qu'ils étaient à nouveau sur le bon chemin. Ils regagnèrent bientôt leur abri, fiers de s'acclimater si bien à la rudesse des sommets glacés.

Ce ne fut qu'une fois la lumière éteinte, dans un demi-sommeil, qu'elle se rappela Michel au pied de la mezzanine. Un cadavre de plus… Peut-on un jour s'habituer à ça ? Plusieurs fois elle avait eu envie de poser la question à ses aînés, la réponse paraissait tellement évidente… Et surtout elle ne voulait pas être démasquée, taisait ses émotions, elle en avait trop. Alors elle avait décidé très tôt de mettre un couvercle dessus, parfaitement étanche. Si ce dernier venait à fondre, elle se ferait virer à coup sûr ou pire, finirait affectée à des tâches subalternes qu'elle trouverait absurdes. Le caractère accidentel n'enlevait rien au traumatisme d'une telle vision. Sa nuit fut entrecoupée de réveils en sueur, de visions angoissantes et, comme chaque fois, cela la ramena à ce même endroit et à cette nuit.

Sa traque lente dans cette forêt couverte de ronciers, brûlés pour la plupart. Elle n'avait pas senti, sur le moment, qu'elle s'était accrochée et blessée aux jambes et aux bras. Elle ne ressentait plus rien. Charlie n'entendait plus que le vide autour d'elle, les bruits étaient étouffés par son cœur tapant dans sa poitrine, dans ses tempes et son corps tout entier. Un état second. Elle était entourée de ses hommes, de son équipe courageuse et tenace, mais elle avait arpenté ce bois comme si elle avait été seule, comme si plus rien n'existait que cette quête. Elle espérait encore pouvoir retrouver Louise vivante, traumatisée mais en vie, et ni les ronces ni la peur, ni même la fatigue ne pouvaient l'arrêter. Elle faisait communion avec cette végétation hostile, avec cette moiteur palpable qui rendait la chaleur des bois encore plus insupportable. Charlie était coincée dans un bain bouillonnant de sentiments terrorisants et nauséabonds, comme chacun de ses collègues. Elle voyait bien que tous craignaient de tomber sur un corps plutôt que sur une petite fille. Personne n'avait dormi dans l'équipe depuis quarante-huit heures, ils savaient qu'après un enlèvement qui durait aussi longtemps, c'était souvent la mort que l'on trouvait au bout de cet immonde chemin. Charlie ne pouvait y croire. Pour la première fois, elle refusait d'écouter les statistiques qu'elle connaissait par cœur. Elle avait été dans le déni dès les prémices de son enquête. Sa clairvoyance, depuis toujours sa carte maîtresse, lui assurait en boucle qu'elle pouvait encore faire quelque chose. Et son instinct, à l'inverse de tout le reste, l'avait rarement trompée. C'est pourquoi lorsqu'elle avait entendu des cris et vu de loin un de ses hommes taper hargneusement dans le tronc d'un arbre, elle avait été saisie d'effroi et n'était pas parvenue à courir. Pourtant elle courait très vite, c'était sa spécialité, ce fameux premier conseil donné par son formateur en cours de self-défense, pour toujours gravé, un réflexe inoubliable. Courir est salvateur, c'est là que se niche l'espoir de survivre quand on est face au mal, à un homme rongé par une pulsion de mort. Courir. Elle fit alors ce qu'elle ne faisait jamais. Elle marcha, lentement, rejoignant les autres, empruntant sans s'en rendre compte une trajectoire de plus en plus sinueuse jusqu'à son coéquipier en train de vomir, courbé sur lui-même. Voulait-elle garder l'espoir au creux de son ventre quelques instants de plus ? Prenait-elle des forces avant l'abominable ? Une cavité naturelle, recouverte de branchages cramés, pas assez pour qu'on ne devine pas un pied d'enfant qui dépassait. La vision était absurde. Ils étaient à la recherche d'une petite fille qui faisait de la danse, suivait des cours de théâtre, faisait tourner en bourrique son tendre grand frère dont elle partageait la chambre, non sans quelques querelles de voisinage. Toutes les descriptions faisaient état d'une enfant turbulente, drôle, vive, et le regard de tous s'arrêtait sur ce petit pied violacé, la seule partie de sa dépouille qui n'avait pas totalement pris feu, incapable d'agrandir son champ de vision. Le sens même de la vie se mit à trembler sous leurs pieds enfoncés dans la terre encore bouillante. Charlie perdit sa route, étourdie par le désespoir qui les attendait, camouflé dans les bois.

5

Elle était dans son bureau quand la gendarmerie la convoqua.

Elle mit Marc, fraîchement arrivé, au courant de sa macabre découverte, ce dernier accueillant cette nouvelle avec sa fièvre habituelle : aux alentours de trente-cinq degrés – Fahrenheit, Celsius et centigrades. Pendant qu'elle lui expliquait les faits avec le plus de concision possible, elle l'observait s'agiter frénétiquement, préoccupé par un tiroir à l'évidence trop chargé, et, quand elle fit le tour du bureau pour se retrouver dans l'axe idéal, découvrit le drame qui se tramait. Plusieurs morceaux de bois très fins dépassaient allègrement – et largement – du tiroir, mélangés avec des feuilles volantes. Se pouvait-il qu'il imagine que ça finisse par rentrer ? Il fallait être d'un optimisme féroce. Possédait-il une scie portative dont il comptait faire usage ? Ce type était néfaste pour la concentration de Charlie, déjà si encline à la dispersion. Chaque fois qu'elle posait ses yeux sur lui, son cerveau s'éparpillait en un agrégat de pensées absurdes et désordonnées, à l'image de ce meuble infâme.

Elle s'échappa du commissariat, confiant à son collègue quelques démarches administratives rébarbatives qui lui restaient à faire. Vu l'état de Marc, les cheveux dressés par l'effort, le teint rougi par l'énergie déployée si rarement, il n'était plus à un problème près.

Charlie arriva parfaitement à l'heure, le gendarme « mignon » la fit entrer dans le bureau. Son charme désuet s'estompa, elle cessa de l'imaginer nu sortant de la salle de bains dès lors qu'il lui fit un résumé du rapport du légiste. Manifestement le médecin se demandait comment Michel avait pu se flanquer par terre aussi violemment. La petite décharge dans le creux des reins que Charlie ressentit à la lecture du compte rendu, elle l'aimait autant qu'elle en avait honte. Quel genre de personne pouvait-elle être pour se laisser parcourir par un frisson, tandis qu'elle découvrait un crime potentiel ? Charlie se débattait maintenant pour empêcher son interlocuteur de voir les atomes d'excitation qui s'extrayaient des pores de sa peau dans un souffle de plaisir. Quand, sortant de sa rêverie, elle se rappela que l'enquête ne serait pas la sienne, elle ne put s'empêcher de regretter de ne pas avoir choisi la gendarmerie malgré cet uniforme, qui, comme tous les autres, lui donnait envie de se creuser une tombe à mains nues avec des ongles courts. Ne pas pouvoir enquêter sur cette chute énigmatique serait source de contrariété, une déception telle qu'elle ne put s'empêcher de mâcher bruyamment un bonbon qu'elle trouva dans sa poche gauche. Elle refit sans joie avec le gendarme le déroulement du week-end, de ce qu'elle avait pu remarquer. Et se rappela enfin sa mésaventure, attaquée par une tapette géante, poursuivie par des mulots, et finalement enfermée à double tour par le fantôme de Michel.

— Mais qu'est-ce que vous fabriquiez dans la cave de Michel ?

Elle ne se sentait pas de lui avouer qu'elle était simplement terrifiée à l'idée de dormir en imaginant un potentiel tueur planqué chez papa Noël.

— J'ai entendu du bruit puis vu cette lumière, je voulais juste éteindre.

— Par souci d'écologie ? Ou pour polluer les empreintes ?

— J'avais mes gants.

— J'espère, oui…

Charlie sentait qu'il était tourmenté qu'elle soit flic, il voulait montrer qu'il allait vite, au moins aussi rapidement qu'elle serait allée elle, et, de son propre aveu, il avait été le dernier à s'attendre à une telle demande du légiste. C'était un coin paisible, tout le monde se connaissait, il n'était pas naïf mais ne voyait sincèrement pas comment ce vieux monsieur avait pu s'attirer une envie de meurtre.

Charlie ne voulut pas le blesser, malgré l'agitation qui étreignait son cœur, impatient jusqu'à la douleur, se retenant avec acharnement de commencer à établir des hypothèses. Ça la démangeait atrocement, elle bougeait sa jambe frénétiquement sous le bureau sans s'en rendre compte, se concentrant sur son calme apparent, et ça n'échappa pas au gendarme. Si seulement on le lui avait demandé, elle aurait déjà proposé des dizaines de supputations. Elle retenait ces dernières dans ses cordes vocales, l'argumentaire menaçant de surgir à tout moment, y compris inopportun. Le brigadier, peu prolixe, après avoir fait défiler les quelques éléments dont il disposait, une main tirant sa moustache avec douceur dans une cadence métronomique mais non moins irritante aux yeux de Charlie, lui fit savoir que l'entretien bucolique arrivait à sa fin. Et, après avoir proposé un café à la jeune femme, il lui ouvrit la porte sans piper mot. Charlie se demanda si l'homme était plus mystérieux que désagréable, ou l'inverse. À moins que, depuis l'irruption de la cave dans la conversation, il ne la soupçonne ?

La frustration fut à son comble quand elle se leva, le lendemain, et découvrit comme panorama l'équipe scientifique en activité juste derrière son logis, dans le chalet de Michel. C'était insupportable d'être témoin de cette recherche sans pouvoir y participer. Elle voulait aller là-bas, se mêler au groupe discrètement et échafauder des scénarios. C'était tout ce qu'elle savait faire de sa vie, alors quelle idiotie de ne pas être avec eux. Ce fut lorsqu'elle entendit la ponceuse furieuse de Denis qu'elle se décida à aller vérifier si les enquêteurs avançaient. Elle se chaussa, prit le chien pour avoir l'air « en promenade » et alla taper à la porte de Denis, qui posa aussitôt son outil, écartant ainsi tout risque d'accident.

— Bonjour, Denis, vous allez bien ? Ça va ?

— Oui, je suis triste pour Michel, c'est vraiment l'accident bête… C'est fou, non ?

Charlie se demanda si Denis avait aperçu l'équipe de cosmonautes dans son dos en train de relever les traces d'ADN, les cheveux, les fibres de vêtements, entre autres choses. Et dans sa tête elle lui répondit que, non, ce n'étaient pas des apiculteurs en train de récolter leur miel de sapin.

Elle ne devait pas s'éterniser auprès de lui, elle bouillait de l'intérieur, et craignait maintenant que ça ne finisse par se voir. Elle le quitta, sans habiller la chose d'un quelconque bavardage. Ils ne l'avaient pas interrogé ! C'était surréaliste.

Ou alors c'était une stratégie ? Avaient-ils quelques indices concordants et voulaient-ils le cueillir par surprise ? Il avait l'air sympathique avec ses bières, mais Charlie savait que la haine pouvait habiter n'importe quelle enveloppe corporelle. Il fallait intégrer ça pour être un bon enquêteur. Elle avait souvent été surprise en découvrant le visage de certains tueurs. Elle se rappela ce meurtre atroce, un corps mutilé dont on avait retrouvé le tronc glissé sous une camionnette garée en plein centre-ville d'une banlieue vieillotte. Après avoir fouillé de fond en comble la vie de la victime, interrogé son entourage et alors que l'enquête piétinait, Charlie avait dû accepter un jour que l'assassin était sous son nez, cette femme belle et discrète qui refusait que son amant parte avec son nouvel amour. C'était tragiquement banal, et pourtant la violence du crime les avait éloignés de cette piste. Charlie n'avait pu apercevoir cet autre visage qu'un bref instant, où elle avait vu quelque chose briller anormalement dans les pupilles de la jeune femme. Toute l'équipe avait buté sur ce meurtre, les êtres entourant la victime attiraient les flics dans une impasse, tous si communs et désespérément humains. Il avait fallu la sagacité hors norme de Charlie pour déduire la fin tragique de cet homme. Son regard sur la meurtrière s'était alors métamorphosé, en quelques secondes, et elle avait su, c'était animal. La suspecte, qui semblait jusque-là si calme, installée sur le siège passager de Charlie, venait de montrer une autre facette à la flic obnubilée par la vérité. La capitaine avait réussi à attirer la meurtrière dans une discussion à bâtons rompus, cette dernière, dans son emportement, oubliant presque sa propre culpabilité. Son fiel, à l'égard de la nouvelle amante de l'homme qu'elle avait dans la peau, avait soudain éclaboussé le pare-brise en même temps que la lucidité de Charlie. Après cette révélation, elle avait trouvé sans mal les preuves, suscitant l'admiration de tous, autant que la surprise, tant le dénouement de cette enquête les avait sidérés. C'était autre chose qu'un sixième sens, une capacité entretenue tant par son acharnement que par son flair. Depuis son plus jeune âge, Charlie lisait les gens. Les devinait. Les respirait. Sans jugement, elle les pressentait.

Alors certes, la ponceuse n'était pas un premier choix pour une carrière de *serial killer*, et il n'y avait pas de GHB dans sa bière. Peut-être. Mais restait qu'il l'avait interrompue quelques secondes avant qu'elle ne trouve le corps. Elle en avait vu, des affaires tristement évidentes. Pendant qu'elle faisait et défaisait le canevas de ses pensées, qu'elle essayait de mieux ordonner que le bureau de Marc, elle s'était mise en route pour des courses au village. De toute façon il fallait qu'elle s'occupe, la méditation aujourd'hui ne fonctionnerait jamais. Elle continua à alimenter son petit vélo intérieur, pendant qu'elle jetait des articles frénétiquement dans son panier pour le week-end. À la sortie d'un rayon, elle aperçut le gendarme et sa moustache entrer dans le magasin et elle entreprit de faire traîner ses achats sournoisement, faisant mine de ne pas le voir. C'est seulement quand il s'approcha trop près d'elle qu'elle comprit qu'il l'avait vue.

— Bonjour, vous allez bien ?

— Oui et vous ?

Elle se retint. Pas longtemps.

— Pardon de vous demander ça, mais ça avance pour Michel ?

— Pourquoi ça vous intéresse ?

Il ponctua sa phrase d'un sourire, elle s'était fait griller lamentablement.

— Je suis désolée mais comme j'habite tout près…

— Non, rien de probant pour le moment, ou alors c'est votre campagnol !

Il sourit à nouveau en tripotant allègrement sa moustache et elle l'imita, sans s'en rendre compte, les poils en moins.

La remontée jusqu'au chalet fut rapide et douloureuse tout à la fois, tant elle se sentait dépossédée de son âme de flic. Elle portait ses victuailles dans un sac à dos, son rouleau de linoléum neuf dans les bras, mais ce n'était pas ça qui la ralentirait, elle était trop irritée pour ne pas avancer. Franchement, pourquoi ne pas parler avec elle de cette affaire, avec l'expérience qu'elle avait ? Sans compter qu'ils étaient voisins, et qu'elle avait découvert le corps. Certes trop tard, mais sans elle, Michel serait encore à pourrir devant son escalier dans l'indifférence générale. Ce manque de considération l'exaspérait, et ça faisait plusieurs heures qu'ils auraient dû avoir le début d'une idée, au lieu de ça, le type faisait ses petites courses, détendu et rêveur, tout en lui glissant quelques traits d'humour ponctués de sourires mièvres. Charlie ne savait pas ce qui serait le plus insupportable, que le gendarme ne cherche pas plus loin, ou qu'il ait des pistes qu'il refuse de partager. La colère l'aidait à porter son lino, elle l'avait pris dans un ton bois clair, et l'envie d'en faire bouffer un morceau au gendarme lui passa par la tête. Qu'est-ce qu'il croyait ? Qu'elle allait tout divulguer à la presse ? À son voisin ? À son père ? S'il savait sur quelles affaires elle avait travaillé… à côté, la mort de ce pauvre Michel était un conte de Noël. Alors, si elle devait subir encore une fois ses petites vannes à la supérette du coin, elle préférait encore retourner à son ancien commissariat, où elle avait toujours été respectée, même après s'être égarée. Elle avait encore oublié de regarder s'il portait une alliance à l'autre main, celle qui n'approchait pas sa moustache. Si c'était le cas, elle plaignait l'heureuse élue de vivre avec un type si exaspérant. Ce fut une fois arrivée devant le sas de la maison qu'elle lui fut finalement reconnaissante, le lino semblait avoir lévité jusque chez elle, Charlie était à peine essoufflée. Elle jeta le revêtement avec exaspération, et caressa son chien qui partit en cavalant, se ruant dans la neige après avoir violemment shooté dans son sac à dos. Avec lui, elle sentait qu'elle ne rentrait pas pour rien. Elle n'était pas sûre d'avoir déjà mis un homme dans un état pareil. Mais fallait-il s'en enthousiasmer ? Elle posa le sac à dos à l'intérieur, enleva son bonnet, prit son lino sous le bras et se planta devant la porte de Denis.

L'intéressé ne répondant pas, elle finit par pousser la porte et entra. La maison était vide, le chantier avait encore avancé, elle avait envie d'aller voir l'étage desservi par une échelle de meunier, décidément… Elle regarda dehors si personne n'arrivait, il faisait déjà nuit et s'il remontait, ce serait forcément avec une lampe. Charlie grimpa à l'échelle, se concentrant à chaque marche pour éviter à ce hameau un autre événement tragique. Ce n'était pas évident dans le noir, la lampe frontale n'éclairait pas grand-chose. Elle continua sa lente ascension, sans faire de bruit, jusqu'à ce que sa discrétion lui paraisse ridicule, il n'y avait qu'elle. L'étage était un vaste dortoir mansardé, c'était sobre et très beau, pas de cadavre ni d'odeur de corps en putréfaction, ou quoi que ce soit de suspect à ses yeux. Elle crut soudain entendre un bruit, sursauta, marcha lentement jusqu'au trou de l'échelle, entreprit de redescendre en vitesse, malgré le risque certain encouru, et découvrit Clint au pied de l'escalier. Pour quelqu'un qui chérissait tant la liberté, elle entretenait une relation peu cohérente avec ce chien. Elle se retrouvait presque gênée qu'il l'ait surprise là en train de fureter. Vexée, elle l'engueula brièvement, et fut alors non seulement sûre d'entendre quelque chose, mais plus encore de voir une lumière se rapprocher à vive allure.

C'était lui. Quand il gara sa motoneige, elle avait eu le temps de sortir et de tirer la porte avec brusquerie, elle était cependant juste devant l'entrée et dut prétexter que le chien était allé se balader dans cette direction.

— Eh oui, je le comprends, il part à l'aventure dans ses montagnes !

— Vous avez encore beaucoup de travaux de prévus ?

— Je suis sur la fin mais j'ai oublié de fermer à clé, alors avec ce qui s'est passé chez Michel…

Et tout en parlant il ouvrit la porte, alluma… Un désastre. Les empreintes de pattes de Clint traçaient un chemin d'une précision redoutable jusqu'à l'échelle. Le parfait crime imparfait.

Il lança :

— Quand je vous dis qu'il faut fermer ici.

Et Denis éclata de rire avec toutes ses notes, de la plus grave à la plus aiguë. Charlie tenta un grand sourire crispé en retour. Il y a les chiens renifleurs, les chiens sauveteurs, les chiens de protection, et il fallait compter désormais sur Gérard Clint, le redoutable architecte d'intérieur.

— Denis, en parlant de fermer, les gendarmes me disaient qu'ils avaient eu un souci avec la porte de la cave…

— Ah ben, oui, celle de Michel ? Elle se bloque souvent, y a une cale d'ailleurs dans l'entrée, si jamais vous voulez lui piquer des confiotes, faut la mettre !

Elle rentra dépitée avec son faux chien de flic penaud. Il fallait qu'elle lâche ce pauvre gars, qu'elle évacue l'insatisfaction de ne pas être sur cette affaire, qu'elle supposait relativement simple de surcroît, définitivement pas sa came. Ou alors c'était Denis qui l'avait enfermée ? Demain elle irait vérifier cette histoire de cale-porte. Elle se prépara un bon dîner, la raclette tant fantasmée, hélas rapidement gâchée par une angoisse plus saisissante que sa poêle qui n'avait pas assez cuit les morceaux de saucisse. Elle venait de goûter et de s'apercevoir que la viande était encore rose, craignant désormais le si peu célèbre, et assez injustement, *Trichinella spiralis*, un ver présent parfois dans le porc mal cuit. Aussitôt, elle se jeta sur Internet pour découvrir plus précisément encore les conséquences de ce parasite vicieux : « Une fois ingérées, ces larves empruntent le réseau sanguin, pénètrent dans les cellules musculaires et s'enkystent. La contamination est source de multiples complications (problèmes cardiorespiratoires, encéphalite…). » Les points de suspension ouvraient une brèche dangereuse dans laquelle l'esprit torturé de Charlie se jeta allègrement à corps et âme perdus. Une fois bien calée sur l'ensemble des déconvenues éventuelles liées au parasite, elle accepta enfin de cesser ses recherches frénétiques et lâcha son ordinateur avec hébétude, lorsque son téléphone s'éclaira. C'était le commandant. Elle allait enfin être utile à quelqu'un.

6

La mère avait entendu une détonation, peut-être attendait-elle son retour pour s'endormir. Elle était sortie, avait erré jusqu'à l'entrée de la propriété, et était tombée sur le corps de son fils inerte abandonné dans la boue. Charlie arriva soulagée sur le lieu du drame, salua le procureur qui venait d'arriver, ainsi qu'André, moins enthousiaste qu'à l'accoutumée, elle n'aurait pas à annoncer la nouvelle aux parents, de loin la partie la plus atroce de son métier. Découvrir un cadavre à l'orée d'un bois, ou n'importe où, n'était rien à côté de l'annonce aux proches. Ce n'était alors pas le courage qui venait à lui manquer, mais la résilience. Elle en était incapable. Elle faisait semblant du contraire pour ne pas finir en taule, mais la vérité, c'était que les fumiers, elle pourrait les tuer sans rien regretter. Cela la terrifiait. C'était une discussion qu'elle se contentait d'avoir avec elle-même, comme la plupart des autres débats. Elle essayait souvent de deviner si ses collègues ressentaient la même chose, n'osant pas le leur demander. Certains avaient le sang chaud, mais la plupart étaient solides, courageux, savaient qu'il fallait se tenir et encaisser, surtout sur les enquêtes criminelles. Depuis toujours Charlie endossait le rôle de la flic tempérée en toutes circonstances, elle s'était déjà surprise à faire la morale à un collègue trop impétueux. Sa modération n'était pourtant qu'une partition, qui lui demandait une retenue presque inhumaine. En réalité, elle était envahie par la violence, souvent… Elle se forçait alors à se calmer, à faire baisser son rythme cardiaque, pour ne pas être devinée. Ni par ses collègues, ni par ses proches et encore moins par ses suspects. Pourtant elle savait qu'elle pouvait déboulonner, elle avait été éduquée comme ça, et craignait toujours une remontée capillaire ingérable. Et si un jour elle devenait dingue et commettait l'irréparable ? Ce serait une charge de plus à son dossier, qui avait déjà entaché ses années d'excellence. Néanmoins elle avait la réputation d'être un animal à sang froid, prompte à supporter le mensonge, l'ignominie, la bêtise, la lâcheté, et souvent tout à la fois. Très tôt dans sa carrière on l'avait envoyée faire accoucher un meurtrier à bout de fatigue. Sa technique consistait alors à se taire, à s'imprégner de la personnalité du criminel, à se fondre en lui, sans rien éprouver, ni haine ni dégoût. De s'essayer à l'empathie, et sincèrement, tout un art, manipuler son propre cerveau. Elle avait gravi les échelons bien plus vite que la moyenne, faisant preuve d'une ténacité hors norme, et très tôt, dans cette ascension professionnelle, on lui avait fait comprendre que, pour résoudre pareilles affaires, il fallait être rigoureusement stable et résistant psychologiquement, capable de prendre du recul. C'était marqué dans le dépliant qu'on offrait aux étudiants policiers.

« Gérer ses émotions sans s'impliquer personnellement »... Chimérique, mais cristallin.

Alors elle mettait un point d'honneur à ne jamais évoquer cette haine qui tapissait son estomac chaque fois qu'elle était confrontée à une pourriture.

Marc était dans la maison avec la dame, lui ne cachait aucune colère, c'était certain, d'ailleurs il ne dissimulait rien, à part ce satané tiroir qui depuis l'incident obnubilait Charlie. La mère éplorée n'avait pas d'âge, elle n'en aurait plus. Son teint avait perdu ses couleurs à l'aurore, ses mains tenaient un mug plus fermement qu'un étau n'aurait su le faire, ses yeux fixaient le vide, comme si elle y distinguait son fils, ou quelque chose susceptible de lui faire quitter son corps pour disparaître de la civilisation. Charlie l'abandonna avec son binôme pour aller étudier la scène avec l'équipe scientifique.

À première vue le corps ne présentait pas de trace de lutte, juste des éclats de plomb parsemés sur la poitrine sanglante et découverte, l'« œuvre » évidente d'un fusil de chasse. Charlie laissa son regard se promener le long des traces de roues enfoncées dans la glaise, le sol gadouilleux ne facilitant pas les recherches des techniciens de l'Identité judiciaire. C'était une ferme à l'entrée de la ville, l'endroit était triste à périr, trop vaste pour une petite famille. Elle fit un tour du terrain avec sa lampe torche, réveilla les poules et un chat dont la robe laissait à penser qu'il avait été conçu entre cousins germains, aux abords d'une centrale nucléaire, puis se décida à entrer rejoindre Marc.

Alors qu'elle mettait un soin infini à se fondre dans la cuisine, la dame lui servit un café, à bout de forces, expliquant entre deux sanglots combien son fils était gentil, serviable, qu'il travaillait à la ferme avec elle et chez leur voisin... Marc posait des questions avec affabilité, tandis que Charlie, dans son monde, observait la dame, ses gestes, son attitude physique, sa respiration, il fallait repérer le plus tôt possible le mensonge s'il y en avait un. Le temps joue toujours contre les enquêteurs, et, même si, avec les progrès de la recherche d'ADN et des sciences de la criminologie en général, beaucoup moins de meurtres passent sous les radars, tout le monde sait que le temps qui s'écoule est toujours un frein à la résolution d'une affaire. C'est même le plus grand danger, ces jours qui filent quoi qu'on y fasse, effaçant sur leur passage et sans remords les preuves, comme les traces de pas sur le sable disparaissent, inexorablement, sous l'assaut vorace des marées. Pendant que la femme parlait, Charlie observait la cuisine discrètement, c'était un peu sournois mais c'était pour son bien, pour que justice soit faite. Du côté où elle était assise, Charlie voyait le couloir, plutôt vide. L'organisation de la maison contrastait avec l'extérieur, où des amas de matériels en tout genre traînaient dans chaque recoin, tandis que l'intérieur était assez dépouillé, très propre. Elle interrompit Marc qui se débattait avec un biscuit sec, qui une fois imbibé, ne l'était plus, et s'effondrait par morceaux, éclaboussant la table blanche en Formica immaculée et sa chemise presque repassée par la même occasion, pour demander si elle pouvait visiter la chambre du jeune homme.

Une fois dans les lieux, elle s'assit sur le lit, pas parce qu'elle était fatiguée, mais pour se mettre dans ses baskets, dans son petit monde, si elle avait été certaine que personne n'entrerait, elle se serait carrément couchée dans son plumard. C'était la mère qui devait faire le ménage ici aussi, c'était impeccable, en revanche tout était par terre, c'était plus que du désordre, on aurait pu croire qu'il s'était battu. Dans un élan elle renifla les vêtements traînant au sol, comme un animal à l'affût de sa piste ; ils étaient sales, il avait dû se changer pour la soirée. Elle continua sa fouille rapide mais méticuleuse.

Elle remarqua un téléphone portable éteint dans un tiroir du bureau, l'embarqua. Pas d'ordinateur. En revanche, quand elle se pencha sous le lit, elle remarqua que ça sentait l'herbe – elle avait la truffe plus fine que Clint – mais, interrompue par la dame et son acolyte hirsute, elle se redressa sans délicatesse. Charlie ne demanda pas à aller aux toilettes, trouvant méprisant d'insinuer qu'elle s'était déplacée jusqu'ici pour soulager sa vessie, plutôt que pour fouiller. Elle se contenta d'échanger un regard avec la maman effondrée, le corps voûté, sur le pas de la porte, aux côtés de Marc, enchevêtré dans cette catastrophe, et quand elle les entendit redescendre, se précipita dans la chambre parentale. Elle avait bien noté qu'on lui donnait le droit d'explorer les lieux, mais ne voulait en aucun cas brusquer la dame, elle trouvait détestable que l'intimité de quelqu'un puisse être révélée comme ça, sans préambule, sous les lumières blafardes des ampoules trop fortes. Et puis elle aimait avoir un tour d'avance sur la psychologie des gens. Pour Charlie, le matériel était fait pour prouver, l'intuition, pour savoir. Certes, chercher à dévoiler le cadre de vie de quelqu'un avait quelque chose de terriblement intrusif, mais ça valait la fouille complète d'un portable si l'on était attentif. Elle fureta en vitesse, et tomba sur un gros sac en plastique rempli d'herbe dans une petite commode vieillotte au fond de la pièce. Elle eut de la peine pour cette pauvre maman qui, pour protéger la mémoire de son fils, connaissant son petit trafic, s'était ruée dans sa chambre et avait dû chercher partout, vacillante, pour mettre la main sur ce sac d'herbe et le cacher. Ils décidèrent de la convoquer au commissariat dès le lendemain matin, laissant l'équipe scientifique continuer son travail, et prirent les virages pour remonter chez eux. Marc semblait réfléchir, ou même commencer à s'assoupir, hésita-t-elle à conclure, tant l'ouverture de ses yeux venait à décliner. Charlie rêvait qu'il lui propose de travailler tout de suite, de filer dans leur bureau, elle savait qu'elle ne dormirait pas. Dès qu'elle sortirait de la voiture, elle commencerait à classer les éléments qui s'entrechoquaient violemment dans sa tête. Son grand tableau l'avait aidée à résoudre bien des énigmes et à coincer les tarés. C'était une immense ardoise, avec plusieurs colonnes, toujours les mêmes. Elle ne la montrait jamais, c'était personnel, un journal intime écrit à l'encre de la vilenie de ce monde. Elle allait rentrer et commencer à remplir les cases pendant que Marc, gardien de l'équilibre mental du groupe, roupillerait comme un bébé. Il avait une vie, lui. Et un tiroir à ranger. Ou à brûler.

La colonne « faits » était toujours la plus facile à remplir, du moins au début, « suspects », c'était trop tôt, et enfin la colonne « instinct » réveilla jusqu'aux plus petites parties de son épiderme endormi depuis quelques semaines. Un frisson la parcourut de bas en haut, c'était l'adrénaline qui revenait enfin dans sa vie, elle n'en dormirait pas mais ça lui importait peu, celui-là, elle allait le coincer, et cette pauvre maman jouirait au moins de la fourbe consolation que procure le sentiment de justice.

Quand Charlie se jetait à corps perdu dans une enquête, il était rare qu'elle ne trouve pas. Ce n'était arrivé qu'une seule fois. Combien d'heures avait-elle passées à chercher les preuves, à fouiller sur Internet pour résoudre « les bois » ? Un jour pourtant, elle avait cru que toutes ces nuits à analyser cette entité abstraite allaient enfin payer, un cri lui avait même échappé à la lecture du contenu du casier d'un nouveau suspect. Rien à voir avec un retrait de points. Charlie avait décidé de tout faire dans les clous et avait prévenu sa supérieure, le juge et son partenaire.

Cet après-midi-là, son pouls s'était emballé dès qu'elle avait traversé le couloir, avant même de passer la porte du gymnase. Elle voulait d'abord l'observer, et éviter à tout prix de l'emplafonner. Louise n'avait fait qu'un stage avec lui mais le moins que l'on puisse dire, c'est qu'elle n'avait pas eu le déclic, et elle n'avait plus voulu y retourner sans préciser les raisons de son manque d'engouement. Se lasser d'une activité plus vite que la lumière étant, de loin, le sport favori de la plupart des gamins, Charlie ne s'était pas contentée de cette information. En revanche, lorsque, après des heures à pourchasser tout l'entourage de la famille de Louise, l'enquêtrice était tombée sur ce morceau de casier judiciaire, son sang n'avait fait qu'un tour.

Le prof de tennis avait changé de centre sportif, de femme, et de région, après s'être fait pincer « en couple » selon ses dires, avec une gamine de quinze ans. Pas le genre de beauté de Charlie. Quand la flic avait déboulé dans le hangar, le tennisman était en pleine démonstration, Bastien s'entraînait tout seul frénétiquement avec sa balle jaune, en comptant le nombre de rebonds qu'elle faisait sur la raquette. Charlie s'était demandé s'il n'était pas en train d'essayer de s'hypnotiser, les ravages de l'ennui quand on est enfant…

Elle s'était installée dans les gradins, les jambes écartées, les poings en avant, prête à en découdre. Le prof ne lui avait pas trouvé l'air commode de loin et avait bientôt affiché la mine d'un toréador sans banderilles, sans épée et sans la moindre muleta pour se dissimuler, attendant, apeuré, la charge de son taureau occupé à gratter le sol. Il avait fait de son mieux pour s'extirper prestement après la fin du cours, sentant le typhon arriver tout droit dans sa direction sans le moindre préambule. Charlie sur ses talons l'avait suivi sur le parking du centre. Elle espérait pour lui qu'il n'était pas en train d'*espérer*, justement, lui échapper d'une quelconque manière.

— Capitaine Charlie Bazille, pouvez-vous me suivre pour une audition, s'il vous plaît. J'ai vu que vous aviez fini votre journée.

— Euh, oui, je peux, enfin je vais au moins prévenir ma compagne.

À condition que cette dernière ait fini son brevet blanc, avait pensé Charlie.

Le gars se donnait un mal fou pour avoir l'air naturel et peu inquiété par l'audition ainsi que par les poses de Charlie empreintes de brutalité.

Elle l'avait eu dans le pif dès les premières secondes, et son air d'athlète parfait lui donnait envie de le coffrer pour l'éternité, alors, dès qu'elle pensait au bulletin B2 du casier, Charlie se voyait le mettre hors d'état de nuire et résoudre son affaire. Elle avait rêvé de lui faire ingérer les seize cordes verticales de sa raquette dès ses premières réponses, et avait été atterrée de découvrir son alibi, qui tenait la route plus que tous les alibis qu'elle avait entendus au cours de sa vie de flic. Le mec était en voyage scolaire – avec sa meuf dans le lot, sûrement – aux États-Unis. Des dizaines de témoins pouvaient l'attester, en supplément de sa carte d'embarquement. C'était aussi la première fois de sa carrière qu'elle avait eu envie de mettre une mandale à un innocent.

Lassée enfin de ses circonvolutions, devant son ardoise qui s'était malgré tout bien remplie, elle se redressa, saisit son tableau et le cacha derrière la télé, à l'abri de tout visiteur.

Comme prévu, Charlie ne ferma pas l'œil de la nuit. Elle avait fixé son attention pendant des heures sur les craquements de son chalet. Elle ne croyait heureusement pas aux fantômes – considérant, de façon pragmatique, qu'elle avait assez de tares comme cela – mais avait été prise de doutes perçants lorsque Clint s'était mis à grogner. Tant que la clochette ne se ferait pas entendre, elle prendrait sur elle. Pourtant au petit matin, après cette nuit minable, en débarquant au commissariat, elle se sentit dans une forme olympique, alerte, prête à en découdre avec quiconque s'opposerait à la résolution de sa nouvelle enquête. Pendant qu'elle s'asseyait en face de la mère, elle visualisait son ardoise enfin recouverte de craie. Elle lui avait tant manqué. Peut-être devrait-elle se trouver encore d'autres couleurs pour ses colonnes, était-ce cela qui lui avait manqué pour résoudre le meurtre de Louise ? Il ne fallait plus penser à la gamine, ni aux bois calcinés.

La dame était anéantie. Marc était gêné de devoir la brusquer, il avait courageusement prévenu quelques proches de Samuel et portait les stigmates de ces coups de fil. Tout son visage s'était allongé, comme pour se cacher sous le sol, ses mains étaient repliées sur elles-mêmes, tendues à outrance. Charlie ne l'avait jamais vu affecté par quoi que ce soit. Il semblait découvrir le malheur. Elle se refusa à s'isoler avec lui pour lui asséner quelques paroles de réconfort, elle connaissait leur futilité. Au lieu de ça, elle scrutait la maman, laissant ses pensées divaguer tout en observant l'échange morne, et les coupa après un bon quart d'heure :

— Madame, nous avons trouvé une quantité importante de drogue chez vous. Est-ce que vous savez si Samuel la consommait ou la revendait ?

La dame fut tellement saisie qu'elle se mit à pleurer. Le moment était d'une tristesse insondable. Charlie savait que maintenant il fallait l'essorer, pour ne pas enfoncer le couteau dans la plaie avec lenteur et perversion, et faire éclater l'amère vérité.

— Madame, connaissiez-vous les gens avec qui votre fils vendait de la drogue ? La provenance de cette herbe ? Ses fréquentations ? Avait-il des amis douteux ? Samuel n'a que vous, et un peu nous aussi, pour l'aider, alors il faut tout nous dire, tout ce qui vous revient, le plus vite possible. Ce genre d'histoires tristement courantes anéantissent plein de familles, de parents, toutes les semaines, en France et ailleurs, en banlieue et dans les quartiers chics. Ne permettez pas à ces gens de détruire d'autres mamans.

Ce n'était pas de la manipulation, Charlie pensait vraiment ce qu'elle disait. D'ailleurs, c'était sa technique, la plupart du temps : dire ce qu'elle pensait, du fond des tripes, quelle que soit la violence des mots ; elle se disait que ça décomplexait les gens et leur donnait envie d'être sincères et de se lancer. Il fallait abattre la cloison entre elles le plus vite possible, qu'elles se fassent confiance, c'était la clé. La dame, livide, cherchait maintenant du réconfort auprès de Marc, lui-même plutôt dans l'observation des techniques de sa partenaire. Il alla chercher un café pour tout le monde – un double pour lui, espérait Charlie.

La maman lâcha trois noms, des copains de son fils, qu'elle ne portait manifestement pas dans son cœur. Elle n'avait aucunement connaissance d'un quelconque trafic, pensait que Samuel était juste fumeur, et quand elle avait appelé la police, elle s'en était souvenue et s'était précipitée dans sa chambre pour chercher la drogue. Elle présenta ses excuses, son fils était un bon garçon, elle ne voulait pas que le journal local parle d'un drogué. C'est fou à quel point les gens se préoccupent toujours de ce qu'on peut dire d'eux ou des leurs. Même dans les pires situations, la réputation doit demeurer intacte. Charlie avait connu des mensonges fous voués à préserver une famille, la réputation d'un homme ou d'une femme à la vie sulfureuse. En tant qu'enquêtrice, il fallait rendre le mur qui séparait le bien et le mal le plus poreux possible pour que les gens ne se sentent pas jugés et se confient. Des enquêtes s'étaient atrocement enlisées pour des mensonges de convenance.

Quand Marc revint avec ses trois cafés, dont la moitié coulait le long des gobelets, il fut stupéfait de découvrir où l'on en était, et félicita Charlie discrètement. Avec ces trois noms, l'après-midi s'annonçait prometteur, avec ou sans menu du jour.

Ils ramenèrent la dame chez elle, Charlie insista pour accompagner Marc qui se proposait. Elle aimait bien ce moment, c'était propice à la confidence, peut-être résoudrait-elle encore une affaire sur le siège passager, en discutaillant. Comme elle le supputait, même au milieu d'une enquête, son partenaire n'avait pas la main molle, ou plutôt le pied, quand il s'agissait de freiner et le voyage sembla durer une éternité. Mais la dame en avait fini. Elle était vidée – de ses mots, de ses pensées, pas de sa détresse.

Le service informatique les appela dans la voiture sur le chemin du retour, le téléphone de Samuel était maintenant rechargé et allumé. La première analyse révélait bien un trafic d'herbe qui impliquait plusieurs contacts, dont les noms donnés par la maman. Il ne fallait pas vendre la peau de l'ours, mais ce ne serait pourtant pas une semaine de randonnée.

Charlie avait convaincu Marc sans difficulté, malgré les preuves téléphoniques, de faire venir les suspects potentiels pour de simples auditions. Elle voulait qu'ils se sentent libres et le moins soupçonnables possible. Elle ne voulait pas leur faire peur, plutôt être dans le rôle de la simple confidente. Son binôme n'avait pas essayé d'argumenter, le ressenti de sa partenaire l'intriguait et il aimait en être le témoin privilégié. Les trois garçons cités par la maman avaient des échanges réguliers avec la victime. Un des trois semblait être le chef de ce pseudo-groupe, ils l'auditionnèrent en premier.

Le gamin avait tout du petit gars qui a mal tourné, prenait un soin particulier à cultiver un air dangereux – peut-être l'était-il réellement –, paraissait peu enclin à imaginer un plan machiavélique, mais le meurtre n'avait justement pas sollicité la moindre ingéniosité. Charlie cherchait à deviner quand elle rencontrait quelqu'un, et d'autant plus quand elle l'interrogeait, si la personne était hémisphère droit ou gauche. Face à ce premier suspect, elle se demanda s'il avait seulement accès à l'un des deux.

Elle fit mine d'être chamboulée par sa hargne, lui répéta qu'il n'était pas suspect, mais qu'il fallait rendre justice à son ami. Marc attaquait un peu plus sèchement de son côté, de manière plus virile en tout cas, c'était ce que le mec cherchait, le combat de coqs, le genre à se foutre sur la gueule, bourré dans un bar, après avoir peloté la serveuse. Le genre tête pleine d'eau aussi, capable de descendre un mec pour cinq cents balles. Il n'était pas suspect, il était évident. Pendant qu'il se confrontait à Marc, Charlie détaillait ses traits, son souffle, ses mimiques, il n'en avait que deux ou trois à disposition. Elle se demanda s'il n'était pas poursuivi par une mafia locale et ne cherchait pas, coûte que coûte, à atterrir en prison pour espérer y échapper, tant chacune de ses réponses l'enfonçait : un sabordage dans les règles de l'art. Mais aucune mafia n'était assez stupide pour engager un con pareil. Jouait-il la bêtise ? Si c'était le cas, ce type méritait tous les honneurs dus à son art. Pour schématiser sa pensée, Charlie visualisait souvent une image, ça l'aidait à se représenter une personne ou une situation. Dans ce cas précis, c'était un encéphalogramme désespérément plat.

Alors que l'apprenti mafieux s'était déjà bien chauffé avec Marc, elle lui demanda soudainement :

— Vous faites de la chasse ?

Se sentant tout de suite attaqué et tel le félin qu'il pensait être, il se crispa et lâcha :

— J'en ai marre de vos questions à la con, je suis végétarien et je veux un avocat.

Marc fit redescendre la pression, le binôme s'isola. Malgré les preuves, et de manière peu explicable, les deux flics étaient dubitatifs sur la culpabilité de cet idiot. À moins qu'ils ne fussent juste déçus que l'enquête puisse être bouclée aussi vite.

Ils le relâchèrent, non sans le mettre sur écoute, de même que la mère de la victime.

Charlie repassa vite chez elle, sortit son chien, redoutant un nouveau massacre. Il était anormalement calme, si bien qu'elle suspecta une maladie ou une tactique de l'animal pour l'accompagner au commissariat. Cette petite bête était plus intelligente que son suspect, savait bien comment la manipuler, et ce, sans avocat.

Elle craqua et redescendit jusqu'à la voiture avec son « chiot », après tout on était dimanche, ses collègues avaient toujours des soucis de garde avec leurs gosses, Charlie avait son chien, point. Pas une revanche, mais un désir d'équilibre. Elle avait toujours trouvé fascinante la teneur des arguments des parents de jeunes enfants. Ces derniers seraient responsables de tout un tas d'empêchements, de retards, d'impossibilités de boucler tel ou tel dossier dans les temps, ils seraient l'essence même de toutes leurs galères. Elle avait fini par se demander si certains humains ne procréaient pas dans l'unique but d'excuser tout ce qu'ils rateraient à l'avenir. Et elle avait été surprise plus d'une fois par des gens prétextant divorcer à cause de leurs descendants. Alors qu'elle échafaudait un vivier de justifications sur la présence de son chien, en pénétrant dans le commissariat aussi calmement que son caractère le lui permettait, elle comprit que Marc était le dernier à se poser la question.

Il se contenta de hocher la tête quand il la vit arriver avec Clint, qui, pour l'instant, se tenait bien, et Charlie fut tout à fait surprise quand elle vit son partenaire jouer à essayer d'attraper l'animal, laissant échapper, malgré lui, quelques sons embarrassants au passage, au mépris de l'image baroque que cela pouvait renvoyer. Clint, heureux d'avoir trouvé ce qu'il pensait être son semblable, devint de plus en plus fou, se roulant par terre, et Charlie fut soudain terrifiée à l'idée que Marc finisse dans la même position ; elle le sentait capable de cet abandon dans le hall du commissariat. Si cela venait à se produire, elle ignorait de qui elle aurait le plus honte.

Le plus sûr était de le planquer dans son bureau le temps de la prochaine audition, qu'elle espérait plus palpitante, tout en croisant les doigts pour que le cabot ne refasse pas la déco de la pièce.

Le numéro deux s'installa. Ni stressé, ni particulièrement détendu, il les salua avec une certaine neutralité, sans grandes manières mais poliment. Il avait davantage à raconter, il était un peu plus âgé que Samuel, ils étaient amis d'enfance. Qui avait pu s'en prendre à lui ? semblait-il se demander, peiné. Il détailla les habitudes du groupe, sa relation avec Samuel, permettant aux policiers de mettre un pied de plus dans l'intimité de la victime. Grâce à lui, le rouleau compresseur de la reconstitution des agendas allait avancer. Mais, si ces anecdotes d'adolescence étaient charmantes, elles ne l'étaient pas assez pour émouvoir deux flics sans sommeil, avec un mort sur les bras par un dimanche d'hiver glacial.

Marc le coupa bientôt, pour le mettre face aux éléments accablants indiquant un trafic de drogue. Le suspect parut désarçonné, presque aussi heurté que s'il était accusé à tort, se dit Charlie. Tout y était : la sueur, la fièvre du regard, les palpitations, le débit accéléré et la voix qui s'envolait dans les aigus. Sans être une oie blanche, il n'était pas habitué aux interrogatoires. Ça risquait même d'être trop facile. Allait-il demander à appeler un avocat ou plutôt sa mère ? Mais contre toute attente, il ne réclama rien, juste un verre d'eau après une heure à s'être fait débiter des faits qui le reliaient indubitablement à un trafic pas si amateur que ça.

Quand elle lui apporta son verre, Marc ne l'avait pas lâché, il s'était rapproché de l'individu et ses questions sur un ton égal s'enchaînaient avec une célérité dont Charlie ne le savait même pas capable. Elle se demanda s'il faudrait bientôt oxygéner le suspect. Ce type n'avait pas dû souvent mentir, même pour un chamallow, et Charlie était persuadée qu'il s'était fait choper, ou avait payé pour les bonbons des autres…

Diligent, le garçon avoua tout. La rencontre avec le premier suspect, l'envie de participer au business pour s'acheter une moto trial, la crainte que ce numéro un lui inspirait, le besoin toujours plus pressant de Samuel de gagner de l'argent – son père était mort et il subvenait aux besoins familiaux –, l'ennui le week-end, qui les poussait à traîner tous ensemble. Les mots coulaient, comme la sueur sur son front, Charlie eut même peur que ces symptômes intenses soient ceux d'une grippe ou quelque chose comme ça, et l'idée de passer la semaine, au fond de son lit, avec une fièvre de cheval lui fit prendre un peu de distance discrètement. Elle interdisait à son corps d'attraper le moindre virus, c'était au-dessus de ses forces. Elle se souvint de la stupéfaction de Victor quand il l'avait découverte, chiffonnette et spray virucide à la main, en train de désinfecter tous les endroits que le maître de chantier, dangereusement grippé, venu visiter leur appartement, avait touchés, ou les objets près desquels il avait postillonné. Une belle performance mémorielle, quoi que Victor pense de son état psychique.

Elle demanda à Marc de poursuivre un instant sans elle. Tout en échangeant quelques mots dans le couloir avec son supérieur – ce dernier toujours aussi enclin à la laisser faire à sa manière –, Charlie observait le suspect à travers la porte entrouverte. La position de ses jambes, écartées et bien ancrées dans le sol, indiquait plus d'assurance que son faciès. Ça l'intrigua, mais ce n'était pas une preuve de grand-chose. Elle ne se voyait pas expliquer ça à Marc. Elle remercia André pour sa confiance, acceptant sans emphase sa tape amicale dans le dos un peu trop appuyée, et retourna se rasseoir face au pleutre trafiquant. Ce type était pleurnichard et lui tapait sur le système. Une chose était sûre, ce n'était pas le patron du groupe, pas le plus bête certes, mais trop branlant, le garçon. Le chef était rigoureusement sot d'emmener un type qui se confessait aussi vite. Voir des crétins, elle en avait l'habitude, mais le manque d'envergure, ça l'exaspérait. Elle pensa à la mère de Samuel qui avait douloureusement caché l'herbe dans sa chambre, sûrement en pleurant, et se dit que cette femme méritait de savoir, qu'elle avait sans doute bien plus de cran que ces vieux gamins mal finis. Elle mit le gosse en garde à vue, les autres membres du groupe allaient flipper et lui, finir de se dissoudre dans sa sueur.

Marc se proposa pour continuer l'interrogatoire en tête à tête avec lui, sentant Charlie parvenue au bout de son stoïcisme. Elle entama hardiment la troisième audition.

Le numéro trois ne lui fit tout d'abord pas grande impression, si ce n'est qu'il avait l'étoffe pour faire partie de ce groupe. Il s'assit, refusa le café qu'elle lui proposa, le regard fuyant, la tête baissée. Elle s'absenta quelques instants pour revenir avec une pizza. Démarche à mi-chemin entre une technique et une envie réelle de manger. Elle posa peu de questions, lui laissant à chaque fois beaucoup de temps, comme si les minutes ne comptaient pas, et que son témoignage n'importait pas réellement, son attention reposant essentiellement sur son repas. Peu de gens acceptent le mépris. C'est une constante, quelle que soit la personnalité, le milieu social, le contexte : ignorer l'interlocuteur le rend fébrile et susceptible, donc prompt à se prendre les pieds dans le tapis. Elle l'interrompit en plein milieu d'une phrase pour répondre à un appel, confirmant d'un regard de biais que son attitude l'affectait. Même dans un cas comme celui-là, la nature humaine est ainsi faite, tout le monde a besoin de retenir l'attention de son interlocuteur. Il allait bientôt avoir envie d'en finir. Soit en déballant tout, soit en se jetant sur elle. Elle était prête dans les deux cas et était de meilleure humeur depuis qu'elle avait mangé. Il finit par s'énerver contre ses copains – un classique – au motif qu'il n'était lui-même pas fumeur, qu'il était juste le seul à avoir une voiture, et la leur avait simplement souvent prêtée. Il n'était pas au courant du trafic, et par conséquent, trouvait que c'était « dégueulasse » de l'avoir balancé. Il connaissait à peine la victime, et de toute façon, il avait un vrai travail et n'avait pas besoin de faire des conneries le week-end.

Il avait eu l'air assez sûr de lui et précis dans ses réponses pour que Charlie les considérât ; un juste dosage d'agacement, de peur et d'assurance qui lui fit lâcher l'huile piquante et s'essuyer la bouche avec la ridicule serviette en papier trouvée dans le carton à pizza, imbibée de gras saturé. Après un temps, long pour l'apprenti criminel, elle lâcha :

— Je ne vais pas vous mettre en garde à vue, j'espère juste pour vous que les traces collectées aux pieds de

Samuel ne sont pas du même modèle que celles de votre véhicule, et pour m'en assurer je vais vous accompagner avec des collègues et le récupérer pour analyses.

Elle voyait qu'il se concentrait pour que son visage reste impassible et empêcher ses yeux de rouler. Elle finit son dernier morceau de quatre-fromages, un sourire à peine perceptible au coin des lèvres.

Charlie conduisait tranquillement et avait installé l'apprenti voyou côté passager, évidemment, espérant quelques confidences opportunes. La conversation se détendait progressivement, il fit même quelques tentatives d'humour plus ou moins réussies, mais quand ils se garèrent, suivis par l'équipe qui allait étudier la bagnole, elle crut percevoir une pointe de nervosité affluer en lui à nouveau. Il les conduisit au parking, Charlie le scrutait sous tous les angles pendant que l'équipe s'occupait des empreintes, passait la lampe… Il semblait gêné pour les affaires qu'il avait laissées dans sa voiture, pourtant très en dessous du véhicule de Marc. C'était soit une bonne nouvelle – il était idiot et n'avait rien nettoyé –, soit une mauvaise – il n'avait rien à voir avec ce meurtre, en tout cas, pas sa voiture. Quand il se précipita sur le coffre parce qu'il avait oublié de vider son bordel et qu'elle dut l'arrêter, la flic fut convaincue de sentir une odeur de transpiration nouvelle se dégager de lui, l'effluve de la peur et du mensonge, se dit-elle. Hélas, aucun juge au monde ne considérerait cet argument.

Marc en avait terminé aussi avec son prix Nobel. Sur le chemin du retour, Charlie commença à pester, tout d'abord intérieurement, puis à destination de son binôme à l'autre bout du téléphone. Elle avait l'impression qu'ils faisaient une enquête sur des petits voyous sans envergure, vendant quelques grammes d'herbe une fois l'an, à peine assez pour être inquiétés par la justice débordée, et pourtant il y avait ce garçon, Samuel, et elle ne pensait qu'à sa vie fauchée et à cette pauvre maman toute seule dans sa ferme triste à périr. Quand sa colère se mit à franchement déborder, elle se demanda, un bref instant, si Marc ne ressentait pas un profond soulagement de ne pas être dans l'habitacle avec elle, tant ses mots se raréfiaient. À moins qu'il n'ait entrepris son ménage de printemps au bureau, conjointement à ce coup de téléphone, ce qu'elle lui recommandait du plus profond de son être. Charlie était frustrée.

Sitôt arrivée au commissariat, elle récupéra Clint, crédible l'espace d'un instant dans le rôle du gentil chien éduqué attendant sagement sa maîtresse. Elle salua son collègue qui, bien que mou dans ses conversations et déplacements, s'était montré si coriace en audition qu'elle se sentait presque capable désormais d'accepter cette vue sur son bureau toujours pas rangé. La mollesse de Marc s'envola dès qu'il put accéder au chien ; elle se demanda si elle ne devait pas le lui offrir tout simplement. Heureusement il était « pressé », reprit son rythme de croisière, expression qui prenait enfin tout son sens, et se dirigea calmement vers sa voiture. Elle continua à l'observer depuis l'accueil. Quand elle le vit s'agenouiller sous la voiture, Charlie réprima un début de fou rire, elle ne l'avait jamais vu passer une journée sans faire tomber ses clés, son sandwich – manger un hamburger à ses côtés relevait de l'expérimentation –, son portable, ou tout à la fois. C'est quand il se releva péniblement, en proie à une mélancolie certaine devant sa voiture, tâtant minutieusement et avec inquiétude toutes ses poches, qu'elle sut que ce mec avait besoin d'une alliée.

La place en bas de l'immeuble de Marc n'était vraiment pas large. Charlie comprenait enfin son tacot éraflé de tous côtés. Il avait installé des bouées sur le mur pour éviter les dégâts, décision ingénieuse mais prise trop tard, vu l'état de la carrosserie de sa caisse. Sous ses airs débonnaires, ce type était usant. Elle avait finalement cédé, acceptant de se garer dans ce parking de Polly Pocket pour apaiser son partenaire qui craignait qu'elle ne crée un embouteillage dans la rue, pourtant fort calme, voire morte aux yeux de Charlie.

Au bout de dix minutes d'attente dans sa voiture, qui se refroidissait dangereusement, elle comprit pourquoi son acolyte avait tant insisté pour qu'elle ne se gare pas au pied de l'immeuble. Marc en avait pour un moment. Il n'avait pas simplement perdu la clé principale, mais son double également, que tout un chacun range dans un endroit précis « au cas où ». Elle supputait maintenant que la vie entière de Marc devait être « un cas où », voire un chaos. À l'idée que son partenaire foutraque l'appelle pour qu'elle monte dans son appartement, sa vie entière éclaboussant son visage gelé et circonspect, Charlie sentit un début de névralgie s'emparer d'elle au niveau des cervicales. Elle n'avait pas la témérité nécessaire pour se confronter à ce déballage, ni pour découvrir cet homme. Et puis il faudrait lui rendre la pareille, l'inviter dans son chalet d'ermite. Autant elle se sentait la force de ne pas coucher avec lui – même après une mauvaise semaine –, autant, les deux pieds dans l'intimité de cet homme original, elle n'en avait pas le courage, et elle était certaine qu'il lui en faudrait. Elle reprit le fil des auditions dans sa tête, cherchant à savoir ce que lui inspirait cette nouvelle affaire, et sursauta quand le chien aboya, voyant Marc s'approcher de la voiture.

— Je l'ai !

Il n'était pas facilement abattu. Brindezingue mais coriace, à sa manière. Après l'avoir lâché devant le commissariat, elle se planqua plus loin, pour ne pas l'humilier, et attendit d'être certaine que la voiture de Marc démarre avant de s'échapper dans ses montagnes. Il aurait aussi bien pu trouver la clé d'une commode et s'en réjouir tout autant.

Tandis qu'elle se rapprochait de sa maison, sans cesser de tout remettre en ordre dans sa tête en gérant le tourbillon de pensées dans lesquelles elle se débattait, elle demeurait contrariée de ne pas avoir de certitudes sur la potentielle culpabilité d'un des trois suspects. Quand ça arrivait, ça ne voulait pas dire que c'était gagné, mais qu'une partie du chemin était faite. Là, elle ne voyait que des idiots se livrant à un pseudo-business qui, de toute évidence, ne leur rapportait pas grand-chose. Pourtant la mort de Samuel était bien une exécution, froide et sûrement préméditée, pas une bagarre qui avait dégénéré. Quelle espèce d'ordure avait eu l'idée de faire ça devant l'entrée de la maison familiale ? C'était de la haine pure. Au fur et à mesure de l'ascension, elle se sentit mieux, peut-être cette nouvelle affaire coriace déplacerait-elle son obsession ? Est-ce que ça l'effacerait, lui, le petit pied entre les branchages noircis, et le cri aussi, du policier désespéré cognant dans l'arbre ? C'était une bonne nouvelle si cette enquête demandait un peu de ténacité, ça l'aiderait, et cette fois, elle saurait mettre la limite. Plus de débordements.

Charlie ne parvenait pas à dormir, elle était sur le coup depuis déjà deux bonnes heures mais elle se tournait, se retournait, essayant d'ignorer les assauts de ses pensées plus ou moins construites et sensées, quand il lui sembla entendre un bruit de moteur. C'étaient sûrement les dameuses qui se rapprochaient de la maison, à moins qu'elle n'ait pris trop de substances, elle faisait des mélanges très personnels, parfois *light* comme souvent depuis sa nouvelle vie, la plupart du temps digne d'une junkie, le minimum pour reposer ses méninges.

Elle descendit l'escalier, rapidement mais prudemment, comme la pente ainsi que le port de ses chaussettes épaisses et glissantes l'exigeaient, attrapa son blouson dans un geste précis pour quelqu'un plein de somnifères, et sortit avec le chien, brandissant sa lampe torche devant elle. Après avoir fait le tour du hameau avec son faisceau lumineux, elle s'arrêta un instant aux abords du chalet de Michel. Il lui sembla distinguer une forme en mouvement, près de la motoneige. Son andouille de chien restait en position d'arrêt derrière elle, pas désireux de courir vers l'inconnu. Elle se précipita dans son chalet, les pulsations de son cœur s'accélérant sans retenue, prit son arme posée sur la chaise à côté de l'entrée et ferma sans bruit la porte sur Clint, resté à l'intérieur. Elle avait enfilé au pas de course un bonnet et avançait maintenant lentement, l'arme à la main, baissée, et presque cachée par sa manche. Ce n'était pas un loup ni un fantôme. Une silhouette dont elle devinait les contours tapait dans la motoneige et gesticulait autour avec empressement et irritation. Elle devinait des sons, peut-être des mots, ou des interjections que le vent emportait au loin. Elle continua à avancer droit sur lui, le corps entier raidi par le froid, la peur, et la stupéfaction. L'individu avait un bonnet lui aussi, et un masque de skieur. Avant qu'elle n'ait pu le reconnaître, le gars démarra l'engin et se lança avec fracas sur le sentier qui serpentait, sans même apercevoir Charlie, à moins qu'il ne l'ait vue et ne redoute la confrontation. Elle tenta un cri puis deux, mais il s'éloignait déjà de son champ de vision, malgré quelques embardées pouvant laisser deviner quelqu'un de peu habitué à ce véhicule. Charlie regrettait maintenant son approche discrète. Elle tenta encore d'alerter l'homme – il lui semblait que c'était un homme –, beuglant dans la montagne comme si sa solitude venait de lui sauter au visage, et de terrasser son être tout entier. Il amorça un mouvement, semblant prêt à se retourner, mais se remit rapidement dans l'axe face à la montée, et fila à vive allure vers le sommet. Elle devait se ressaisir. Elle attendit quelques instants, jusqu'à ce que le bruit de la motoneige s'évanouisse complètement. Elle revint alors sur ses pas, et s'immobilisa une fois arrivée à côté du précipice devant sa masure.

Charlie toisait maintenant l'horizon, à peine éclairé par toute cette neige mouvante, imprévisible, toujours prête à les engloutir, elle, lui, son chien, la dépouille de Louise, la mère de ce pauvre Samuel. Elle allait attendre l'ennemi, dans une immobilité si peu familière, comme si elle s'était toujours préparée à l'offensive, soulagée d'en découdre enfin pour de bon. Quels que soient ses peurs, ses traumatismes et l'état de ce monde sans salut, elle était prête. Elle le savait au fond d'elle comme jamais.

Elle retourna dans la maison, esquissa une mimique de reproche vers ce couard de Clint, et comprit que, cette fois, c'était certain, elle ne dormirait pas.

7

Elle fut surprise d'arriver après Marc. Était-il insomniaque, lui aussi ? Sa coupe de cheveux, notamment la corne sur le devant, laissait pourtant à penser qu'il avait dormi du sommeil du juste. Il ne s'était pas départi de sa bonne humeur mais semblait obnubilé par son téléphone, qui vibrait toutes les cinq minutes. Charlie haïssait l'indiscrétion, alors elle ne releva pas.

— Ils ont chopé quelque chose sur les écoutes ?

— Bof… le pseudo-chef a même pas l'air embêté pour la gardav' de l'autre gars et la mère passe des coups de fil déchirants. Elle a juste dit qu'elle comprenait pas pourquoi Samuel traînait avec ce type, en parlant du chef. Je pense qu'elle croit que c'est lui.

Le duo fila avec le reste de l'équipe pour perquisitionner le domicile dudit chef, en sa présence. Il jouait maintenant à merveille l'ennemi numéro un des flics, qui n'avait eu que de mauvaises expériences… Le mec abandonné par l'État, qui s'était toujours débrouillé, pas dénué de malhonnêteté. Si c'était lui qui avait descendu froidement la victime, il avait un sacré bagou, mais c'était déjà arrivé, des gars qui en faisaient des caisses, hurlaient au complot tout en étant coupables, ça faisait bien longtemps que Charlie n'était plus touchée par ce genre de spectacle, elle espérait que Marc non plus. Assez curieusement, son appartement ne cadrait pas avec son style de furieux tatoué. L'intérieur impeccable, presque féminin, sentait bon : il venait d'étendre une lessive. Charlie eut presque envie de rire ; surréaliste, pris au saut du lit dans son univers, le mec n'avait pas eu le temps d'enfiler son parfait costume de dealer de province, et elle l'imaginait bien prendre du chocolat au lait avec un smoothie au petit déjeuner. Si c'était un dangereux tueur, le mec avait un profil atypique et navrant. Ça sentait le célibataire maniaque et étriqué, qui rêve d'acheter son T2 dans une résidence avec parking, aux côtés de bobonne, à qui il passerait son temps à expliquer la vie sans jamais avoir quitté le département. Charlie se dit qu'ils perdaient sans doute leur temps, et que, couillon comme était ce gars, s'il avait fait le coup, il aurait déjà jeté par-dessus bord des preuves dans son sillage. Marc continua à le titiller avec insistance pendant qu'elle poursuivait la fouille avec l'équipe, c'était quasiment un plaisir de saisir des indices ici tant le type était méticuleux. Charlie eut soudainement envie de lui demander de venir ranger le bureau de son partenaire et sa voiture poubelle. Ils étaient sur le pas de la porte quand Charlie se tourna vivement vers le suspect, saisissant des clés sur la console de l'entrée :

— Vous avez déclaré ne pas avoir de voiture, on est d'accord ?

— C'est celle de mes parents, ils habitent dans la résidence.

Ils rentrèrent au commissariat, laissant les techniciens analyser la voiture parentale. Le numéro deux arrivait au bout de sa garde à vue, ils espéraient maintenant que les gars de l'informatique tomberaient sur quelque chose d'un peu palpitant dans son téléphone portable. Cette journée ne sentait pas la franche réussite. Charlie l'avait vu venir quand ils avaient dérangé le chef du groupe en plein repassage, devant une émission de téléachat. Une certaine Émilie, qui venait d'apprendre le décès de Samuel, les attendait fébrilement dans le bureau, s'enfonçant malgré elle dans le canapé trop souple de Marc. Elle était là depuis une bonne heure et n'avait pas accepté le moindre café ou verre d'eau, soucieuse de dire ce qu'elle avait à dire et de rentrer le plus vite possible. La jeune femme leur déclara sans romance particulière avoir eu une histoire avec Samuel, sans se désigner pour autant comme sa petite amie. La frontière semblait ténue au vu des descriptions de leurs rapports, mais c'est elle qui avait ramené Samuel jusqu'à la ferme ce soir-là. Elle était la dernière personne à l'avoir vu vivant, sûrement juste avant le tueur.

Marc, obnubilé par les frétillements de son portable, partit avec les gars de la Scientifique sur le parking pour analyser le véhicule d'Émilie, relever les traces d'ADN, et éventuellement de poudre ou de sang, tandis que Charlie raccompagnait la jeune femme jusque chez elle, dans son studio quasi vide. La seule chose qu'elle put remarquer entre ses murs, outre le fond d'œil sombre de cette femme, c'était sa solitude bien palpable, un sujet que Charlie maîtrisait et qui ne l'effrayait plus depuis bien longtemps, à l'inverse de la plupart des gens.

L'échange lui avait laissé un goût d'inachevé, d'imprécision. Charlie avait l'impression tenace que tout lui échappait ici, elle dormait mieux mais au prix d'une perspicacité qui se faisait porter pâle, ça l'inquiétait, elle ne savait rien faire d'autre dans la vie, si elle perdait ça, elle perdait tout. Elle rumina ce goût d'échec toute la montée durant, et se barricada chez elle, vexée, après avoir fait un bref détour chez Denis qui avait abandonné le bricolage pour aujourd'hui. Elle se rua sous la douche, pesta contre le pommeau qui fuyait de tous côtés, contre elle-même surtout, puis se précipita en bas pour relancer le chauffe-eau qui faisait des siennes. Dans la précipitation que le froid exigeait, elle faillit rater la dernière marche et perdit la moitié de sa serviette. En relevant les yeux, saisie de stupeur, elle s'aperçut qu'un homme collé à la porte s'apprêtait à taper.

— Bonsoir, excusez-moi, je suis Pierre… Le propriétaire…

— Ah, bonsoir, vous… Vous avez besoin de quelque chose dans la maison ?

— Non, juste savoir si tout allait bien ici pour vous.

— C'est gentil, merci, oui, c'est… très chouette.

Elle essayait de calculer l'angle parfait pour positionner son corps de manière qu'il ne puisse pas apercevoir le lino. S'il le fallait, elle prétexterait n'importe quoi pour sortir dans le sas et l'attirer dehors. Décidément cette porte vitrée était devenue son pire cauchemar. Il y avait un vrai souci de politesse dans ce hameau, d'intimité aussi. Peut-être que si elle sortait carrément à poil, les gens comprendraient le message et arrêteraient avec cette porte ? Quand elle imagina la scène, sous le regard éberlué de son voisin, son idée, bien qu'innovante, lui parut résolument excessive.

— Bon, n'hésitez pas, s'il y a un souci, vous pouvez en parler à Léon.

— Oui, d'ailleurs je dois aller le voir, merci en tout cas, désolée je vous laisse, il fait un peu… frisquet !

Elle lui claqua la porte sur le visage et rouvrit presque instantanément.

— Dites, vous n'êtes pas venu hier soir, par hasard, prendre la motoneige de Michel ?

— Ah bon, à quelle heure ?

— C'est-à-dire ? C'est pas tellement le problème de l'horaire… cette nuit, tard ?

— Non, j'habite pas tout près, je suis bien à vingt minutes.

— … Bonne soirée, je vais m'habiller !

Quel rapport avec le fait d'habiter à vingt minutes ? Ce type avait un sérieux problème avec sa façon d'envisager les réponses. La prochaine fois, elle devrait lui proposer directement un QCM pour être sûre d'avancer dans le débat. C'était l'un des problèmes de ce patelin, tout le monde était suspect, pour tout.

Charlie savait qu'elle devait se mettre à préparer son dîner, mais à l'idée que quelqu'un l'observe d'une manière ou d'une autre… elle alla se cacher dans sa chambre à l'abri de tous, même du chien. Cette journée commençait à l'irriter sérieusement. Elle essaya d'appeler Léon, puis Sabine, sans succès. Au loin les dameuses commençaient leur ballet sur glace, le pisteur n'était pas près de lui répondre. Elle était obnubilée. Elle aurait voulu que ce soit par son affaire, qui s'enterrait en même temps que la dépouille de Samuel, mais son obsession était tout entière tournée vers les bois.

C'était ça, maintenant, l'existence de Charlie. Dès qu'elle butait sur quelque chose ou quelqu'un, elle en revenait toujours là, persuadée que c'était l'affaire de sa vie, qu'elle ne trouverait son salut que lorsqu'elle l'aurait résolue. Elle savait qu'elle avait perdu le droit d'enquêter officiellement, mais tant que son cerveau tournerait, elle chercherait, et reprendrait tout à zéro encore des centaines de fois. Elle ne permettrait pas que cette histoire devienne un *cold case*. Ce terme n'avait pas de sens, pour être enterré, il fallait encore mourir dignement, et tous ces gens massacrés, brisés par un être malfaisant, continueraient à errer dans l'espoir d'une justice, elle en était persuadée. De toute façon, elle l'avait promis. À tous les trois. D'abord au papa, Manuel, c'étaient d'ailleurs les seuls mots qu'elle s'était sentie capable de lui exprimer. Puis à Gabrielle la maman, alors même que leur terreur ne faisait que croître, que la possibilité d'une issue fatale se faisait plus pressante, alors qu'elle leur avait expliqué, déjà plusieurs fois, qu'en France un enfant disparaît toutes les dix minutes, comme pour leur signifier qu'ils n'étaient pas seuls. Elle leur avait juré dans leur salon, désormais sans joie, malgré les décorations de Pâques sûrement installées par la petite fille et oubliées jusqu'en juin, qu'elle la retrouverait quoi qu'il lui soit arrivé, et surtout qu'elle le retrouverait lui, cet être immonde, jusque dans la plus petite de ses cellules. Et à Bastien, dont l'enfance s'était achevée du jour au lendemain, lorsque sa petite sœur n'avait plus dormi près de lui. Charlie avait tenté de trouver les mots, les bons, lorsqu'il avait commencé à cesser de s'alimenter. Elle en avait déjà probablement trop fait, c'était sans doute déjà un peu plus qu'une simple affaire pour elle, mais elle était leur dernière porte vers Louise, c'était un poids insoutenable. Pourtant, elle avait accepté ce fardeau dès leur première rencontre au commissariat, dans son bureau. Elle ne pourrait et ne voulait pas se défiler. Elle doutait de tout, tout le temps, surtout d'elle-même, mais l'obstination, la traque jusqu'aux confins de la folie, elle s'en savait capable, elle l'avait déjà éprouvée, et elle avait trouvé. Elle ne les abandonnerait pas, jamais. En laissant le petit pied de Louise à sa vue, le meurtrier avait signé son arrêt de mort. Il y avait là quelque chose d'une telle aberration, une telle dissonance entre la présence solaire de cette petite fille et ce tableau macabre.

C'était là, après cette nuit de battue dans les ronces, étouffée par son propre oxygène qui lui brûlait la gorge, la parole paralysée par l'effroi et la peur d'être aspirée par ce bois qui se transformait en tombeau, avant même d'avoir trouvé le corps, qu'elle avait à nouveau promis au papa de Louise, et à sa maman quelques heures plus tard. Il attendait depuis maintenant plusieurs heures à l'orée du bois, elle avait demandé à une de ses coéquipières de garder un œil sur lui pour ne pas qu'il les suive. Après la découverte du corps, Charlie était revenue seule sur ses pas, laissant l'équipe délimiter la zone du meurtre, et avait encore arpenté cette forêt, subissant les griffures de la végétation dans l'odeur de fumée qui pénétrait son nez. Mais c'était son cœur qui était à vif.

Lorsqu'elle était arrivée devant lui, à quelques mètres, les mots avaient été superflus. Il s'était effondré, presque à ses pieds, son âme à jamais terrassée, accueillant une vie nouvelle faite désormais de mépris et de cauchemars.

Elle lui avait proposé de le raccompagner avec sa voiture à lui – un collègue viendrait la chercher chez eux. Elle n'avait heureusement pas assisté à la scène dans la maison familiale, c'était leur sanctuaire, personne n'aurait voulu être dans leur salon cette nuit-là. Elle avait attendu ses collègues, dans la fraîcheur qui s'installait enfin, en même temps que les derniers rayons de soleil disparaissaient, sans avoir même jamais pénétré les bois, devant leur portail, pétrifiée par la rage, sentant encore le tremblement de terre que la chute du papa avait entraîné. Elle était, du moins dans ses pensées, dans la pièce avec eux, entendait dans sa tête les pleurs, les hurlements de Gabrielle, horrifiée par les mots qu'articulait si laborieusement son mari, ou peut-être n'avait-il rien eu à dire. Charlie le lui souhaitait.

Elle émergeait des abysses quand elle entendit un bruit de moteur, puissant, qui se rapprochait, mais faute de voir quoi que ce soit depuis la fenêtre de sa chambre, elle descendit en petite tenue, mit sa doudoune, ses après-ski en vitesse, le chien avec elle. C'était la dameuse qui dégageait enfin leur chemin jusqu'en haut, jusque chez Michel. Elle se précipita et lui fit des signaux, il fallait qu'elle lui parle pour de bon. Elle avait oublié de mettre son pantalon dans la panique et se retrouvait maintenant en blouson et en culotte dans la nuit glaciale. Tant pis. Elle ne pouvait pas le rater.

Elle fut cependant très déçue de voir que ce n'était pas Léon à l'avant du véhicule, mais un de ses collègues.

À la hâte, elle se remobilisa pour lui demander s'il pouvait lui dire de la rappeler, se concentrant pour ne pas y mettre trop d'empressement, rarement couronné de succès avec les gens du cru. Elle se précipita dans le sas, ses jambes brûlaient sous les assauts des températures négatives tandis que Clint pissait allègrement sur l'une des chenilles de l'engin. Puis elle se jeta à l'intérieur en hurlant après cet animal toujours enclin à la déconcentrer. Tout ça lui avait finalement ouvert l'appétit et, jugeant qu'à cette heure avancée, les dameuses s'étant éloignées, elle ne prendrait que très peu de risques d'être vue à travers cette satanée porte, elle entreprit un dîner sur le pouce fait de mélanges improbables, sa tartine de tarama au miel en tête qu'elle engouffra. Mais la seconde qui suivit, un craquement du parquet retentit au-dessus d'elle, et elle était prête à jurer qu'il provenait d'un déplacement à l'étage. Clint, lui, n'avait pas cillé. Elle lui intima l'ordre de ne pas broncher, et après quelques secondes d'un silence inquiétant, s'élança dans l'escalier. Arrivée en haut et après avoir observé le couloir, elle se dirigea dans la chambre et récupéra fébrilement son arme sur la table de nuit. Elle jeta un coup d'œil sous le lit, se redressa et progressa lentement dans le couloir, essayant de calmer les pulsations de son cœur pour qu'aucun bruit ne couvre de nouveaux craquements, qu'elle était certaine d'avoir distingués. Peut-être allait-elle résoudre l'énigme des crottes de souris découvertes dans le sas desservant les chambres. Elle commença une fouille minutieuse de la surface entière de la première pièce. Elle éprouvait une certaine appréhension à pénétrer dans les autres chambres depuis le début de son installation, comme si ces mansardes ne faisaient pas partie de son abri. Peut-être était-ce le lambris posé en abondance sur les murs, les traversins couleur rouille ou la moquette décolorée, mais quelque chose l'étouffait dans cette partie de la maison, à l'inverse du reste de son chalet. Elle ne savait comment s'approprier cette superficie supplémentaire, préférait l'ignorer, supposant que moult puzzles et jeux de société l'attendaient sur une étagère poussiéreuse, mais comme elle n'inviterait personne… Elle fit chacune des chambres, et leurs lits superposés trop près du mur, avec méticulosité, jusqu'aux placards, et tomba sur une pile de magazines et de prospectus d'activités locales : magasin de location de skis, cours de yoga, découverte des animaux de la ferme, via ferrata… Et, comme prévu, un Mille Bornes défraîchi et un Scrabble en fin de course. Elle se mit à espérer que les souris, réputées intelligentes, s'installent définitivement et sans bruit dans ces vestiges de vacances familiales. Tant qu'elle n'aurait pas l'identité du fuyard voleur de motoneige, elle aurait du mal à se décontracter. Elle finit sa ronde de nuit par la salle de bains, bien trop étroite pour que qui que ce soit puisse s'y cacher – s'y laver relevait déjà de l'exploit –, et retourna en bas se servir un verre de son vin rouge qui s'était, comme elle, enfin détendu et arborait désormais une belle couleur rubis.

Son grand amour lui avait écrit un texto entre-temps. L'horaire de l'envoi en disait tout autant que les mots qu'il avait dû choisir. Elle préféra ne pas ouvrir le message, c'était plus sage… Et pourtant il lui manquait dans toutes les couches de son épiderme, la violence de la séparation avait fait place à une douleur sourde, constante, envahissante. Voilà plus d'un an qu'elle ne luttait plus, qu'elle avait compris que sa raison ne ferait jamais le poids contre ces sentiments-là, ni ses bonnes résolutions. Les bras de Victor n'avaient pas suffi à lui faire oublier cette tempête amoureuse, elle était demeurée sous le joug de ce lien indestructible qui s'était tissé avec son âme sœur. La lutte était totalement déséquilibrée, et se débattre ne faisait que les attirer vers le fond de leurs âmes, comme pris dans les sables mouvants de leurs sentiments grandissants jusqu'à l'infini. Étaient-ils à jamais connectés, au point qu'il ait senti la détresse de Charlie au milieu de cette nuit sans espérance, à arpenter son chalet dans l'angoisse ? Son absence, depuis plus d'un an, était un trou immense dans la poitrine de Charlie, un vide qui refusait de se remplir avec un placebo. Et elle ne lui souhaitait pas la même chose. Où qu'il se trouve, elle aussi sentait le gouffre tout autour de lui et cette douleur incommensurable que lui infligeait la perte de leur amour. D'ailleurs elle n'avait jamais douté de ses sentiments à lui, une rareté ; lui de son côté était certain qu'elle l'aimait dans son entièreté, sans condition et sans exception. Il avait raison. Comment vivre après cet électrochoc ? Il était évident que ça ne pouvait arriver qu'une fois dans la vie, et c'était déjà bien trop, ou pas assez. Cette passion avait jeté un voile de pâleur sur tout le reste, toute comparaison les jetait l'un et l'autre dans une tristesse insondable.

Alors ce soir, elle ne lirait et ne répondrait toujours pas.

Que pouvait-elle faire de sa soirée, empêtrée dans sa vie d'avant et sa journée à tiroirs ? Elle ne parlerait pas à Léon ce soir *a priori* ; trop tard aussi pour espérer que Denis ne débarque avec sa caisse à outils. Elle pouvait simplement continuer à observer le ballet des dameuses de loin, toujours plus majestueux à ses yeux. S'il n'y avait pas d'autre option, elle retournerait dans la forêt. Elle remonterait même jusqu'à l'interrogatoire, c'est là qu'elle avait certainement perdu le fil, là qu'il avait dû la coincer, elle s'en souvenait comme si c'était hier.

Il faisait une chaleur de bête dans la salle, il suait, elle aussi, ça n'était pas la peur mais leur haine à tous les deux qui s'échappait de leurs pores, étouffant la pièce. Pour la première fois, elle s'était retrouvée face à un prédateur intelligent, pervers au-delà de tout ce qu'on peut imaginer avec un cerveau humain. Il avait choisi le mal dès son adolescence, et Charlie ne doutait pas que cela avait pu commencer encore plus tôt que son casier ne le laissait supposer. Il avait commencé par une tentative de viol, une gamine de son école, en classe verte, ses parents avaient réussi à étouffer l'affaire grâce à leur argent et à leurs relations, passant à côté de la nature profonde de ce garçon violent. La société aussi.

Dans cette touffeur du mois d'août, cette atmosphère lourde de la rage qu'elle ressentait face à lui et du mépris que Charlie lui inspirait aussi certainement, elle décida qu'elle lui ferait payer, tout. C'était un cas d'école sur les risques de récidive. Il avait fait quinze ans pour deux viols, dont un avec tentative de meurtre, et il s'en était sorti, faute de preuves, le coup d'après, une gamine de seize ans qu'il avait étranglée à la sortie d'une boîte de nuit. Mais il avait compris beaucoup de choses sur la justice au passage, il savait se défendre, et Charlie avait deviné qu'il avait affiné ses techniques pour éviter de laisser des preuves derrière lui. Alors, quand elle était tombée sur son profil, quelques jours après la découverte du cadavre de la gamine, elle lui avait sauté dessus à grand renfort de stratégies d'intimidation de toutes sortes.

Il habitait à trente bornes du bois. L'autopsie n'avait pas pu révéler si Louise avait été violée, le corps était trop abîmé par le feu. Le médecin légiste avait juste pu noter que son crâne avait été enfoncé. La découverte macabre rappelait amèrement cette jeune fille retrouvée morte quelque temps auparavant dans une décharge sauvage, le corps en putréfaction, criblé de frelons et de vers avides de chair, sous le soleil accablant du mois de juillet. Là aussi les preuves avaient manqué pour le condamner, mais Charlie était persuadée d'être face au tueur de cette autre victime. Elle avait insisté pour mener cet interrogatoire en tête à tête avec lui, le reste de l'équipe aurait le loisir d'analyser la moindre phrase, la moindre gesticulation ou grimace en récupérant l'enregistrement filmé. Pour qu'il finisse sa vie derrière les barreaux, elle préparerait le procès aux assises mieux qu'elle ne l'avait jamais fait, il fallait que tout soit parfait, pour que la justice sache qu'elle préserverait la société en enfermant le monstre à tout jamais.

Pourtant il était en garde à vue depuis déjà douze heures, et elle n'avait toujours pas réussi à le coincer. Habitué à la pression policière, à la brutalité que sa seule présence suscitait, il semblait y prendre un certain plaisir. Il voulait dominer Charlie comme il contrôlait ses victimes, manipulait ses parents devenus trop vieux pour comprendre qu'ils avaient enfanté un être abject, triomphait de la société tout entière, pas armée pour se défendre contre un individu aussi dénué de cœur. Il avait compris qu'elle était plus coriace que la moyenne, qu'elle le poursuivrait jusqu'à épuisement des deux parties, et cela lui procurait un sentiment de puissance extraordinaire. Il aimait avoir un adversaire combatif, il était servi. Quand, à la fin des vingt-quatre heures de garde à vue, elle avait décidé de ne pas la prolonger d'une deuxième journée, pour garder une marge, il avait paru presque déçu de la quitter. Elle s'était retrouvée enfin seule, prise d'une haine sourde, et, après avoir mis un grand coup de poing dans le mur, elle avait appelé les parents de Louise, retrouvant une voix la plus maîtrisée possible. Ils bouillaient tous deux de rage dans leur cuisine, d'impatience aussi, mus par un désir de vengeance absolu et définitif. Charlie était résolument de leur côté et accueillait leur fureur, elle les comprenait, cruellement.

Charlie avait son adresse, peut-être finirait-elle un jour par descendre ce fumier récidiviste, elle savait comment ne pas laisser de traces sur son passage. La détermination de Manuel et Gabrielle était telle qu'elle avait eu peur qu'ils passent à l'acte pour de bon. Elle était déconfite de penser ça, mais si c'était arrivé, elle savait qu'elle les aurait aidés à se débarrasser du corps. Elle s'en voulait terriblement, c'était sûrement cette violence en elle qui l'avait empêchée de le choper. Ça l'avait aveuglée, pour la première fois, elle n'avait pas réussi à étouffer ses émotions et son raisonnement s'était retrouvé altéré par sa volonté de nuire à l'assassin. Elle avait cessé de réfléchir et avait desserré les mailles de son filet. Tous ces messages, échangés à des heures souvent indues, c'était allé trop loin, elle s'était fait bouffer par la peine de ce couple, par la solitude de ce gamin de onze ans qui restait là, en plan, sans sa petite sœur. Même le week-end, Charlie se projetait chez eux, dans leur séjour, à faire semblant de vivre alors que respirer était devenu éprouvant. Elle était avec eux presque en permanence, le reste du temps avec la petite.

Il était trois heures du matin quand Charlie entendit Clint protester. Décidément la nouvelle journée ne s'annonçait pas sous de meilleurs auspices, il était écrit qu'elle ne pourrait pas dormir en paix. Elle descendit lui ouvrir en bougonnant, comme une ado empêchée de faire sa grasse matinée. Dès que la porte fut entrouverte, l'animal se précipita sur les hauteurs du hameau vers la maison de Michel. Charlie espérait qu'il n'avait pas eu l'outrecuidance de la réveiller pour jouer dans la neige, mais il semblait empressé. Elle le savait peureux mais retourna, dans le doute, récupérer son arme et son portable dans la chambre. Ce hameau était sûrement hanté, au mieux, et au pire, un lieu de villégiature pour délinquants récemment libérés.

Ne le voyant pas revenir, elle se décida à s'équiper sérieusement, prit sa frontale et partit en direction de son chien après avoir enfilé ses après-ski encore trempés. Tandis qu'elle se déplaçait vers lui, elle l'entendit aboyer plus fort qu'à l'accoutumée et, tout à coup prise de panique, avança le plus vite possible dans la neige, agitant sa lampe avec fougue pour l'apercevoir. Elle fit le tour de la maison de Michel, fébrile, les sens éveillés, et retrouva enfin son pépère excité aboyant devant un trou, les restes d'une cuisse sanguinolente dans la gueule. La pilosité du membre rassura Charlie sur l'identité de la victime : *a priori*, une pauvre biche. Elle arracha de cette barbare mastication le morceau de chair et d'os encore humide, craignant une remontée gastrique impromptue. La pauvre bête s'était fait attaquer peu auparavant. Léon et Denis avaient prévenu Charlie de la présence de loups dans le coin, mais elle n'avait pas imaginé que le périmètre en question comprenait son jardin. Certes elle rêvait depuis qu'elle vivait ici d'en apercevoir un, mais de là à prendre son petit déjeuner avec… Elle jeta le membre tiédi aussi loin qu'elle le put, espérant qu'il serait sec et donc plus présentable à la fonte des neiges, et rebroussa chemin dans ses pas, hurlant sur Clint, reparti benoîtement à la recherche de l'humérus suintant. La journée avait été décevante, mais la nuit l'avait épuisée pour le reste de la semaine. Ils retournèrent se coucher en piteux état, elle repassa aux concoctions de junkie exceptionnellement, et, d'un commun accord avec elle-même, en prit suffisamment pour oublier les bois, pas assez pour ne pas se réveiller. Le fantôme de Samuel rôdait dans ce hameau, dans ce chalet, lui intimait de résoudre ce crime et de les venger, lui et sa jeunesse fauchée. Elle devrait riposter, dès le lendemain.

8

Elle avait décidé d'y aller pendant sa pause déjeuner, le téléphone portable étant manifestement utilisé par les gens du coin comme une sorte d'Arva, quand on part en montagne et qu'on veut éviter d'être coincé sous une avalanche : c'est-à-dire le moins souvent possible, et en dernier recours. Aujourd'hui il ne lui échapperait pas, sinon elle irait voir Sabine directement chez eux, et lui avouerait une fois pour toutes au passage que « Gégé » s'appelait désormais Clint. Quand elle se pointa devant le hangar et qu'elle entendit comme des bruits de marteau sur du métal, elle se détendit enfin et entra à enjambées efficaces.

— Salut, Léon, excuse-moi de t'embêter, est-ce que tu es venu il y a trois jours au hameau pour emprunter la motoneige de Michel ?

— Euh non… Je crois pas…

— Tu crois pas ? Tu veux dire, t'es sûr ou tu te rappelles pas ?

— Ah… non non… J'crois pas…

C'est peu de dire qu'à ce moment-là elle se retint de lui faire gober les chenilles de sa dameuse dans le sens de la longueur. C'était le genre de témoin qu'il valait mieux ne pas avoir sur une scène de crime, sans quoi le risque d'être inculpé assez rapidement pour coups et blessures avec intention de donner la mort menaçait.

— T'as demandé à Denis ?

— J'arrive pas à le choper, mais évidemment je vais lui demander, tu te doutes bien !

Elle avait vu s'immiscer dans le regard de Léon un soupçon d'inquiétude. Il la trouvait sympathique, sincèrement, mais avait du mal à comprendre cette tension et impatience soudaine pour une histoire de motoneige, en fin de règne en plus – il fallait toujours cinq bonnes minutes pour la faire démarrer.

— C'est pas grave, je vais bien le croiser ces jours-ci, merci, hein…

Alors qu'elle avait traversé la moitié du hangar, honteuse d'avoir affolé ce pauvre Léon et son calme olympien, il lui cria de l'autre bout :

— Par contre, peut-être que mon fils, il l'a empruntée, ça, je sais pas.

À l'instar de la motoneige, ce type avait décidément un sérieux problème de démarreur.

— Tu peux lui demander et me dire ? Ou mieux, tu lui dis de m'appeler ?

Elle se força à demander ça le plus calmement du monde.

— Pas de problème.

— Merci.

Il n'avait pas échappé à Charlie que, la plupart du temps, lorsque les gens déclarent, pleins d'allant : « Pas de problème », ou encore : « Avec moi, y a jamais de souci », l'expression annonçait précisément toutes sortes d'embêtements. Elle tâcha de focaliser son attention sur le fils de Léon qui, avec un peu de chance, avait un portable, et n'aurait pas besoin de plus de quatre jours pour lui répondre, une prouesse pour un autochtone.

Elle retourna au commissariat. Le dealer local l'attendait là-bas, la mine renfrognée, le regard glissant. Charlie faisait ce qu'elle pouvait pour l'acculer, détecter une éventuelle rivalité amoureuse avec Samuel pouvant dessiner l'ombre d'un mobile. Il avait eu une vague amourette avec Émilie, quoique assez loin d'*Autant en emporte le vent*, et elle croyait de moins en moins à un crime passionnel, quelle que soit la combinaison. Il lui avait semblé, au cours des interrogatoires déjà nombreux, que l'entourage de la victime, plutôt franc et sans détour, ne dépeignait pas Samuel comme un grand amoureux. Après avoir relâché le pseudo-dealer avec empressement, elle salua Marc qui avait entamé une audition avec un autre proche, et fonça à nouveau dans la salle d'interrogatoire où elle trouva une jeune femme très enceinte, un peu perdue sur sa chaise, qu'elle dut d'abord rassurer.

— Est-ce que vous voulez boire quelque chose ?

— C'est gentil mais j'ai mal au cœur.

— … Pouvez-vous me dire comment vous connaissiez la victime ?

— Euh oui… On était amis, enfin on se voyait moins depuis quelque temps mais on était au même collège.

— Vous avez été amoureux, plus jeunes ?

— Oh non, pas du tout, c'était l'amoureux d'une copine d'école, y a quelque temps, enfin, ça s'est fini y a un petit moment, je crois. Il aimait bien draguer surtout, moi, c'est pas mon truc. C'est surtout avec Émilie que je suis copine, elle doit me préparer pour mon mariage, on a fait les essais la semaine passée.

— Vous allez à l'enterrement demain ?

— Non, je me sens pas et je travaille en plus.

— Vous consommez de l'herbe ?

— Ah non, je peux pas là…

— Et avant ?

— Un peu, enfin je veux dire avec les copains.

— Avec Samuel aussi ?

— C'est arrivé mais y a très longtemps.

Charlie en profita pour la faire parler du groupe d'affreux qui officiait avec Samuel, d'Émilie en particulier, qui semblait passer une partie de sa vie avec le groupe. Quoi qu'il en soit, elle ne voulait pas pousser la jeune femme à bout et risquer de devoir gérer son accouchement dans ces locaux fétides, sous le joug d'un risque accru de septicémie aiguë ; quant à l'accompagner à l'hôpital, c'était beaucoup trop de rapprochement subi. Charlie n'avait pas mérité ça avec cette affaire retorse, poursuivie la nuit par des loups, des fantômes et des individus non identifiés. La jeune femme avait l'air de ne pas trop chercher à dissimuler, elle avait à la fois la fragilité et l'assurance d'un témoin soucieux d'être honnête, mais aussi et surtout, de rentrer vite chez lui. Les auditions se succédèrent tout l'après-midi. Marc avait interrogé de son côté le frère de la jeune femme enceinte, ami aussi avec Samuel. Les deux flics avaient écumé une bonne partie des copains et copines, des gens avec qui avait travaillé le jeune homme ces derniers temps, et ceux, plus nombreux, avec qui il s'était envoyé en l'air. Ce groupe semblait fonctionner en vase clos, ils étaient à peu près tous sortis ensemble, intervertissant les couples. Le choix ne devait pas être vaste par ici, dans ces lieux où l'on mettait une demi-heure à faire dix bornes et où ne pas avoir de voiture à dix-huit ans revenait à épouser une vie monacale. Charlie se surprenait à retrouver un semblant d'intérêt à la vie citadine.

Le dernier à passer entre les mains de Charlie était le patron et voisin de Samuel, un homme bourru à première vue, à la seconde encore plus. Très agacé d'être là manifestement, à moins que ce ne soit la peine qui le rende irascible. Le type au crâne quasi dégarni et aux petits yeux à mauvaise distance l'un de l'autre ânonnait quelques mots entre deux moues accusatrices, agitant ses mains larges tels deux battoirs en pleine action dans le lavoir du village.

— Samuel travaillait dans votre ferme depuis quand, monsieur Savelli ?

— Un an.

— Tout se passait bien entre vous ?

— Ben oui, il bossait pas mal. Enfin rien de spécial, pas de problème.

— Vous l'aimiez bien ?

— Je sais pas, vous aimez vos collègues, vous ?

Elle se demandait sur qui était tombé Marc et se prit à l'envier sérieusement. Tâchant de reprendre le fil de ses questions, toujours avec calme, tandis que ce Savelli y répondait avec véhémence, elle l'imaginait aisément – bien que ce fût visuellement caricatural – en pantalon treillis, bandelettes réfléchissantes sur les côtés dans la nuit, fusil de chasse en main, tirer sur quelqu'un en vociférant, au motif d'avoir été dérangé dans son sommeil, par exemple. En revanche, elle l'imaginait moins tirer froidement, avec préméditation, c'était un animal à sang chaud. Elle continua à l'asticoter, toujours sur ce ton égal qui avait l'intérêt de faire sortir de ses gonds, en un temps record, toute personne, même bouddhiste convaincue. Au moment où il passa la porte pour s'enfuir, elle lui demanda d'un ton badin :

— Dites, vous chassez, vous ?

— Bien sûr, je chasse, pourquoi ?

— Je voulais faire du lapin ce week-end, si vous aviez un tuyau…

Il partit, furibond, plus encore qu'à son arrivée, se trompa de couloir, ce dont Charlie prit un malin plaisir à ne surtout pas l'informer. L'imaginer engueuler les portes pour trouver la sortie lui procurait un plaisir intense. C'était chouette de finir les auditions en beauté, ce Savelli l'avait mise en joie, avec sa démarche courroucée et ses réponses sans chaleur. Elle regarda son portable, espérant un message de Léon ou de son fils, mais elle avait juste reçu un nouveau texto, et comme elle n'avait pas répondu, elle en aurait sûrement d'autres. Elle retrouva Marc qui semblait exténué par ses auditions. Cet homme n'appartenait à aucune génération, c'était déstabilisant. Par moments il avait l'air d'avoir trente ans, son caractère confirmait cette jeunesse, ce soir il en paraissait quarante-cinq à l'aise. Elle devrait piquer ses papiers pour savoir. Ou le lui demander franchement au milieu du menu du jour. Ce qui lui faisait peur dans les questions qu'elle pouvait poser, c'était la réciprocité. Charlie n'avait rien à raconter. Si elle avait pu se débarrasser de la psy, non sans user de toutes sortes de stratagèmes des plus rusés, ce n'était pas pour se retrouver à tout déballer à son binôme. L'idée qu'il n'en ait strictement rien à faire lui passa furtivement par la tête, ça arrangerait bien ses affaires, mais comment savoir à l'avance ? Non, elle ne lui demanderait pas son âge, c'était déjà beaucoup trop. Il engloutissait un jambon-beurre, parlant la bouche pleine, au mépris de sa diction chaotique : il venait de raccrocher avec la Scientifique, pas la moindre trace de sang, ni d'un fusil de chasse dans l'habitacle d'Émilie ou dans celui des parents du dealer. Charlie ne lâcherait pourtant pas aussi facilement l'apprenti voyou, vu sa maniaquerie ménagère, elle le sentait capable d'avoir parfaitement aseptisé la zone. Espoir douché par la déclaration de Marc en plein casse-croûte, comme s'il avait accès aux pensées disparates de Charlie :

— Je te le dis tout de suite, la bagnole est dégueulasse, à mon avis c'est pas ses parents génétiques.

Qu'avaient-ils trouvé dans cette voiture pour que Marc lui-même la déclare « dégueulasse » ? Cet homme attendrissant, qui laissait les miettes d'une centaine de déjeuners sur le pouce, et de dîners quand il s'était sûrement engueulé à la maison, s'accumuler dangereusement sur son bureau plus collant qu'un pot de Super Glue extra-forte ? Charlie pria de toute son âme endolorie pour qu'il fasse un saut par les toilettes pour épousseter ses miettes avant d'y aller. À l'inverse de sa collègue, il aimait se balader avec son attirail de flic, et depuis son arrivée ici, elle ne rêvait plus que d'une chose : emporter sa tenue au pressing.

C'était triste à pleurer, déchirant bien sûr. Elle avait mis des lunettes de vue bien qu'elle y voie parfaitement, elle se trouvait mieux cachée comme ça. Marc avait toujours son problème de messages intempestifs, et après avoir été gêné une première fois par une notification dans le silence de l'église, se retrouvait à nouveau ennuyé par une vibration dans sa poche. Charlie le soupçonnait d'avoir paramétré le niveau maximal tant le bruit avait semblé capable, dans un monde rempli d'espérances, de réveiller un mort. Elle voyait qu'il se concentrait pour ne pas regarder son téléphone toutes les minutes, et compatissait le plus sincèrement du monde. Était-il coincé dans une tragique histoire d'amour impossible, ou en plein divorce ? Il n'avait pas le tempérament à se mettre dans la merde, en tout cas pas volontairement. Charlie en était certaine. Elle le lui souhaita en lui adressant un sourire empreint de pudeur. Mais quelle femme, ou homme, pourrait avoir envie de rentrer tous les soirs se garer dans ce parking étroit avec ses pare-battages ? Lui donner des conseils de vie de couple serait de loin la pire chose à faire et certainement pas un gage d'amitié, mais la coiffure en pétard de Marc et son bureau anarchique donnaient chaque jour un peu plus à Charlie l'envie de l'accompagner. Et – pourquoi pas ? – de percer le mystère du fonctionnement de cet homme, la construction des pyramides faisant à côté office de devinette de journal d'enfant vaguement dégourdi.

Autour d'eux, le chagrin de la famille s'accrochait aux bancs, aux murs, jusqu'au clocher de l'église. L'exercice était complexe, ils se devaient de compatir bien sûr, mais ils étaient là avant tout pour attraper des regards suspects entre les protagonistes, tous anéantis à l'exception d'une personne sûrement, à moins que le tueur ne soit pas venu. Charlie se disait souvent, dans ces circonstances qu'elle ne connaissait que trop, que, si elle avait supprimé quelqu'un, elle aurait évité de participer à la cérémonie. Sauf à être tellement proche que l'absence deviendrait suspecte, bien entendu. Elle était dans ses pensées quand elle attarda son regard sur la mère de Samuel. Il y avait un homme, juste derrière elle, qu'elle n'avait pas auditionné. Elle demanda discrètement à Marc s'il l'avait interrogé. Celui-là était passé sous les radars. De loin elle aperçut quelques gestes entre eux, rien de très significatif. Charlie y voyait mal avec ses fausses lunettes sales – les reliefs sur les verres laissaient à penser qu'elle les avait posés sur le bureau de Marc, contre une tranche de jambon oubliée là –, et à cause de la monture qui prenait trop de place dans son champ de vision, à son goût. Elle allait avoir du mal à gérer son impatience, elle ne pourrait pas décemment espérer le rencontrer avant la fin de la journée. Charlie se prit à avoir hâte d'être vieille, l'élégance passerait alors définitivement aux oubliettes, ça allait être chouette. Elle prit sur elle pour ne pas attraper l'homme directement dans l'église, son pouls s'accélérant en observant sa silhouette s'éloigner d'elle dangereusement. Marc se débattait toujours avec les assauts de sa vie personnelle, mais parvenait quand même à jeter quelques regards sur les proches tous en larmes. C'était affreux, Charlie avait maintenant envie de partir, et encore plus d'enlever ses lunettes. À la fin de la cérémonie, elle s'élança vers lui. L'homme accepta de venir le jour même faire son audition au commissariat.

Il était le nouveau compagnon de la mère de Samuel, qui avait perdu son mari dans un accident de tracteur quelques années auparavant, et avait rencontré cet homme, un autre agriculteur, d'un naturel affable, pas sur la défensive. Charlie ne sut dire si elle était soulagée de finir la journée avec un être un tant soit peu aimable, ou si elle était déçue qu'il n'entre pas dans la liste des suspects, même au chausse-pied. Cette bagarre interne lui facilita le chemin de retour, comme souvent, et elle fut surprise d'arriver si vite au chalet, là où une autre vie était possible, où la nature prenait le dessus sur son esprit embué et sur ses questionnements en cascade, encombrant son cerveau surchargé à souhait. Elle se souvint furtivement de la quincaillerie de l'arrière-grand-père, de loin l'endroit le plus encombré de France, les placards qui ne fermaient plus, dégueulant sous les ustensiles en tout genre. Son cerveau était une imitation de cet endroit : sombre, débordé, inarrangeable et, pour finir, particulièrement inquiétant.

Elle se baissa pour ramasser son portable qu'elle avait fait tomber en ouvrant la porte. Clint en profita pour lui lécher intégralement le visage. Elle l'engueula tout en riant, ce qui eut pour effet de l'encourager toujours plus.

Il s'allongea les quatre fers en l'air, attendant des caresses méritées – ce quadrupède ne faisait décidément jamais tapisserie. Elle sortit avec lui marcher autour de la maison, respirer un peu, elle savait bien pourquoi elle avait fait tomber son portable. Elle s'en voulut de cette déduction digne d'un psychologue en première année.

N'empêche que tôt ou tard il faudrait répondre, parce qu'il était déjà bien trop tard pour revenir en arrière. La bêtise de cette expression lui sauta aux oreilles, évidemment qu'on ne revient jamais en arrière, et puis, si c'est pour faire pire... Elle y réfléchirait au coin du feu.

Elle aperçut une motoneige qui avançait furieusement dans leur direction, en pleine nuit, c'était impressionnant. Le bruit, les bonds de la machine infernale, la lumière blafarde, elle ne s'y habituait pas vraiment. Elle espérait que ce serait Denis et sa ponceuse, et fut surprise de voir débarquer le gendarme moustachu et, au demeurant, attrayant, dont elle ne connaîtrait sûrement jamais le prénom, si elle continuait à ne pas le lui demander. Il s'arrêta net devant le chalet, dans un crissement plein de reproches, et avança rapidement vers elle, entamant la discussion à distance.

— Vous allez bien ?

— Oui, merci, et vous ?

— Oui, oui... Dites, il paraît que la motoneige de Michel a disparu ? Vous n'avez pas remarqué quelque chose de particulier ?

Mais quelle honte ! Elle avait harcelé Léon, le fils de ce dernier, envisagé de faire de même avec Sabine et Denis, mais elle n'avait pas pensé à regarder si la motoneige était à nouveau garée ni à appeler les gendarmes pour leur parler de « l'emprunt » de la machine en pleine nuit. C'était lamentable. Pendant qu'il lui parlait, elle regardait amèrement la place vide de l'engin.

— Vous l'avez aperçue quand pour la dernière fois, la motoneige ?

Elle ne pouvait tout de même pas lui dire qu'elle avait vu une silhouette d'homme – *a priori*, prendre l'engin dans la nuit, qu'elle l'avait poursuivie, arme à la main dans le noir, et avait cru bon de ne pas lui en parler. Non seulement tout espoir d'une idylle, même furtive, s'éteindrait – et c'était dommage, il habitait tout près et était véhiculé – et, pire, elle s'attirerait les foudres d'un collègue, Dieu seul savait jusqu'où ça pourrait aller. Encore une fois, toujours penser au ratio densité de population/ennemis potentiels dans ce patelin.

— Je crois que je l'ai entendue démarrer lundi soir…

— Mais vous n'avez vu personne ?

— Je… J'étais à l'intérieur…

— Bon, c'est bizarre.

— J'ai l'impression que cette motoneige est un peu à tout le monde.

— Son proprio est quand même mort on sait pas trop comment.

— Oui… Vous n'avez rien de nouveau ?

— On fait le tour de son entourage, peut-être une piste, une tentative de vol, le type se serait affolé, l'aurait poussé… Enfin rien de certain, c'est sûrement juste une chute.

Elle voulut faire de l'humour.

— En tout cas si le mec revient pour voler la motoneige, il est vraiment abruti !

— Je vous le fais pas dire.

Elle comprit tout soudainement. Pourquoi les témoins mentaient. Elle était sûre de ne pas avoir marqué de points auprès du gendarme, qui la dévisageait, sans qu'elle sache ce que cela signifiait. Sans un mot de plus, il avança vers le chalet de Michel, et se mit à observer, accroupi, les marques éventuelles du véhicule. Elle se sentait particulièrement idiote mais s'approcha discrètement, puis s'agenouilla à ses côtés, avec la légèreté relative que son attirail lui permettait.

— Vous voulez un coup de main ou…

— Non, merci. Il a pas reneigé depuis votre « vague » lundi ?

— Je sais pas, la nuit, peut-être, non ?

— Parfois il neige ici et pas au village, c'est pour ça que je vous demande.

— Oui… Je n'en sais rien.

La météo ici, c'était tout un art, une sorte d'obsession acquise sûrement au fil des générations, comme si tout en dépendait. Il y avait des luttes intestines violentes entre gens du cru sur les prédictions, les sites à consulter, les horaires des précipitations. Pas un pour répondre à vos textos ; en revanche, pour vous faire un point hydrométéorologique, ça se bousculait au portillon, sûrement même en pleine avalanche.

Quoi qu'il en soit, certaines relations partent mal dès les prémices, et plus on essaie de remonter la pente, plus on glisse fort et longtemps, tout comme Charlie à cet instant. Les quelques secondes post-dialogue lui parurent durer une éternité.

Le gendarme la scruta à nouveau, trifouilla sa moustache, et partit vers sa motoneige en la saluant en vitesse.

Manifestement, ça n'était pas un chien qui l'attendait dans son salon. Elle resta quelques minutes dehors, face à la montagne éclairée par la neige. Les choses allaient avancer, Charlie retrouverait son flair, cette motoneige surannée ; elle résoudrait cette affaire, comme elle l'avait toujours fait, les bois aussi, et finirait par lire ses textos, quelles qu'en soient les conséquences.

9

Elle était fière de son message. Au réveil elle le trouva encore bien ficelé, c'était bon signe. Elle ne lui cachait pas ses sentiments éternels, estimant qu'elle avait résolument passé l'âge de ce genre de dissimulation, mais ne s'exposait pas non plus au joug de leur histoire, restait maîtresse de la situation et, surtout, ne faisait pas le moindre pas vers lui. Charlie devait définitivement passer à autre chose et lui aussi. Une fois sa précieuse missive enregistrée dans ses brouillons, l'apaisement du devoir bien fait la rassura pour quelques secondes. Elle n'était pas sûre d'être ravie d'arriver au week-end, mais elle avait heureusement une autre audition, sans Marc, ce matin, alors elle se dépêcha, sortit quelques instants le chien, puis décida finalement de l'emmener. Ce serait comme ça désormais, samedi et dimanche, elle l'embarquerait au commissariat, et elle y réfléchirait pour les mercredis. Cet animal dissipé était son attache à elle.

Elle avait pris soin de relever ses essuie-glaces pour les préserver de la neige. Cette coutume, curieuse pour une novice, faisait désormais partie de sa routine et de son désir ardent d'acclimatation. Elle espérait qu'avec ça, les montagnards la considéreraient enfin, et, en remettant les tiges métalliques en place avec dextérité, elle fut presque déçue qu'aucun des villageois ne puisse constater qu'elle faisait désormais partie des leurs.

L'exploitante agricole était déjà garée sur le parking du commissariat, affairée dans son énorme pick-up. Deux chiens se partageaient l'habitacle, peut-être trois, et s'agitaient dans la partie arrière découverte. Charlie alla à sa rencontre : une voiture, c'est déjà toute une intimité qui se trimballe au vu et au su de tous. Elle se présenta, en jetant des coups d'œil discrets dans le véhicule, et se demanda à nouveau pourquoi tant de gens affectionnaient ces sapins odorants immondes. Il lui était arrivé de sentir, au petit matin, des odeurs atroces de putréfaction, de sang, d'excréments, de mort, mais le sapin désodorisant lui portait au cœur bien plus rapidement.

L'agricultrice charpentée, lampe frontale rivée au front, s'extasia sur Clint pendant que ses propres chiens vociféraient comme des damnés dans la voiture, puis elles entrèrent dans le bâtiment.

— On peut pas garder votre chien pour l'audition ? Il est sympa, lui…

Charlie sourit mécaniquement.

— Vous m'attendez un instant ? Vous voulez un café ?

— Ouais, bien serré.

Bien le genre de la maison. Charlie laissa Clint dans son bureau et rapporta une tasse de jus de chaussette façon *diner* américain.

— Donc vous êtes agricultrice, c'est bien ça ?

— Ouais, enfin je suis une agricultrice puéricultrice ; c'est pas banal, hein ?

Charlie ne sut que lui répondre, elle trouvait toujours déroutant les gens qui attendent une réponse, suspendus aux lèvres de leur interlocuteur alors que leur réplique ne mérite pas forcément de discussion.

— Vous n'habitez pas loin de la ferme des Faure. Vous n'avez rien entendu, rien vu ce soir-là, ou les jours précédents ?

— J'habite pas tout le temps là-bas. Cette nuit-là, je suis restée à la bergerie, je préfère, c'est pas loin de chez vous d'ailleurs, je vous ai déjà vue passer dans le coin avec votre chien, il est jeune non ?

— … Vous connaissez bien les Faure ?

— Un peu, comme ça, je leur file des confitures de temps en temps. Le mari me prêtait souvent son quad, c'est pratique pour les travaux à la ferme, mais je les vois plus depuis sa mort.

— Et Samuel, vous n'aviez pas de rapport avec lui spécialement ?

— Pas vraiment. Philippe, mon fils, parfois quand il s'occupait des ânes, il discutait un peu avec lui – le pré est collé à leur ferme –, mais rien de plus. Vous savez on est peinards ici, on discutaille pas tout le temps et puis on a du boulot.

— Je me doute… Et Émilie, vous la connaissez ?

— Je l'ai croisée avec Samuel, puis je suis allée une fois dans l'institut où elle travaille, vachement cher pour ce que c'est. Vous êtes nouvelle, vous, ici, non ? Vous allez voir, c'est pénible, la vie de village, tout le monde jacte sur tout le monde, j'espère que vous avez un régulier sinon tout le monde va chercher à savoir avec qui vous faites des galipettes.

Elle termina sa phrase dans un éclat de rire sonore qui partit vers le plafond, pour finir en parcourant l'échine saisie d'effroi de Charlie. Rien que le mot « galipettes »…

S'il ne restait plus une seule autre personne sur terre, même dans cette situation extrême, elle ne copinerait pas avec cette Florence. D'autant qu'elle avait rencontré des gens charmants depuis qu'elle vivait ici, même son voisin collant était un brave type, surtout en comparaison, et puis les individus qui assènent des vérités comme ça sont rarement les plus futés de la bande, Charlie n'ignorait pas cela, Florence ne ferait pas exception. Après une audition teintée de blagues plus lourdes les unes que les autres, Charlie décida qu'il était temps d'être en week-end pour réfléchir efficacement. L'agricultrice lui tapait sur le système et elle était en train de se demander, depuis un bon quart d'heure, si la lampe néon qui pesait lourd avait une chance de tomber sur sa tête, la faisant taire définitivement. Charlie soupçonnait hélas le crâne de son interlocutrice d'être constitué d'une matière plus dure que celui de la moyenne des êtres humains, en carbonitrure de bore cubique par exemple. Elle ne s'en débarrasserait pas si aisément. « Flo » aurait encore un avis sur le monde et ses tracas, y compris après un trauma crânien.

— Merci pour votre coopération, n'hésitez pas à me tenir au courant si un détail vous revient, même une bêtise sans importance.

La phrase se poursuivit dans la tête de Charlie. « Excluant, par pitié, vos blagues, votre fiel à l'égard du village et des gens de manière générale, et votre rire cataclysmique. »

— Pas de problème, et passez un jour à la bergerie, j'ai des moutons, des ânes, je vous les présenterai ; et le père à Philippe aussi.

— D'accord, merci, et bon week-end.

Charlie la regarda partir, vraiment par habitude. L'observer déambuler dans le commissariat avec ses chaussures bruyantes, cette mine sûre d'elle et ses propos rivés à l'os lui usait rigoureusement la rétine.

Elle attrapa sa bête par le collier et fuit cette matinée consternante. Néanmoins, une question persistante ne la lâcha pas du chemin : comment était-il possible qu'une puéricultrice ait un tel niveau de français ? Charlie n'était pas une experte mais avait tout de même noté quelques perles. Si jamais elle enfantait comme ça, par hasard, il faudrait veiller à ne jamais mettre son enfant dans la crèche où Florence officiait. « Le père à Philippe »...

Dès son retour à la maison, Charlie se jeta sur son ordinateur et tapa « tétanos » aussi vite qu'elle le put dans Google. Elle s'était fait une petite plaie en voulant clouer un coin du lino menaçant de faire une vague et la blessure semblait mettre du temps à sécher. « Le tétanos se contracte par l'infection d'une plaie – premier indice – ou d'une blessure par des spores de la bactérie *Clostridium tetani*. La plupart des cas se produisent dans les quatorze jours suivant l'infection. » Ça faisait six jours. « Elle entraîne la mort dans vingt à trente pour cent des cas. » Et dire qu'elle avait perdu son carnet vaccinal...

Un bon repas avec Clint qui aspirait les miettes sous sa chaise la remit d'aplomb, elle s'en sortirait peut-être pour cette fois. Elle ne croulait pas sous les pistes – ou plutôt, celles dont elle disposait lui paraissaient d'une évidence inquiétante. Elle remarqua tout à coup que son message était resté dans sa case « brouillon » et qu'elle ne se sentait toujours pas de l'en faire sortir. Ce triste constat la catapulta un instant dans ses souvenirs enflammés par le désir qu'il lui inspirait encore. Elle n'avait pas fini de se consumer pour lui. En quête d'une activité superficielle pour détourner son attention, elle alla chercher sa trousse avec son attirail et ses vernis, activité tellement pénible à ses yeux qu'elle pouvait lui faire oublier absolument tout. Ses soucis, ses traumatismes, ses obsessions, tout.

Elle s'équipa, mit du coton entre ses orteils. Son colocataire observait de loin cette activité bien solitaire et, de dépit, s'endormit en ronflant sur son tapis miteux, en rigidité cadavérique – Charlie avait eu l'idée lumineuse de le laisser dehors quelques heures, espérant que les poils s'envolent comme par magie, et donc en plein gel.

Ce qui la mettait le plus en rogne, ce n'était pas de dépasser. Ça, ça se rattrapait ; en revanche remettre ses chaussures trop tôt, c'était un vrai drame. Ça la rendait malade, tout ce temps perdu, sachant qu'on va mourir un jour, pour se retrouver avec un vernis gondolé comme son lino… Mais aujourd'hui elle était décidée, elle ne bougerait pas tant que ce ne serait pas archi-sec. Elle avait tout prévu, un bouquin, la télécommande, du thé et du fromage à proximité, de quoi tenir un siège. Sa tâche l'absorbait tellement qu'elle hurla quand elle aperçut une silhouette qui l'observait à travers cette insupportable porte vitrée. Elle se précipita, le chien se contenta d'ouvrir un œil.

C'était le gendarme, toujours moustachu.

— Je vous dérange ?

Elle eut soudain l'impression que ce n'était pas une vraie question, eut une dernière pensée pour son vernis, sûrement en piteux état après cette course folle jusqu'à l'entrée.

— Non, non, ça va… Enfin, je suis juste surprise…

— Moi aussi. Pourquoi ne m'avez-vous pas dit que vous étiez allée interroger Léon ?

— Ah… Je ne l'ai pas du tout interrogé, j'ai juste discuté avec lui, il s'occupe du chalet quand il y a un souci.

— Si c'est le mot « interroger » qui pose problème, je vais reformuler : pourquoi vous ne m'avez pas dit que la motoneige avait disparu ? Vous m'avez fait comprendre que vous ne l'aviez pas remarqué, c'est quand même incroyable !

— Je suis désolée, vous m'avez surprise et…

— Encore…

— Oui… vous arrivez souvent quand on ne vous attend pas ! En tout cas, moi, je ne vous attendais pas.

— Comptez sur moi, je vais m'offrir un bouquin de conseils sur le savoir-vivre dès que j'aurai fini cette enquête…

— Je suis désolée. Je n'ai pas pensé à vous le dire, on discute souvent avec Léon et Sabine aussi, bref, pardonnez-moi. Vous avez du nouveau ?

— Vous m'excuserez si vous n'êtes pas la première à qui je rends compte de nos avancées ?… Rien de spécial… Je vais voir dans la semaine le fils de Michel, qui habite à l'étranger, pour parler de l'entourage, on sait jamais. Et puis après on va boucler l'affaire… À bientôt, et vous devriez mettre des chaussons, on est en altitude ici.

Des chaussons ?! Ce type était un maniaque déguisé en gendarme. Elle le regarda partir discrètement par la fenêtre de la cuisine, et eut enfin un regard pour ses ongles de pied. Le spectacle était affligeant. Le coton s'était collé sur le vernis, elle savait que lorsqu'elle l'enlèverait, il resterait des bouloches partout, c'était une pose de vernis en braille. Il allait le lui payer d'une manière ou d'une autre.

Elle effaça toutes traces de cette tentative honteuse à grand renfort de dissolvant, sentit l'ivresse monter et commença à s'atteler à son affaire, la nouvelle…

Charlie avait sa technique. Elle préférait être par terre, ou du moins dans une forme d'inconfort. Il fallait récupérer son ardoise astucieusement cachée derrière le téléviseur et son tube cathodique vintage. Soulagée de faire enfin surgir ses stylos à la craie multicolore, perdus dans ses cartons, elle fourragea jusqu'à tous les récupérer. Le canidé, qui sentait l'excitation monter, suivait le déballage avec grand intérêt, s'agitant autour du carton. Mais elle ne le voyait plus. Son champ de vision s'était soudainement rétréci au profit de son support magique, de toutes ses couleurs et du morceau de lino sous ses pieds. Elle rêvait de flèches, de traits, de numéros dans tous les sens – quand elle en serait là, c'est qu'elle se rapprocherait du but, ça avait toujours marché. Enfin presque. Il commençait à y avoir assez de matière, de bordel aussi, de certitudes et leurs contraires. Elle savait que Florence aurait droit à son encart – son fils aussi, pour subir une mère pareille, Dieu sait de quoi il pouvait être capable s'il se laissait aller. Il y aurait de la place pour tous les copains dealers de Samuel, pour ses ex, pour Émilie et son mutisme, pour ce bon vieux Savelli et sa souplesse de caractère. Ils y seraient tous, peupleraient cette curieuse bande dessinée jusqu'à ce qu'elle trouve la faille, et il y en avait une. Elle n'avait pas auditionné que des génies, mais c'était un danger aussi, comme au poker, quelques idiots pouvaient passer sous les radars car insoupçonnables. Elle s'était fait une loi personnelle de tendre aux apparences un filet aux mailles plus serrées que celles des pulls tricotés par sa grand-mère, quelles que soient les postures de ses suspects. Cette technique était parfois trop élaborée, des indices sinistres se dégageaient souvent après quelques semaines, voire quelques jours, mais son piège plus dense que la muraille de Chine avait sauvé des enquêtes et des vies de frustration, en attrapant ceux qui avaient bien préparé leur coup, ou mieux nettoyé derrière eux.

Elle était tombée sur un cas fascinant lors d'une de ses premières enquêtes. Le type avait astiqué la scène de crime jusqu'à avoir la peau des mains dissoute dans le seau d'ammoniaque à ses pieds, l'adrénaline l'avait empêché de sentir la moindre brûlure. Charlie était sûre que le suspect n'avait jamais lavé la moindre salle de bains, mais, pour ne pas finir en taule, il avait appris sur le tas et récuré les moindres centimètres de ce studio glauque. En revanche il avait eu du mal à faire le ménage dans son portable avec ses preuves accablantes. Elle se souvint de la jouissance ressentie lorsqu'elle l'avait coincé, comme si elle avait résolu l'injustice du monde dans son entièreté en une fraction de seconde. Ça l'avait enthousiasmée, rendue puissante, créative aussi. Il le fallait, pour démasquer les fous.

Après toutes ces années, elle avait peur désormais de faire partie du même camp que les meurtriers. Elle reproduisait si bien leurs raisonnements, se glissait si vite dans leur peau, c'en était presque dérangeant. Pouvait-on toujours limiter la porosité entre ces deux mondes ? Jusqu'à quand ça tiendrait ? Tous ces psys chez qui on les envoyait n'avaient pas idée du début du quart de ce qui pouvait se passer dans leur tête quand ils étaient sur des enquêtes complexes. Personne – et c'était mieux ainsi. C'était une angoisse pour Charlie. Comme ces criminels qui craignent si fort d'être repérés, elle avait peur d'être découverte, elle, la représentante de l'ordre, mais enfin, quel ordre ? De tout temps, les êtres humains se sont adonnés à des actes atroces, allant du plus stupide au plus pervers. Que peut-on espérer avec des énergumènes pareils ?

Non, elle ne voulait pas être dévoilée, il y avait trop de couloirs, de niveaux dans sa tête pour que quelqu'un s'y glisse. Elle avait toujours trouvé consternant qu'on puisse demander à quelqu'un : « À quoi tu penses ? » Pouvait-on répondre à ça sans mentir ? Sûrement pas souvent, ou alors pris au réveil d'une anesthésie générale.

Après quelques minutes à triturer le moindre détail, assise au milieu de la pièce, persuadée qu'il n'y en avait pas un, dans le groupe de génies d'apprentis dealers, pour avoir commis cet acte, elle imaginait désormais une exécution préméditée. Ces mecs n'avaient pas mis leurs cerveaux en branle depuis leur brevet des collèges. Le chef de meute était carrément sous la moyenne du QI de la population générale. Décidément, la flèche invisible ne menait pas dans leur direction. Il fallait qu'elle revoie le voisin irritable et irritant, quelque chose de plus personnel maculait le meurtre de Samuel. Le jeune homme s'était fait surprendre au petit matin, après une soirée avec pas mal d'alcool dans le sang, pas de drogue en revanche, mais il n'était certainement pas en état de désarmer quelqu'un. Émilie l'avait déposé devant le portail, l'abandonnant à ce terrible destin sans savoir que c'était déjà terminé. L'avait-elle seulement regardé dans le rétroviseur ?

Charlie avait laissé hier un message, sans grandes espérances, au gérant de l'ashram, le centre spirituel à quelques encablures d'ici. Émilie y avait fait une retraite de quelques jours et était une habituée des lieux. La flic se rappela soudain sa ronde à l'étage, l'autre soir, et grimpa sans traîner. Elle se précipita dans l'une des petites chambres, celle où elle avait trouvé les prospectus. Les cours de yoga sur lesquels elle était tombée pendant sa fouille avaient lieu dans ce centre. Elle se saisit du dépliant, prise d'un intérêt soudain pour l'endroit, et se rua dans l'escalier.

Elle poussa carrément un cri aigu quand elle vit deux têtes avec des bonnets, qui leur donnaient des allures de lutins maléfiques et idiots, collées à la porte d'entrée. Clint, surpris, se mit à grogner, comme pour montrer qu'il n'était pas un si mauvais chien de garde, malgré son retard à la détente. Ce chien, en plus de ses innombrables qualités, avait un certain ego, une fierté pas toujours bien placée. Elle ouvrit la porte.

— On vous a dérangée ?!

À cette question-là aussi, peut-on répondre sans mentir, ne serait-ce qu'une seule fois dans sa vie ? Est-ce que dans l'histoire de l'humanité quelqu'un a déjà pu répondre : « Sincèrement, oui, vous m'emmerdez atrocement, j'ai envie de vous claquer la porte sur le nez mais la bienséance me l'interdit » ?

Alors Charlie décida enfin de venger les outragés, tous ces gens dérangés par d'autres dans l'impunité la plus totale.

— Oui, j'ai du travail aujourd'hui.

Le silence qui suivit fut assourdissant, elle se douta que personne n'avait jamais dit à Denis à quel point il était étouffant avec son savoir absolu, dans toutes sortes de domaines. Alors elle se reprit courageusement.

— Mais bien sûr, si vous avez un souci…

— On veut pas vous déranger, c'est ma fille qui a un problème de fille, et elle voulait vous demander quelque chose, vraiment désolé.

C'est ainsi que Charlie se retrouva à aller chercher une boîte de tampons dans les tiroirs de sa salle de bains, faisant mine de trouver charmant ce partage d'intimité soudain. La jeune fille se tenait maintenant à l'écart de son père. Si Denis disparaissait dans la journée et était retrouvé broyé, encastré sous les chenilles d'une des dameuses, elle saurait qui interroger.

10

Les voies du Seigneur sont impénétrables. Notamment parce qu'on n'est pas certain d'avoir envie de savoir. Charlie avait d'abord trouvé le lieu sauvage et poétique, attirée par cette guirlande de fanions tibétains agités par le vent, mais avait très vite déchanté en passant la porte, accueillie par le maître yogi des lieux et son pyjama. Une vingtaine de personnes dans la pièce semblaient chercher toutes ensemble leur chemin ; elle se sentit instantanément de trop. Elle avait beau garder son but en tête, elle eut très vite envie de fuir cet endroit à équidistance entre un lieu de retraite et une organisation sectaire. Le prospectus insistait sur l'art de vivre, et, si manger bio, en respectant la nature, paraissait être une bonne route pour l'humanité – se nourrir tout court, pour la plus grande partie des gens –, passer ses week-ends en tenue de coton, la mine apaisée, le corps trop irrigué par moult tisanes détox, semblait désespérant à Charlie. Quoi qu'il en soit, il ne fallait pas que ça se voie. Maître Yogi n'étant pas très téléphone, elle avait finalement décidé de débarquer ici, sans faire de vagues, malgré son tsunami interne. Le titre du prospectus l'avait évidemment alertée. « Ensemble, atteignons la réalisation du Soi », chouette programme… Et pourtant, une fois de plus, elle n'avait pas reculé, et se retrouvait ainsi à l'extérieur du monastère avec le monsieur. Affable, le maître yogi lui proposa un thé et de s'asseoir en l'attendant, face à la vue féerique qui dominait la vallée. Elle accepta. S'il la laissait réfléchir trop longtemps sur son petit banc, ça allait être terrible. Il réapparut, avec deux couvertures, dont une pour elle.

— Je vous prie de m'excuser, je n'ai écouté votre message que ce matin.

— Vous aviez déjà appris pour Samuel, l'ami d'Émilie ?

— Oui, c'est une petite communauté, les gens s'entraident ici, tout le monde est assez soudé. Nous étions à l'enterrement, avec quelques fidèles de l'association.

— Vous êtes disponible pour quelques questions ? Préférez-vous venir au commissariat demain ?

— Demain je suis en stage de jeûne, mais je vous écoute.

— Connaissez-vous les relations d'Émilie avec Samuel ? Leur histoire ensemble ?

— Non, je ne connais pas beaucoup sa vie privée, si ce n'est sa solitude familiale patente. En revanche il ne m'a pas semblé que l'amour était le pilier de cette relation.

— C'est-à-dire ? Du vague copinage selon vous ?

— Je ne sais pas trop… Il est venu la chercher plusieurs fois ici le week-end, nous n'avons jamais discuté, ce jeune homme et moi.

— Pouvez-vous me dire qui est particulièrement proche d'elle au sein de votre… vo…

— Notre association.

— Voilà, votre association…

— Écoutez je vous propose d'entrer dans la salle, et nous allons faire un petit tour de tout le monde, qu'en pensez-vous ?

Charlie avança dans son sillage, se demandant quelle plante il pouvait bien infuser dans son thé pour parler et se déplacer avec tant de fluidité.

— Je vous présente…

— Charlie.

— De la police de Briançon, je suppose ?

— Effectivement.

— Elle aurait besoin de savoir un peu qui est proche d'Émilie et a pu avoir vent de sa relation avec Samuel.

Charlie avait l'impression d'être un astéroïde, atterrissant au milieu d'un salon en plein repas de Noël.

— Oui, surtout, si Émilie a pu confier une crainte, un conflit, un problème amoureux à l'un d'entre vous, nous devons aller vite. Bien sûr, nous avons parlé avec elle, mais il est préférable d'avoir plusieurs sons de cloche. Le mieux serait que vous passiez au commissariat un par un dès demain, mais si vous avez une quelconque idée qui pourrait nous éclairer, même si cela vous paraît dénué d'intérêt, n'hésitez pas à m'en faire part…

Elle avait dit ça sans bafouiller ni reprendre sa respiration, et attendait désormais les retombées de son arrivée fracassante. Rien. La relaxation, sûrement trop intense, ne les rendait que peu combatifs, ou était-ce de la résignation ? Une voix féminine s'éleva soudain, empêchant ainsi le cerveau de Charlie de partir dans des contrées toujours plus complexes : une jeune femme, pourvue d'un fichu et en pyjama, toujours, demanda à être reçue le lendemain. Charlie fit mine de noter le rendez-vous, comme si elle pouvait omettre une chose pareille, et après avoir salué le maître yogi qui venait de lui offrir un fromage frais de brebis du réfrigérateur associatif, se contenta de laisser son numéro sur un papier au comptoir de l'accueil, et fila enfin, pressée d'ajouter tous ces nouveaux protagonistes à son ardoise.

La route qui serpentait à flanc de montagne allait très bien avec le *Boléro* de Ravel, amplifiant avec virtuosité l'intensité dramatique de l'instant comme du lieu. Il lui semblait que cela l'aidait à réfléchir, et peut-être exceptionnellement dans le bon sens.

Elle voulait faire un crochet, traîner dans les alentours de la ferme de Samuel. Clint, qui s'était montré d'une grande docilité et n'avait pas touché aux fauteuils ni aux appuie-tête de toute cette visite, lui servirait d'alibi. Elle les baladait, lui et son air triomphant, et si quelqu'un la reconnaissait, son excuse serait toute prête.

La neige étouffait le bruit de leurs pas. Le fils de Florence nourrissait les ânes, et Charlie se mit à prier de toutes ses forces pour que la douce fermière ne soit pas quelque part tapie entre deux meules de foin enneigées, attendant sournoisement de surgir par-derrière avec son rire calamiteux. Le portail de la ferme de Samuel était grand ouvert. Tandis qu'elle priait pour ne pas se faire repérer, son andouille de chien se mit à cavaler tout droit en direction du poulailler. Charlie sut très vite que c'était cuit. De là où elle se tenait, elle ne repéra pas la mère de Samuel, mais un homme, grand, robuste. Il ne lui sembla pas, à cette distance, qu'elle le connaissait, et vu sa silhouette immense elle présuma qu'elle ne l'avait jamais rencontré, ou alors il fallait vraiment qu'elle envisage une reconversion professionnelle rapide.

Elle attrapa son couillon de chien fermement et regagna sa voiture au pas de course, ce n'était pas spécialement une bonne idée de se faire repérer un dimanche autour de la ferme, devant la scène de crime.

La frustration était à son comble. Et cet homme, vraiment élancé, était-ce son physique atypique ou autre chose qui l'interpellait ?

Tandis que son attention glissait tout entière vers son sale cabot qui, elle venait de le noter, n'avait plus la nausée en voiture, ce qui le rendrait bien plus agréable à ses yeux, et plus transportable aussi, Charlie continua à tout remettre dans l'ordre depuis la découverte du corps transpercé d'éclats. Alors que les yeux de son chiot géant la fixaient dans le rétro, elle sut qu'elle le connaissait. Le type était à l'enterrement. Elle ne l'avait jamais vu déployé ; assis sur le banc de l'église, il ne faisait pas le même effet. Elle faillit rater le virage lorsqu'elle recomposa la silhouette épaisse de Florence aux côtés de cet homme, sur les bancs du fond de l'église. Ce grand échalas connaissait donc la charmante puéricultrice. Pauvre homme, il subissait sûrement assez de tracas en partageant la vie de cette femme pour ne pas en plus encaisser une audition. En revanche, Charlie n'avait pas noté qu'il était spécialement proche de la mère de Samuel. Sans doute une histoire de voisinage, peut-être un peu d'entraide, cette simple idée lui réchauffa le cœur un instant. Et ça l'aiderait à monter cette satanée pente jusqu'à son havre de paix. C'est au milieu de la piste, après les dix premières minutes de marche vers son chalet, que Charlie vit de loin débouler le pick-up de

Florence, du moins elle pensa que c'était elle, de tels dérapages sur la neige... La course folle était signée. Cette dernière s'arrêta à sa hauteur et inclina la tête en direction de Clint.

— Ça va, lui ? Vous vous en sortez avec le dressage ?

— Je le dresse pas vraiment, mais oui, ça va.

— Ces chiens-là, faut les mater, hein !

C'était presque amusant ce que cette femme pouvait l'irriter, il n'y avait jamais un mot, une expression un geste ou une mimique qui plaise à Charlie, jamais. Tout ce que cette femme était l'agressait jusque dans les couches les plus profondes de son épiderme.

— Florence, je pourrais vous demander le portable de l'ami avec qui vous étiez à l'enterrement ?

— Joseph ? Oui, si vous voulez, mais il n'a pas de portable, il a un fixe. On n'habite pas ensemble, il vit avec sa fille une semaine sur deux.

Charlie imaginait maintenant mieux comment cet homme pouvait subir une femme comme elle, quoiqu'il eût fallu la payer cher pour supporter un engin pareil une semaine sur deux. D'ailleurs ça ne valait pas le coup, ni pour de l'argent, ni pour le grand amour, ni pour rien au monde. Et ce n'étaient pas ses ongles longs et crochus, dont le vernis s'écaillait par plaques entières, qui la feraient changer d'avis. C'est terrible, la vie, ce brave Joseph avait dû rencontrer Florence sur le tard, pas grand monde dans ces contrées, encore moins de célibataires, il fallait sûrement prendre ce qu'on trouvait et le pauvre homme avait décroché la timbale.

— Voilà, vous arrivez à me relire ?

Charlie préféra couper court, assurer que oui, elle retrouverait le numéro facilement.

— Si un jour vous voulez passer boire un verre chez nous, enfin chez moi, on est là, hein ! Vous avez l'adresse, j'imagine.

Le clin d'œil grotesque paracheva le tout, et eut l'effet d'une bourrasque glacée mélangée à un peu de sable sur le visage de Charlie qui peinait à trouver une porte de sortie.

— Oui, merci, après l'enquête, sûrement.

— Ah ben, avant ou après, nous, on est là ! Toute façon je repasserai par chez vous, j'ai des vaches dans la bergerie là-haut.

Charlie comprit enfin ce que l'anonymat des grandes villes pouvait avoir de bon. Il n'y avait personne ici, et pourtant il y avait toujours quelqu'un. Et ces gens n'avaient pas de jour, pas d'horaire, ils étaient là, tout le temps, derrière un rocher, sous une souche, surgissant au milieu d'une avalanche, une véritable conspiration, un envahissement permanent et particulièrement pénible au quotidien. Celle-là ne s'arrêterait jamais de parler ou seulement après un vigoureux coup de pelle.

— Faut que je vous présente aussi mon fils.

« Oui, puis votre mère, votre grand-père, le pape, votre instituteur de primaire et l'homme qui vous a dépucelée, comme ça j'aurai vu tout le monde », pensa Charlie.

— Oui, je dois vous laisser, Florence, bonne journée.

— Je crois que votre bête s'est barrée.

Florence, après avoir pollué le hameau entier avec son diesel mal réglé, se décida enfin à couper le moteur et sauta de la voiture.

— Il s'appelle comment ?

— Clint.

— Comme l'acteur ?… Ah ouais, fallait pas l'appeler comme ça, après les chiens, ils prennent le caractère qui va avec !

Charlie savait qu'elle ne résisterait pas à ce nouveau débat, alors elle fit ce qu'elle avait appris à faire très jeune, et pour un tas de raisons. Se tailler.

— Je l'ai vu monter, il doit m'attendre devant la maison. Je vous laisse.

Au moment où l'agricultrice lui empoigna le bras avec rudesse, Charlie sut que, si elle entamait une carrière de serial-killer, cette femme serait la première sur la liste.

— Alors, la vie de village, vous en pensez quoi ?

— Très chouette. Vraiment, je file.

Elle s'arracha à sa main forte et potelée et partit à grandes enjambées tout droit vers son abri. Clint était monté sur la terrasse de Michel, il guettait l'horizon et semblait se donner un air important, toisant la montagne tout entière à sa disposition et pourtant si secrète. Elle devait en receler, des histoires, des belles, des terribles aussi. Charlie n'eut pas le cœur de l'interrompre dans sa surveillance, ô combien indispensable, se précipita dans le chalet, loin de tous, du moins l'espérait-elle. Elle trouva plus rapidement qu'elle ne l'avait pensé un Bottin, pas si vieux, flairant un début de quelque chose, et finit sa journée en découvrant, avec ahurissement, le programme proposé sur plusieurs jours à l'ashram en feuilletant le prospectus. La page sur le jeûne la laissa perplexe pour la nuit entière.

11

Ce coup-ci, elle était décidée. Elle avait pris soin de demander des cartons pas trop vilains, sans publicité en tout cas, pour que la couleur soit unie, et tâchait de découper le plus précisément possible avec le cutter trouvé dans les outils de Pierre. Clint, toujours motivé par les travaux, guettait les chutes de carton qui tombaient par terre. Ils faisaient un bon binôme. Avec sa joie de vivre, il empêcherait toujours Charlie de prendre trop de somnifères même un dimanche d'automne pluvieux, et elle le protégerait, le mieux possible, de ses troubles bipolaires. On ne pouvait pas dire que c'était esthétique, elle se doutait qu'un coup de vent aurait la peau de son installation, mais ça avait le mérite de la planquer. Elle avait fait des carrés de la dimension des carreaux vitrés, ils étaient collés droit, ce qui méritait d'être salué, et désormais elle pourrait se balader en culotte, à poil, ou pire : nue en chaussons. À part son canidé, personne ne pourrait faire de photo mentale.

Elle reconnut Joseph dès son entrée dans le commissariat, ce type était vraiment immense. Plutôt avenant, à première vue.

— Je vous remercie d'avoir accepté de venir.

— C'est normal. On est tous très peinés.

— Je me suis rendu compte que j'avais quelques questions à vous poser pour cerner un peu plus l'entourage de Samuel et de sa maman.

— Je comprends, vous n'avez pas de piste ?

— Ça commence... Je vous sers un verre d'eau, un café ?

— Rien, merci.

— Vous connaissez bien la maman de Samuel ? Ou son mari décédé ?

— Oui, les deux, ils m'ont toujours été sympathiques. Puis j'habite souvent chez Florence, qui est leur voisine, enfin on dort souvent à la bergerie, là-haut on est plus tranquilles, j'imagine que vous savez...

— Je l'ai croisée, effectivement, ce week-end.

— Oui... On est encore discrets, je suis divorcé.

Discrets ? Mais comment imaginait-il qu'un duo incluant cette femme pouvait être discret ? Charlie fut prise d'un terrible effroi, en imaginant le calibre de la femme qu'il avait laissée au profit de cette Florence. Soit il était fou à lier, soit l'ancienne était un monstre avec des griffes à la place des pieds, ou quelque chose dans ce goût-là. Elle comprenait enfin ces gens qui s'unissent grâce à Internet, le choix devait être plus vaste. Si un jour, Charlie, arrivée au terme de son jeûne sexuel, sentait qu'il fallait retenter l'expérience, elle devrait y songer. Elle imaginait déjà le pourcentage de malades sexuels qu'il pouvait y avoir parmi les inscrits, de quoi faire un malheur. Enfin, si c'était pour travailler, quel était l'intérêt ?... Elle n'était pas prête à se recaser, elle avait la flemme, la présentation des proches, l'adaptation à la vie de l'un et de l'autre, ça lui paraissait insurmontable, surtout en connaissant déjà la fin de l'histoire.

— Votre fille connaissait Samuel ?

— Oh, un petit peu, mais elle n'a que douze ans.

— Vous étiez chez Florence, la nuit du drame ?

— Oui…

— Elle m'a dit qu'elle était seule cette nuit-là, qu'il n'y avait que son fils.

— Oui, pour pas qu'on parle de nous à mon ex-femme, je pense, je suis désolé…

— Votre ex-femme habite où, d'ailleurs ? Elle était à l'enterrement ?

— Non, Maria n'est pas très sociable, enfin, c'est pas son truc. Elle vit dans notre maison, à trente minutes de chez Florence.

— C'est l'adresse de votre pièce d'identité, j'imagine ?

— Tout à fait.

Florence ne se fit pas attendre, avala les marches au pas de course, égale à elle-même : bruyante, trop visible et par-dessus tout, bavarde. Elle avait commencé à parler dès l'entrée, à plusieurs mètres de Charlie. Le combat était entamé.

— Merci d'être venue rapidement, installez-vous.

— Je veux pas d'ennuis avec la flicaille ! Façon de parler, hein, je vous inclus pas dedans.

Charlie lui répondit un « merci » sans envergure.

— Je dois encore vous poser plusieurs questions, au sujet de Samuel et de cette nuit-là.

— Si ça vous aide…

— Vous avez menti, Florence ?

— Pas souvent !

L'éclat de rire qui succéda à ces mots, sans la moindre respiration, fit à Charlie l'effet d'ongles qui crissent sur un immense tableau noir. Elle aurait voulu pouvoir l'incarcérer pour usage de rire insupportable intempestif.

— La nuit du drame, vous avez dormi seule ?

— Euh... Il me semble. Ça commence à faire un bail.

— Quinze jours, oui. C'est important, Florence.

— Attendez, nous, on s'en fout de ces gens, on les connaît pas vraiment, c'est juste des voisins. On n'a pas de raisons de vous raconter des conneries.

— Justement, réfléchissez bien.

— Vous me mettez la pression, là !

— Je vais chercher du café.

Charlie se dirigea vers la cuisine et, quand elle revint sur ses pas, vit que Florence s'était bel et bien précipitée sur son portable. Elle fit mine de ne pas avoir vu.

— On n'a plus de café ! Donc je note quoi ? Qu'il vous semble que vous étiez seule ?

— Non, on a dû dormir ensemble, Joseph et moi, dans mon souvenir, cette semaine-là, il n'avait pas sa fille, c'est pour ça... Mais je vais vérifier sur mon agenda.

— Parfait, vous me confirmerez ça ?

— Bien sûr. Il est pas là, votre chien ?

— Non. Je vous laisse, vous savez comment sortir.

C'est assez traditionnel, les gens qui mentent sans raison objective, Charlie avait vu ça souvent, perdu du temps aussi des centaines de fois à essayer de comprendre pourquoi, à cause de suspects ou simples témoins qui se mettaient à suer, à s'emballer, à rougir puis à bafouiller, pour finalement n'égrainer que des mensonges, par panique.

Ce menu du jour lui sortait enfin par les yeux, ça avait pris son temps, mais une crème caramel de plus, et elle pourrait la jeter directement en travers de la tête du prochain meurtrier de sa carrière, pavée de fêlés en tout genre. Marc voulait faire un petit tour chez Florence, après sa discussion avec Charlie. Ses textos intempestifs avaient baissé de régime. Avait-il supprimé sa femme ? Son forfait ? Elle n'osa pas le lui demander. Il était lunaire, décidément, mais sympathique, peu enthousiasmant mais rigoureusement aimable, pas mauvais non plus. Elle espérait juste que ce ne serait jamais à lui de la sauver au détour d'une terrible course-poursuite, Charlie ne lui sentait pas la vivacité d'une telle épopée. Mais peut-être se trompait-elle et un tempérament de loup se cachait-il sous cette attitude molle et débonnaire ? En tout cas, il ne s'agissait pas du membre alpha du groupe, elle en était persuadée. À moins que le mâle alpha, ce ne soit elle, tout simplement, et à cette époque non genrée, ce n'était sûrement pas un obstacle. C'était étonnant, cette capacité qu'ils avaient tous les deux, comme d'un commun accord, de ne jamais se livrer sur leur vie. Elle chérissait ce duo, pour cela. Cette retenue, qui flirtait avec l'impolitesse, était pour elle le gage d'une durée de vie ensemble bien plus longue qu'espéré. Évidemment, si l'un d'eux se suicidait, l'autre culpabiliserait, se disant qu'il n'avait pas été à l'écoute, mais personne ne pouvait sauver personne dans ce monde, pensait Charlie. Excepté quelques saint-bernard bien dressés.

Victor avait tout essayé pour la sauver de ses démons, valeureusement. Tout fait pour être de son côté, ça n'avait pas suffi. Il était apparu trop tard dans sa vie, après cette enquête qui avait scellé le destin de Charlie.

La pause déjeuner avait sonné le glas du plat du jour trop riche, et Charlie était rentrée au bureau, fort ralentie par ce menu toujours plus dense. Le taureau l'attendait dans l'arène, Marc serait bientôt là aussi, le match pouvait commencer.

Charlie allait avoir besoin de le gagner, celui-là, les bois avaient renforcé son obsession pour ses enquêtes. Elle avait atteint des sommets plus grands encore que les montagnes qui l'encerclaient quand elle avait été persuadée d'avoir trouvé un lien entre Louise et un prêtre vaguement soupçonné de tentatives d'attouchements sur un ado. Louise l'avait à peine croisé dans une commune voisine, pendant les fêtes de Noël, l'enquête sur les supposées relations suspectes du curé et du gamin venait d'être refermée, et l'homme d'Église innocenté continuait à exercer. Charlie avait convaincu son binôme et amant de l'époque de faire une retraite spirituelle dans son presbytère un week-end, sans prévenir leurs supérieurs bien sûr. Ils s'étaient inscrits en tant que couple désireux de se marier. Elle n'avait pas le moindre plan mais était persuadée que, si c'était bien ce fumier qui s'en était pris à la petite, elle le piégerait d'une manière ou d'une autre. Le binôme était arrivé en fin d'après-midi. L'endroit était lugubre, une morosité affligeante s'échappait des lieux, l'humidité de la bâtisse pénétrait les vêtements sitôt à l'intérieur. À peine étaient-ils entrés que deux sœurs les avaient accueillis et amenés dans leurs chambres respectives, Charlie s'était retenue de les injurier d'avoir le manque de respect de séparer de jeunes amoureux pour la nuit, un véritable crime de son point de vue. Elle avait pris « rendez-vous » pour une confession avec le prêtre le lendemain, au terme d'une soirée cafardeuse avec extinction des feux à dix-neuf heures. Pour achever sa soirée en beauté, au cœur de la nuit, elle avait tenté une évasion, soldée par un échec, *via* la fenêtre, et s'était enfilé joyeusement sa bouteille entière de sirop pour la toux dans l'espoir de s'étourdir. Réveillée au petit matin par les deux sœurs atterrées par ce lever tardif, Charlie s'était précipitée dans la chapelle et l'entretien avec l'homme de foi avait tourné au fiasco. Elle était sortie de ses gonds, le type avait voulu en parler au supérieur de Charlie, elle ne devait son salut qu'à son partenaire ténébreux, parvenu à calmer le jeu *in extremis*.

Après les dix premières minutes d'audition, Charlie était désormais certaine d'avoir trop mangé. Ça lui restait sur l'estomac, elle n'aurait pas dû saucer avec du pain, c'était la goutte de gras qui avait fait déborder le vase. Ou alors était-ce cette discussion stérile à souhait avec cet homme bourru et dénué de charme ?

Chaque fois qu'il répondait à une question, il lui semblait qu'elle reprenait une part de flan trop sucré, comme s'il s'asseyait directement sur son estomac aussi encombré que son cerveau et les centres commerciaux la veille de Noël. Il avait une sorte d'accent étonnant – elle y avait moins prêté attention lors de la première audition –, plus exactement un énorme problème d'articulation, qui semblait s'interrompre au diapason de son agressivité, latente. Il devait exister des métiers où l'on ne rencontrait que des gens passionnants, pensa Charlie. Face à lui, elle avait peur de régresser, surtout quand elle observait le ballet de sa langue tapant sur ses dents au rythme de son agacement. Ce type semblait à la limite de dégoupiller à chaque instant, il n'avait même pas la maîtrise nécessaire pour s'en cacher. Fascinant, un calvaire pour n'importe quel avocat. La seule chose qui sauvait ce monsieur Savelli par moments était cette diction chaotique qui avait le talent d'emporter quelques mots dans les limbes, et ainsi de le débarrasser d'une partie de ce qui pouvait l'incriminer pour ce meurtre, et pour un tas d'autres crimes et infractions en tout genre. Charlie espérait une confrontation prochaine, avec la présence d'un avocat, pour imaginer ce dernier suer sous son costume étriqué et disparaître sous le flot de haine de son client. Ce serait sans doute une leçon. Tandis que Savelli lui assénait des vérités toujours plus âprement, et qu'elle cherchait à comprendre son éventuel mobile, elle se dit qu'un énergumène pareil n'en avait peut-être même pas besoin. Elle le voyait décidément bien se lever d'une humeur massacrante, dérangé par la voiture de Samuel arrivant à des heures indues, prendre son fusil et, dans un cri de bête, descendre ce pauvre gosse éméché. Il devait en être capable, oui, son regard bovin laissait peu de place au doute. La justice s'entête à trouver un mobile. Mais qu'est-ce qu'un mobile ? Quelque chose que la société accepte comme étant, d'une certaine façon, une bonne raison de descendre un de ses prochains ? Le concept même est tordu.

Coupant court à ses circonvolutions, Marc la rejoignit, le front luisant et les yeux fiévreux – il avait dû s'atteler à essayer de fermer à nouveau son tiroir secret qui dégueulait. La confrontation entre les deux hommes intéressait Charlie. Son binôme n'avait pas eu la chance de rencontrer l'agriculteur lors de la première entrevue, déjà champêtre à souhait. Les chances pour que Savelli ne soit pas misogyne étaient infimes, cet homme désagréable avait une façon d'être qui laissait Charlie penser qu'il se confierait plus facilement à un homme, bien que le mot « confié » semble particulièrement hors cadre à cet endroit. L'articulation ne s'améliora pas en tout cas, le faciès ne se détendit pas non plus. Charlie en profita pour s'extirper, larguant son acolyte dans les bras douillets de Savelli, sauta dans sa voiture, puis se jeta dans les lacets qui serpentaient jusqu'à la ferme, le cœur saisi par le froid et l'excitation. Elle voulait se réimprégner des lieux, elle était en train de se couper de Samuel, de sa façon de vivre, de ses rêves, elle devait se fondre dans le monde du jeune homme pour venger ce gamin qui n'avait, semblait-il, jamais rien fait pour s'attirer une haine pareille. Demain, elle plongerait dans l'univers d'Émilie, avec ces passionnées de yoga et de décoction d'ortie. Décidément, ces deux êtres n'avaient pas grand-chose en commun, rien ne les liait, si ce n'est le manque de rapports sexuels, certainement.

La mère la salua d'un geste mécanique, son teint n'avait pas retrouvé la moindre couleur. Le portail était toujours ouvert. Espérait-elle secrètement qu'on vienne la prendre aussi, que la pensée cesse de tournoyer, tout autour de ce fils perdu, de cette nuit glaciale et ce paquet d'herbe si rapidement caché ? Dans ces moments-là, Charlie ne pouvait s'empêcher de penser que ne pas avoir d'enfants était une bénédiction. Quel courage fallait-il pour s'aventurer dans un amour pareil : éternel, insondable ? Il fallait sûrement accomplir cela dans une certaine inconscience. Comment dormir après avoir mis au monde le petit être de sa vie ? Comment vaquer à ses occupations comme si de rien n'était ? Une fois de plus,

Charlie se demanda comment ne pas être accablée par la peur du monde et de sa violence. Comment être suffisamment insouciante pour agir comme les autres : faire la fête, une soirée de temps en temps, avoir des enfants, organiser des week-ends avec les jours fériés, des déjeuners familiaux, vivre, simplement vivre.

Il fallait du cran, oui. Elle s'en sentait désormais incapable, et tandis qu'elle traversait en toute hâte la cour de la ferme, elle savait que cette mère l'accueillerait, qu'elle serait son alliée, et que Charlie représentait son espoir secret, tapi au fond de ses tripes. L'air buté qui était le sien faisait espérer aux proches des victimes une poursuite sans relâche, un jusqu'au-boutisme à la limite de la folie, contre lesquels les ordures se heurteraient violemment tôt ou tard. La mère de Samuel espérait que la collision était proche. Elle la sentait arriver en même temps que le vent qui sifflait autour de Charlie, qui marchait tête baissée, pressée, toujours. De vivre ou de décaniller, elle n'avait jamais pu choisir.

La maman cabossée lui fit un café, il n'y avait pas de gâteaux cette fois-ci, il n'y en aurait plus. Le silence entre les deux femmes n'était pas gênant, c'était une connexion invisible assumée entre elles pour un court instant. Prendre des distances avec les enquêtes, avec son travail… Tout ça, c'étaient des conneries de psy, il fallait se fondre avec les victimes, respirer le même air qu'elles, se pelotonner dans leur univers, c'était comme cela que Charlie se sentait à la fois invisible et inatteignable. Cette femme avait dû être belle, Samuel était beau, d'ailleurs. Charlie avait été frappée, à la morgue, par la douceur de ses traits malgré la froideur terrifiante de l'instant. Elle n'avait pu s'empêcher de penser qu'il devait être aimable, capable de susciter bien des peines de cœur. Est-ce qu'Émilie était secrètement amoureuse de lui ? Elle n'avait pas trouvé grand-chose sur leurs amours respectives, plutôt des coucheries, rien qui semblait définitif en tout cas. Peut-être étaient-ils secrets, ce qui leur donnait plus de valeur encore aux yeux de Charlie. Au nom de l'amour ou de la passion, plus d'un s'est retrouvé mis en bière. La société a rangé cette catégorie dans les « crimes passionnels », comme pour organiser une bibliothèque trop chargée. Elle avait vu plus d'un juré flancher à cause de cette dénomination. Ça l'avait choquée au début de sa carrière, puis, quand elle l'avait rencontré, lui, son grand amour, elle avait soudainement compris la puissance de ce sentiment. Il était logique que certains s'en servent comme excuse, bien que cela continue de la consterner, aux assises et ailleurs.

Installée une fois de plus dans un canapé qui n'était pas le sien, Charlie fit parler tranquillement la mère, comprenant qu'elle n'aurait pas tout en une fois. Cette femme n'en aurait peut-être plus la force, l'amour pour un enfant ne s'usait pas, jamais, la perte de ce dernier creusait un gouffre sans fond dans lequel l'âme restait coincée irrémédiablement, se heurtant contre des parois glissantes à chaque mouvement, pour retomber jusqu'en bas. La pauvre maman ne cherchait pas l'issue de cette grotte de peine. Ça ne l'intéressait pas d'en sortir. S'en extirper pour aller où ? avec qui ? Alors, là, sur son divan trop petit pour la pièce, elle laissait Charlie mener la danse, oubliant son chagrin une fraction de seconde, observant cette jeune femme obstinée, acharnée même. Peut-être était-elle simplement fascinée par le temps que

Charlie consacrait à penser à son fils. Est-ce qu'elle faisait ça avec tout le monde ? Et ce monde, comment se quantifiait-il ? Y avait-il tant de parents, de proches emportés par la vague du drame ? La maman se laissait trimbaler comme un pantin, répondant le plus souvent aux questions de la flic, laissant parfois un silence lourd parcourir le salon. Charlie n'était pas embarrassée par cela, par ce calme apparent, cette lenteur, les rouages de son cerveau étaient en branle, tout s'actionnait comme par magie, elle pouvait deviner les cliquetis que la résolution de chaque question produisait dans sa tête. La mère de Samuel avait enfin une attitude moins raide dans son canapé, s'abandonnait, ne voulait plus tenir en laisse ce chagrin ; elle lui faisait simplement confiance. Dans les yeux de la dame, presque transparents, passa un éclair ; Charlie put ressentir le tremblement, tout juste perceptible, de l'orage qui grondait en elle. C'est ainsi qu'après plusieurs heures sur le ring qu'elles s'étaient créé de toutes pièces et d'un commun accord, Charlie entraperçut un début de quelque chose. En tout cas, on lui avait menti. Plus précisément, on avait omis une partie. L'omission plus que le mensonge pouvait abriter les résolutions les plus enfouies. L'omission, c'est pire, révélant quelque chose d'inconscient dans ce détournement de la vérité, la peur de se confronter.

Ce duel, entre deux alliées, les avait épuisées. Charlie savait qu'avec cela elle pourrait remplir son tableau noir, utiliser toutes les couleurs. Dormir là-dessus serait idéal, parfois un rêve l'avait aidée : il existait un endroit où les faits et les pensées inconscientes se réunissaient pour aboutir à la vérité, elle ignorait comment cela se produisait, c'était presque surnaturel. L'obsession mélangée à l'intuition la plus animale qui soit. L'animalité était toujours ce qui finissait par dépasser du cadre et donner à l'histoire tous ses ressorts, de la plus tristement banale à la plus sordide et organisée. Ça non plus, elle ne le dirait pas à la psy. C'était transcendantal, violent aussi : tout à coup, la vérité surgissait, s'imposait au mépris des vies qui continuaient à se débattre. À chacun de se débrouiller avec son sac, comme un valeureux sherpa.

C'était exactement ce qu'il s'était produit lorsqu'elle avait interrogé avec véhémence le voisinage de Manuel et Gabrielle. Elle n'avait pas dormi depuis deux jours. Une épouvantable question tournait en boucle dans sa tête : un monstre se cachait-il dans cette petite banlieue de classe moyenne respectable ? Elle se devait d'être plus critique qu'elle ne l'avait jamais été pour trouver cet être vipérin. Avec la même efficacité qu'un piège à serpents, il lui fallait le coincer. Elle espérait presque tomber sur des images pédocriminelles chez l'un d'eux, attendait l'horreur avec impatience, pour que tout ça cesse, pour que les parents et le petit frère puissent pleurer ensemble. Ils étaient une vingtaine à avoir participé à la chasse au trésor. Ils ne se distinguaient les uns des autres ni par le choix de leur voiture, ni par la déco de leur maison, mais par leur timidité ou au contraire leur aplomb. Bien sûr, les hommes étaient la cible principale de Charlie, mais c'était en asticotant leurs compagnes qu'elle espérait trouver un détail, une allusion, une remarque pouvant la jeter sur le chemin de la vérité. Elle avait déjà découvert des secrets de couples, dissimulés jusqu'à l'aliénation. Alors elle les avait tous poussés à la faute, insinuant une perversion tapie en chacun d'eux, les faisant douter de tout, même de leur journée. Témoin après témoin elle faisait reprendre à chacun le déroulé de cette balade campagnarde. Ils avaient fait plusieurs groupes, qui s'intervertissaient pour suivre les enfants, essayant de quadriller la forêt. Mais, même en recoupant tout avec abnégation, Charlie savait, et ça la dévastait, qu'il y aurait toujours des trous dans la raquette. L'un des papas était rentré pour aller aux toilettes, un autre s'était éloigné du groupe pour téléphoner, un autre encore était resté en arrière pour ramasser du bois et poursuivre ses travaux de récup. Elle avait fini les deux jours d'interrogatoire en les trouvant tantôt tous suspects, tantôt d'une normalité affligeante, tâchant de se focaliser sur leurs défauts uniquement pour trouver la faille et ne rien regretter. En réfléchissant bien, elle avait perdu pied très vite, quelque chose s'était brisé en elle. Charlie n'avait encore jamais travaillé sur un meurtre d'enfant jusqu'alors, et elle se demandait maintenant, en absorbant les virages, si elle en était seulement capable.

Dans les lacets qui la faisaient redescendre par Briançon pour remonter chez elle, elle n'eut pas le courage de raconter son rendez-vous chez Samuel à Marc. Elle se contenta d'un résumé par texto, et écouta le message de son camarade, subissant son lent débit jusqu'au troisième virage. Elle voulait garder le fil de ses pensées, trouver avant les preuves, avancer dans ses convictions.

Cette discussion, parfois décousue avec la maman, ne serait de toute façon pas vaine. Elle allait cueillir le bonhomme au petit matin, pour le mettre de bonne humeur, et elle n'aurait pas besoin de faire sonner son réveil.

12

Elle avait pris Clint exprès, puisque ce n'était pas son truc, gageant que le gars n'oserait pas lui en faire le reproche dans ce contexte. C'était omettre la rudesse de cet homme. Savelli les avait aperçus de loin et déjà son pas se faisait plus rapide, lourd et venimeux. Quand ils furent plus proches, Charlie découvrit son regard perçant surligné d'épais sourcils broussailleux, toujours prêts à faire éclater l'orage qui se déplaçait au-dessus de sa tête, au rythme de ses mouvements saccadés. Elle crut que ses yeux allaient sortir de leurs orbites ou faire exploser sa grosse veine sur le front. Elle observait, tout en avançant, coriace, la forme de ses mains, taillées pour mettre des beignes. Comme s'il avait enfin fait la distinction entre les êtres humains capables de devenir ses compagnons et ceux qui étaient tout simplement odieux, Clint marchait presque aux pieds de sa maîtresse, pas totalement droit mais c'était dû à sa croissance. Il n'avait pas l'air plus agressif que ça, mais au moins il formait pour la première fois avec elle un binôme compact et digne de ce nom. Charlie préférerait rester cheffe de ce groupe de deux, pour des raisons évidentes de finesse et d'acuité, mais elle se sentit pour la première fois presque fière de le trimbaler dans son sillage. Elle fit mine de rien devant lui mais trouva tout à coup qu'après tout, ce chien sentait bon. Elle aimait qu'il l'attende derrière sa porte, adorait qu'il lui désobéisse, qu'il réfléchisse au côté arbitraire de l'ordre. Soudain, elle fut prise d'un doute. Et si ce bon vieux ex-Gérard dit « Gégé » était tout simplement intelligent ? C'était une possibilité, et, comme si le chien avait senti ce regain d'amour venu du tréfonds des tripes de Charlie, il se rapprocha encore et elle faillit se casser la figure, arrivée à un mètre de Savelli.

— Qu'est-ce que vous faites là ? Vous êtes en train de piétiner mon champ ! On vous a pas appris les bonnes manières ?

— Je vous retourne le compliment et je vous demande de me suivre, avec l'amabilité qui vous caractérise, pour une garde à vue ce coup-ci.

— Vous allez me faire ça tous les jours ?

— Ah, ça... Je croise les doigts pour vous.

L'affreux jojo avait insisté pour prendre sa voiture, Charlie avait accepté. Il la suivait maintenant dans les lacets. Elle adorait qu'il ait du mal à la suivre, elle ne se débrouillait pas mal en conduite. Lui avec son tacot et son hystérie, avançait et freinait par à-coups. Clint aurait pu lui repeindre l'habitacle. Et en remerciement, se faire assommer par ce malade, mais elle n'aurait pas laissé faire, ce chien était sa famille maintenant, même quand il bouffait le lino, et elle déconseillait (dans sa tête) à quiconque de s'en approcher, à part pour lui faire un câlin, et encore, c'était déjà trop. Elle devinait les traits du bonhomme contractés à souhait, ses rides de l'amertume qui devenaient deux rives du Mississippi. Certes, il ne faut pas condamner les gens sur leur faciès, Charlie avait résisté à ça plusieurs semaines. Pourtant elle avait su tout de suite que ce type était une ordure, et s'en voulait désormais d'avoir fait si peu de cas de son intuition. Cette discussion avec la maman avait éclairé sa lanterne avec une puissance de cent watts au bas mot. Comment celle-ci avait-elle pu omettre de raconter un dialogue pareil à Charlie ? Nombre de gens, de témoins, s'imaginent que les détails, les pensées, les supputations et la méfiance sont proscrits durant une enquête, chacun dénigrant son propre instinct, comme si toute animalité avait disparu en eux. C'est mal connaître la nature humaine. Charlie avait aussi dû faire face à l'inverse, à ceux qui sont persuadés d'avoir déjà résolu l'enquête grâce à trois articles de la presse locale – parfois les plus drôles à interroger. Elle avait toujours une certaine curiosité à découvrir le cheminement de leurs pensées, même absurde. C'était ça, d'ailleurs, « sa tactique » : elle ne doutait de personne et doutait de tout le monde à la fois. Tous étaient traités sur un pied d'égalité, ce n'est pas si fréquent dans ce monde, injuste dès le premier souffle et jusqu'au dernier. Elle avait appris à apprécier toutes sortes de gens, y compris ceux qui dénigraient les flics, elle s'en foutait, elle n'appartenait à aucun groupe, elle voulait juste pouvoir réfléchir en paix, sans qu'on l'astreigne et sans avoir à surveiller un subalterne, un stagiaire, un petit nouveau. La pyramide sociale lui collait un bourdon dont seul un contact direct avec la nature pouvait la sortir. Charlie ne voulait pas de patron et refusait d'être la cheffe de qui que ce soit, elle rechignait même à représenter cette figure autoritaire pour son chien. Elle trouvait cette organisation humaine absurde. Les enquêtes de satisfaction du monde nouveau étaient l'illustration même de cet engouement pour la dénonciation et l'art du contrôle, et l'objet de son dégoût le plus enraciné. Elle prenait un soin particulier à ne jamais y répondre, d'autant plus quand c'était pour se plaindre de l'incompétence de quelqu'un dans son activité. Elle ne transigeait pas là-dessus, balancer un taxi odieux, un employé de ligne téléphonique ou encore la dame de l'accueil de l'hôtel lui semblait être un crime contre l'humanité, une ode à la déshumanisation. Quant au nombre d'étoiles, elle imaginait maintenant tous les coupables qu'elle avait foutus en cabane la noter. Apparence : propre mais pas coiffée. Façon de parler : irritante, insistante, exaspérante. Sens du service : exécrable. Café : jus de chaussette. Décoration : sans charme, luminaires agressifs, couloirs pas chauffés, bureaux trop chauffés. Ça ne ferait pas beaucoup d'étoiles. Et encore, elle n'avait pas le droit de mettre des baffes.

Elle se gara prestement, sauta de la voiture, se posta devant la portière de Savelli, toujours aussi fumasse, elle ne voyait pas de peur sur son visage, l'irritation prenant toute la place et « ses lettres de noblesse » entre ses sourcils bordéliques, ses paupières congestionnées, ses narines dilatées, ses oreilles rougies par la colère et ses lèvres aspirées par son fiel. Combien de sales types pour un bon ? Non. C'était dans l'autre sens, du moins elle l'espérait, rageusement, mais celui-là comptait pour deux. Il lui passa devant, pas le genre d'homme à se laisser trimbaler, il s'assit violemment dans la salle d'interrogatoire, faisant craquer sa chaise, la table et ses genoux usés. Charlie au même moment prenait grand soin de s'installer dans le temps qui était le sien. Enlevant sans se presser blouson, bonnet, gants, croisant son regard de temps à autre. Quand elle eut fini de s'asseoir, elle présenta ses excuses, elle venait de recevoir un texto, il fallait qu'elle téléphone. Elle n'avait pas besoin de se retourner pour deviner le regard courroucé qu'il lui envoyait. Bien sûr, Charlie n'appellerait personne, en revanche, elle en profita pour s'arrêter aux toilettes, fit exprès de tirer la chasse porte ouverte, de se laver les mains à grand bruit, et se rassit, aérienne.

— Alors comme ça, vous n'aimez pas les chiens ?

— C'est pour ça que vous êtes venue m'emmerder ?

Elle se saisit d'un procès-verbal et se mit à lire, s'appliquant dans la diction :

— « Il devait être onze heures du matin, on n'avait pas encore déjeuné, je me souviens, il est arrivé en marchant très vite, il a traversé le champ jusqu'à Samuel et il lui a dit : "Si ton chien à la con passe encore dans mon champ, je lui mets un coup de fusil." » Excusez-moi, un instant…

Elle alla tranquillement se chercher un café, lui fit couler un verre d'eau tiède, et, en chemin, croisa André, toujours confiant, renouvelant sa foi indéfectible envers Charlie et ses arguments cadencés. À son retour, Savelli n'avait pas bougé, il s'était bien échauffé en revanche. En le dévisageant, elle pensa à Gargamel, pourtant bien trop osseux pour lui ressembler.

— J'imagine que vous me confirmez le déroulement de cette matinée ?

— Son chien était toujours à farfouiller dans mon champ, j'en ai eu assez et je le lui ai dit. Je vois pas où est le problème, j'allais pas me laisser faire par un merdeux et son clebs.

— Le merdeux s'est fait descendre avec un fusil de chasse. Même genre que le vôtre, mais vous en avez plusieurs, non ?

— Vous essayez de me coller ça sur le dos parce que vous trouvez pas ?

— Non, parce que vous êtes un odieux personnage et que cette menace rajoute une sérieuse pièce au dossier. Alors vous allez rester un peu avec nous, et on va parler de vos petites affaires de voisinage. J'imagine que vous n'avez personne à prévenir ?

Il se tut.

— Et voilà Marc, que vous connaissez déjà, il va rester avec vous pendant cette mise en examen, il est de meilleure composition que moi, et que vous surtout.

Marc, qui trouvait la remarque pertinente, eut un petit sourire au coin des lèvres, presque satisfait de cette distinction, fût-elle un stratagème. Il lui en fallait peu.

— Je vais faire un tour chez vous, merci d'avoir signé l'autorisation de perquisition, je vous reviendrai vite.

Charlie les planta là, ni une ni deux, laissant Marc désemparé mais pas mécontent de la confiance qu'elle plaçait manifestement en lui.

Elle sentait l'excitation monter en elle, s'emparer de ses sens, de son âme, de son corps tout entier. Elle avait appris à percevoir quand elle avançait sur une piste, avant même d'en avoir les preuves, elle le sentait physiquement et dans les assauts de son cerveau. Son équipe et elle se déployèrent méthodiquement dans la maison austère de Savelli, c'était un moment qu'elle adorait autant qu'elle l'appréhendait. Tout pouvait s'éclaircir comme stagner jusqu'à l'ennui, et surgissait alors la crainte du dossier non résolu. Les bois lui avaient laissé une blessure d'amour-propre terrible, et elle refusait de se laisser balader par ce rustre, il fallait que ça file droit. Elle s'attarda dans la cave avec un de ses collègues, il y avait trois fusils, plutôt de vieux modèles dont elle doutait de la précision à vue d'œil, le soubassement était plein de victuailles en tout genre. Pas si mal organisé, le monsieur, pour un vieux célibataire. Elle espéra que la viande qui séchait suspendue à des patères provenait d'un animal, et comprit soudain bien mieux pourquoi le végétarisme avait un bel avenir devant lui.

Pendant qu'elle fouillait entre les pots de terrines, de saucissons secs et autres denrées carnées, elle eut une double envie soudaine, lui piquer une conserve, et aller voir sa chambre. Quel était le rituel de ce type pour dormir ? Son côté de lit ? Avait-il de la lecture quelque part sur une table de nuit, avait-il même des loisirs autres que haïr les gens et la vie de manière générale ?

La chambre était avant tout vide, de style, d'âme, de présence. Ça n'était même pas froid. Ça n'était rien. C'est rare, le rien. Par essence, ça n'existe pas. Elle s'en voulut surtout d'avoir mis ce pull col cheminée, elle le trouvait seyant mais il la grattait atrocement. Dans la petite glace de la salle de bains, elle s'aperçut qu'elle avait déjà une plaque rouge sur le cou. Cet endroit lui filait des boutons. Son esprit s'évada, elle se pencha au fenestron de la salle de bains. Il avait une jolie vue pour se doucher, on voyait la ferme de Samuel et de sa mère, on avait un panorama parfaitement découvert sur la cour et la route sur laquelle le gamin s'était fait descendre lâchement. Les allées et venues devaient être faciles à épier d'ici. Que pouvait bien foutre ce type avec des boules Quies dans un endroit aussi calme ? En mousse en plus – Charlie n'avait jamais compris comment ça se plaçait. Elle se demanda aussi ce qu'il fichait avec un shampoing aux œufs dans sa douche, alors qu'il n'avait plus un poil sur le caillou, si ce n'est une vague mèche à l'arrière du crâne, qu'elle le soupçonnait d'avoir oubliée en se rasant la tête. S'il y avait eu une crème démêlante, elle aurait imaginé une femme, mais là… Elle se redressa, retombant sur le fenestron, et vit de loin un homme sortir de la ferme, immense, c'était le mec de Florence à nouveau. Elle descendit au rez-de-chaussée, fit un point avec l'équipe qui n'avait, Dieu merci, trouvé aucun cadavre transformé en saucisson sec, ni ossements humain servant de pince à linge. Les fusils et les cartouches avaient été saisis. Quelques vêtements dans le panier de linge sale avaient aussi attiré son attention, ils semblaient tachés de vieux sang.

Tout le monde regagna sa voiture. Charlie ne put s'y résoudre. Elle avança dans la cour, lentement pour elle, en signe de déférence, mais bien sûr un chien donna l'alerte et elle n'eut pas à taper à la porte de la ferme de Samuel. La maman se tenait là, sous le chambranle de l'entrée.

— Excusez-moi, je viens de faire une perquisition chez votre voisin, je voulais savoir si tout allait bien…

— Oui, je vous remercie, enfin, ça va merci. Chez Savelli ?

Charlie crevait d'envie de lui demander l'autorisation d'entrer.

— Oui, effectivement, il n'est pas commode, ce type. Je vous tiens au courant très vite évidemment, j'ai revu

Florence pour quelques petites questions, vous l'appréciez ?

— Oui, enfin, rien de particulier, elle est drôle, je trouve.

— Elle n'a pas la langue dans sa poche, c'est vrai !

Auquel cas sa poche se serait suicidée.

— Enfin, encore une fois, si vous pensez à une chose, même un détail, y compris la nuit, vous m'appelez, hein ? En plus, je m'endors très tard, donc bon… enfin, voilà, vous ne me dérangerez pas…

— Et ces salopards de dealers alors ? Je ne voulais pas qu'il traîne avec ces idiots !

— On ne va pas les lâcher bien sûr, ne vous inquiétez pas, je vous tiens au courant, je ne veux pas vous faire de fausse joie, enfin…

C'était cuit, jamais elle ne lui proposerait de café.

— À bientôt.

— Merci de nous aider.

Charlie en avait presque oublié son rendez-vous vers les cieux, et en voyant les fanions voleter au loin, vit renaître l'espoir de retrouver un peu de spiritualité dans cette journée foutraque, et d'entamer une potentielle discussion au sommet. La jeune femme de l'ashram qui s'était portée volontaire pour une audition avait mis Charlie sur la voie, quant au tempérament d'Émilie d'une part, et quant à sa vie surtout. La flic monomaniaque rêvait d'une entrevue décontractée et sincère avec cette figure clé de la dernière soirée de Samuel. Alors elle pénétra à nouveau dans ce lieu singulier, enjoignant au ciel de ne pas la forcer à passer un pyjama.

Émilie, toujours peu loquace, l'attendait dans une pièce dite « de repos ». Charlie se demanda si elle n'avait pas intérêt à repasser par la pharmacie pour lui offrir de la vitamine C, et se mit à prier, découvrant la tisane et les petits bols, pour que ces chasseurs-cueilleurs soient suffisamment expérimentés pour avoir ramassé des herbes comestibles, pas de la ciguë, et ainsi lui épargner de finir empoisonnée avec un rein artificiel à l'hôpital de Briançon.

La jeune femme servit la décoction avec une infinie douceur, Charlie ne s'était jamais sentie aussi loin de l'Île-de-France que lorsque la petite écumoire et son manche en bambou effleurèrent la soucoupe.

— Je sais que le commissariat, c'est un peu intimidant, Émilie, et je voulais en savoir un peu plus sur Samuel, sur sa vie. Encore une fois, vous êtes la dernière personne à l'avoir vu…

— Oui, je comprends. Je l'ai lâché, comme je vous l'ai dit, après avoir fait demi-tour. Il m'a saluée de la main et je suis partie un peu vite.

— Vous étiez pressée de rentrer ?

— Un peu. Comme je vous l'ai dit, on n'était pas des amoureux…

— J'ai du mal à avoir des infos là-dessus… Il avait beaucoup de conquêtes, c'est ce que j'ai compris.

— Je sais pas vraiment…

La discussion se perdait en conjectures, cette jeune femme semblait pouvoir se briser à chaque question, comme si toute évocation de cette vie passée l'abîmait. Charlie n'imaginait pas cette fille abattre un homme, même après s'être fait larguer dans le froid et les vapeurs d'alcool, mais quelque chose semblait l'affecter, la profondeur de son regard laissait entrevoir des abysses de chagrin. Charlie n'avait pas envie de l'acculer, elle était ébranlée par les silences d'Émilie, par cette fausse sagesse qui dissimulait si mal une solitude aux contours affûtés. Était-ce ce lieu, cette altitude, cette tisane dont elle devrait bientôt pouvoir vérifier l'innocuité, ou ces fanions, toujours était-il que Charlie ne se sentait plus d'appliquer ses techniques habituelles, et s'imaginait maintenant capable de l'interroger dans le sauna extérieur face à cette vue époustouflante. Dieu merci, elle n'avait pas de maillot. Elle se résigna pourtant à abandonner Émilie, espérant sincèrement que cette « association » ne soit pas une secte déguisée et l'aide à survivre à ce drame, à cette vie, à ce studio vide et sans consolation. Charlie se dirigea vers sa voiture l'âme tourmentée, toujours plus résolue à se jeter dans sa nouvelle vie d'anachorète. Et, alors qu'elle se demandait ce que l'inconscient d'Émilie pouvait si bien éradiquer en désinfectant ce triste appartement d'ascète et si cette jeune femme ne lui était sympathique que par comparaison avec sa propre vie – détail affligeant dans ce cas –, une dame d'une quarantaine d'années, dans la tenue locale, se précipita vers sa voiture.

— Excusez-moi, pourrais-je vous parler un instant ?

— Bien sûr.

— Je suis assez proche d'Émilie, je vous ai ratée l'autre jour, mais je voulais juste vous dire que ce Samuel, c'était un sale type.

S'il y a bien une chose de déplaisant dans l'existence, c'est la déception. Charlie n'était pas armée pour encaisser cela. C'était une faille dans sa mécanique si mal huilée. La visualisation du pire lui avait toujours semblé être la clé de sa survie, et elle avait oublié de l'appliquer à cette victime.

— Avec Émilie, vous voulez dire ?

— Avec toutes.

— D'accord… Je ne suis pas là pour avoir un avis sur ses soirées.

— En tout cas, si ça vous intéresse, je sais que ces filles qui l'entouraient, en fait, y en a deux ou trois qui n'étaient pas pour lui.

— C'est-à-dire ?

— En gros, Samuel les prêtait à ses copains, vous voyez… et les mecs leur filaient du pognon, à elles bien sûr, mais lui, il en gardait un peu, pas mal je pense, pour soi-disant les protéger, pour pas que les mecs aient leurs portables, leurs vrais noms, ce genre de choses…

— Émilie aussi ?

— Oui, surtout Émilie, les autres, ça n'a pas duré. Elle a morflé, elle était amoureuse et quand il lui a proposé ça, ça a été terrible. Elle a atterri ici, elle m'avait promis qu'elle le voyait plus, mais apparemment…

— Merci, vous pouvez passer demain faire une déposition ?

— Pas de problème, juste, vous pouvez me laisser le temps de dire à Émilie que je vous en ai parlé ?

— Pas de problème non plus.

Charlie savait que sauter sur Émilie à grand renfort de questions pressantes n'était pas la solution, et tandis qu'elle prenait le plus grand soin de ne pas rouler à toute allure, elle sentait les bourrasques de l'insatisfaction se rapprocher d'elle dangereusement. Elle commençait à fulminer dans la voiture, heureusement à l'abri de tous, et essayait de masquer sa déception à son propre cerveau. Pourtant oui, elle était profondément déçue par son mort. Elle avait eu envie qu'il soit un mec bien, comme sa mère, et elle était furibarde. Quel genre de gars avait l'idée de coucher avec des filles pour les faire tapiner ensuite ? Elle se retenait d'aller au cimetière lui mettre une grande beigne, n'ignorant pas que dans le nouveau monde les caméras sont partout.

Elle captait terriblement mal, la voix de Marc sur sa messagerie était à peine audible. Elle se demandait depuis quelques jours s'il n'était pas accro à la sieste. Le cas échéant, il avait dû lui laisser ce message au saut du lit, enfin du sofa. Elle l'avait surpris plusieurs fois sortant vaseux du bureau, après avoir fini le menu du jour plus vite que tout le monde, la célérité n'étant pourtant pas son cheval de bataille.

Charlie n'avait aucune envie de retourner au commissariat, ni chez elle. Elle continua sa route, quelque chose la turlupinait. Elle allait rouler un petit moment, remettre les choses en place entre deux virages. Voilà plusieurs jours qu'elle n'avait pas pensé à son petit pied qui dépassait. Peut-être allait-elle guérir dans ces montagnes, le froid bloquant toutes ses terminaisons nerveuses ? Le coup de frein fut, il est vrai, un peu brusque, et le mec croisé sur une route trop étroite, évidemment, lui cria à travers la fenêtre quelque chose d'incompréhensible mais de possiblement peu avenant. Elle rappela Marc, garée sur le bas-côté, pour avoir l'adresse de Joseph. Au moins le nom du lieu-dit. Elle avait passé l'été dernier, sur les conseils de la psy, à tenter de débrancher et de couper son portable dès qu'elle était en vacances, et regrettait désormais d'avoir fait semblant de l'écouter. Tous les magazines spécial rentrée l'avaient confortée, il fallait « savoir couper ». Pourtant avec ses trente pour cent de batterie, il était à craindre que le dieu

GPS ne la suive pas jusqu'au hameau en question. Heureusement il faisait beau, elle aurait une chance de retrouver le chemin du retour. La route était vertigineuse, la pente raide, le goudron abîmé, il fallait avoir les nerfs solides et privilégier une voiture tout-terrain. Ne pas regarder en bas, d'accord, mais en face, c'était largement aussi effrayant. On avait l'impression de sortir de la route à chaque virage. Le retour dans la nuit allait être terrible. Elle arriva enfin au lieu-dit, juste après avoir passé un gué devant lequel on devinait un panneau signalant que la route serait coupée en cas de crues importantes. Charlie avança, consternée par cette nouvelle, se gara comme elle le put et sortit de son véhicule. Le silence régnait. Soudain elle entendit des beuglements de vache puissants, qui ressemblaient à de longues plaintes. Elle se demanda si l'une d'entre elles n'était pas en train de mettre bas ou autre calvaire du genre. La nature est bien faite, mais pas pour tout le monde. Si toutes les femmes et femelles de ce monde pouvaient témoigner…

Charlie se mit en route, observant les maisons pour la plupart abandonnées, c'était beau mais intimidant. La nuit qui commençait à tomber ne l'aiderait que peu dans sa recherche. Elle revint sur ses pas récupérer sa frontale jetée sur la plage arrière et se remit en route, guettant les mouvements ou les lumières qui pourraient s'allumer. Entre deux beuglements malheureux, un chien poussait de petits cris aigus. Elle vit au fond du chemin une vieille maison en pierre d'où se dégageait de la fumée par la cheminée, avança dans sa direction, alluma sa lampe, se fit surprendre par une ornière et manqua de hurler. Au lieu de ça, elle se contenta de s'injurier intérieurement et entreprit de pousser le portillon, en piteux état, entouré de murets de pierres qui clôturaient un jardin de curé, pourvu d'un reste de potager anéanti par l'hiver. Elle se déplaça à pas de loup jusqu'à la porte, et en l'absence de sonnette, tenta sa chance en tapant à l'entrée. Elle resta muette quand elle entendit le portillon s'ouvrir juste derrière elle. Une gamine la dévisageait, douze, treize ans peut-être, frêle et émouvante, inquiétante dans ce silence. Charlie n'était décidément pas faite pour être mère, en tout cas pas pour écrire un guide pratique d'interactions sociales avec les adolescents.

— Excuse-moi, je cherche quelqu'un, je pense que c'est peut-être ici. La femme de Joseph, ça te dit quelque chose ?

— C'est mon père. Vous voulez le voir ?

— Je voudrais voir ta maman.

— Papa vit là une semaine sur deux et là, c'est pas sa semaine.

— Ta maman, tu crois qu'on pourrait lui demander de me parler un instant ?

— Elle est pas encore rentrée. Dans une demi-heure, je pense.

— Bon, je peux te demander juste un verre d'eau et je t'écris mon numéro pour que tu lui transmettes ?

— D'accord.

La gamine passa devant et ouvrit la porte. C'était assez délabré mais ça ne manquait pas de charme, heureusement le poêle réchauffait l'endroit, la télé allumée devait aider à rompre la solitude de cette gamine qui ne cessait de l'observer, c'en était gênant. Charlie eut soudainement l'impression que les rôles s'inversaient et elle ne se sentait pas du bon côté.

— Vous voulez un truc chaud à boire avant de repartir ?

C'était malin, à la fois poli, tout en insinuant qu'il allait falloir y aller.

— Voilà mon numéro, je suis de la police et j'ai besoin d'un petit coup de main.

— Vous devez pas avoir beaucoup de boulot par ici.

Charlie laissa échapper un petit rire furtif.

Pour s'échapper de là, elle allait transpirer, les pneus neige n'étaient pas un gage de s'en sortir, encore moins vivante. On fait croire ça aux gens à cause du coût, mais la vérité, c'est qu'à part les natifs qui apprennent sur la glace directement, et sûrement à cinq heures du matin, personne n'est vraiment à l'aise dès les premiers flocons. Cependant, à l'idée de dormir chez la gamine et sa mère dans un froid polaire avec son bonnet et ses après-ski, Charlie trouva la force de ressortir de la voiture, de déneiger une petite butée formée à l'arrière, et, après un bruit inquiétant de patinage, réussit à s'extirper. Elle voulut appeler Marc mais son portable était en train de rendre l'âme. Elle pesta contre sa voiture qui lui indiquait avec insistance un risque de gel, comme si elle n'avait pas remarqué. Elle avait parfois l'impression que la robotisation de tout avait pour but d'abêtir les êtres humains, jusqu'à l'apathie généralisée.

Elle était dans ses pensées toutes centrées sur Samuel, son entourage, sa beauté, dont il s'était manifestement servi à des fins affligeantes, cette Émilie qui aurait eu des raisons de le supprimer, mais accueillait-elle seulement assez de rage en elle-même ? Vu le recul du fusil en question, Charlie ne concevait pas que les doigts de la jeune femme, qu'elle avait trouvés particulièrement courts et fins, aient pu parvenir à se servir de l'arme, et puis ce caractère enclin à une forme de soumission qui émanait du moindre de ses mouvements, comment aurait-elle pu appuyer sur la gâchette et si bien viser ? Personne n'avait donné les armes à Émilie, et Charlie peinait à l'imaginer brandir tout à coup celle qui la sauverait de ce gougnafier, quant à leur mentir à tous pendant des jours… Charlie s'en voulait, elle avait magnifié Samuel, comme si le fait d'avoir perdu son père, d'avoir une mère charmante et de vivre dans une ferme le rendait incapable de toute malveillance et le distançait de tout soupçon. Les sens de Charlie s'émoussaient. Se pouvait-il que cet endroit, cette nature lui fassent retrouver sa naïveté ? Ou plutôt, rencontrer, enfin, sa crédulité ? Si c'était le cas, la vie de Charlie était foutue. Elle n'avait plus qu'à apprendre à tricoter des chaussettes en laine de mouton, un métier d'avenir si l'on en croyait l'office du tourisme local.

Les phares de la voiture en face, mal réglés, l'aveuglèrent. Sans même avoir le temps de prendre peur, elle partit sur le côté pour éviter le choc frontal, freina brusquement mais pas trop, consciente de la chaussée devenue patinoire. Quand le véhicule s'arrêta enfin, elle n'osa pas regarder à combien de centimètres elle pouvait être du précipice. La voiture était stable, *a priori* elle n'était pas accrochée à un arbre pendant au bout d'une falaise, un bon point. Sa tête n'avait pas tapé et c'était mieux pour résoudre cette enquête, comprendre le sens de la vie, et plus exactement de la sienne. Elle ôta sa ceinture et vit une silhouette courir vers elle, pour la secourir certainement. Paradoxalement quelque chose l'inquiétait dans cette course, comme la peur de ne pas tomber sur le bon sauveur. Mais elle avait tort de faire la difficile, il n'y avait personne d'autre ici.

C'était une femme d'une cinquantaine d'années, brune, au teint pâle et aux traits empreints de délicatesse – toujours moins inquiétant qu'un homme pourvu d'une hache par exemple. Sa silhouette chétive semblait en panique et cela acheva de rassurer Charlie. Ses lèvres, légèrement ourlées, articulèrent ces quelques mots à l'attention de Charlie :

— Vous n'avez rien de cassé ?

— Non, rien, j'ai juste glissé. En revanche vous auriez un portable ? J'ai l'impression que j'ai crevé.

— C'est terrible, cette saison sur la route, on va rentrer chez moi pour appeler la dépanneuse.

— Merci beaucoup.

C'est ainsi que Charlie refit le chemin, les vaches qui beuglent, le chien qui aboie à leur passage, et le portillon…

— Camille ? Je suis rentrée.

La gamine fit une drôle de moue en découvrant Charlie de nouveau au milieu du salon.

— Vous vous êtes perdue ?

— La dame vient d'avoir un accident, je l'ai aveuglée avec mes phares. Tu sais où est le téléphone ?

— Dans ma chambre.

— Va le chercher.

La dépanneuse était à peine en chemin. Elle allait finir par dormir là, comme prévu. Elle commençait à s'en vouloir de son opiniâtreté dont la frontière avec la bêtise tendait à s'amincir redoutablement.

— Je suis venue ici pour vous rencontrer, madame Borel, j'ai vu votre ex-mari il y a quelque temps pour une affaire criminelle…

— Oui, c'est toujours mon mari…

Charlie savait bien qu'il y a deux clans, ceux qui ont hâte de dire « ex », et ceux pour qui c'est un échec et qui ne rajouteront ce préfixe qu'après la signature des derniers papiers. Et on ne peut jamais savoir à l'avance à quelle catégorie on s'adresse, d'où le malaise. En tout cas cette famille n'était pas dans la catégorie des maniaques ; on aurait dit le bureau de Marc, en modèle agrandi. L'évier avait vu passer des choses bien plus terribles que le fond de la Seine, il devait y avoir de sacrées canalisations pour résister à tout ça. La dame lui posa une tasse de thé sur un coin de la table, en poussant tous les objets entassés sur l'autre côté, afin que Charlie puisse même, si le cœur lui en disait, y poser un coude. Cette accumulation lui donnait le tournis. Charlie observa discrètement le plan de travail, comprit qu'il n'y avait pas de lave-vaisselle, et en conclut qu'elle ne devait donc, sous aucun prétexte, effleurer de ses lèvres le bord de la tasse, probablement bourré de bactéries. À moins que son hôtesse ne fasse la vaisselle avec de l'eau bouillante, et ne la laisse tremper une trentaine de minutes – organisation indispensable pour éradiquer le développement de tout micro-organisme –, bref, beaucoup trop de « si », elle ne boirait pas ce thé. Trouver des preuves là-dedans, si un jour il le fallait, serait une prouesse inédite et réclamerait le double de l'équipe habituelle, à moins qu'avec Marc de son côté… Et sa longue carrière d'accumulateur en série…

— Votre affaire, c'est l'histoire du gamin qui s'est fait descendre y a quelques jours non ?

— Oui… En effet, c'est ça. Vous connaissiez Samuel, vous ?

— Oui, c'était une bande de gamins qui venait à la bibliothèque de l'école de temps en temps il y a quelques années. Je travaille là-bas, à Briançon.

— Votre mari aussi le connaissait ?

— Oui, pareil.

Le téléphone se mit à vibrer sur la table encombrée, menaçant de faire tomber quelques objets de l'édifice. Pendant la conversation, Charlie commença à se demander si elle ne s'était pas blessée, le fameux coup du lapin. L'expression avait beau résonner comme une blague, elle refusait de se retrouver diminuée, avec tout ce qu'elle avait à accomplir, par tous les moyens.

— La dépanneuse est arrivée, vous avez juste deux pneus crevés, il va vous descendre et vous les changer.

— Merci pour votre aide. Je vais filer.

— Camille, tu peux la raccompagner ?

— Maman, il fait moins deux, là !

— Ça ira, je file.

Cette Mme Borel avait un pouvoir magique, du moins sur sa fille. Quand la gamine vit sa moue réprobatrice, elle se précipita sur ses chaussures et son blouson et ouvrit la porte aussitôt, presque avenante. Charlie la suivait, les pas de la gamine étaient alertes et, même si elle ressemblait à l'abominable yéti, vue de dos avec son blouson trop grand et son bonnet mal enfoncé, sa présence était réconfortante dans cette nuit glaçante. Quand Charlie vit briller les phares de la dépanneuse, elle remercia la gamine, qui sembla enfin s'éveiller.

— Je vais aller dormir au bureau, je prendrai un taxi de chez vous.

— Donnez-moi l'adresse, je vous lâche là-bas.

L'indulgent mécano fit une drôle de moue en apercevant « le bureau » en question. Devant un commissariat, les gens les plus honnêtes revoient leur vie défiler, comme s'ils avaient forcément fait quelque chose de répréhensible. Si celui-là avait piqué un autocollant au CP, c'était le bout du monde, et il n'en avait sûrement pas dormi pendant des mois, le sentiment de culpabilité gravé en lui.

— Je vous appelle demain quand elle est prête.

— Merci encore, à demain.

En montant les trois marches du commissariat, Charlie fut une nouvelle fois convaincue de n'être pas faite pour procréer : avec tous ces détours, elle en avait oublié ce pauvre Clint, qui devait avoir trouvé le moyen de monter à l'étage et, après avoir saccagé les boutons de la commode, devait maintenant envisager le matelas de sa chambre et des autres. Peut-être même s'attaquerait-il au pommeau de douche s'il avait vraiment les crocs ? Elle lui en serait reconnaissante, ça l'obligerait à le changer. Le problème n'était plus la caution désormais, mais la dette qui se creusait irrémédiablement au fil des saccages du canidé. Ils devraient bientôt quitter le pays tous les deux sous une fausse identité. Après toutes ses histoires d'amour, de la plus complexe à la plus cocasse en passant par la plus passionnée, ce serait finalement ce chien qui aurait sa peau.

La nuit s'annonçait exquise : elle avait le choix entre le vieux canapé, avachi, et de manière définitive, par tant de passages du bureau commun, le banc, douillet à souhait, de la cellule de dégrisement, ou encore l'assise composée de plusieurs chaises de l'accueil reliées les unes aux autres, ce qui lui permettrait de saluer les premiers arrivants, un peu de bave au coin des lèvres, le dos broyé et la chevelure aussi houleuse que son humeur. Elle opta pour le divan du bureau après avoir mis à charger son portable, lequel ne contenait toujours pas de message de son grand amour, ni de Victor, ni de sa mère, ni de son père, ni de son ex-belle-mère. Une nuitée bien calme finalement, qu'il fallait apprécier à sa juste valeur. Un dix de moyenne quoi, zéro pour l'installation, cinq points pour ne pas être morte précipitée dans le vide dans un fracas de tôle, cinq pour être tombée sur ce dépanneur sympathique et fiable. En revanche, moins deux points pour le dîner, composé d'une barre aux céréales sèche piquée sur le bureau de Marc et d'un paquet de chips molles, car déjà ouvert, retrouvé dans le bureau de son collègue. Clairement, quand ça souriait, ça souriait…

Après s'être tournée une trentaine de fois, s'enfonçant à chaque fois un peu plus dans la matière molle, avoir tenté la sophrologie, la méditation de pleine conscience ainsi que la respiration profonde, et tandis qu'elle pestait de ne pas avoir le moindre somnifère sous la main, elle se souvint d'une bouteille de vin rouge stockée par Marc – vestige d'un sombre déjeuner où le restaurateur, en plus de son menu du jour, avait voulu lui faire goûter un vin nature, qui tendait à s'approcher d'un vinaigre de xérès. Elle se leva prestement, constata que la méditation n'avait pas fonctionné une fois de plus, et peut-être de trop, et récupéra la bouteille, qu'elle envisageait maintenant de sabrer ni plus ni moins – ou dans le pire des cas, elle pourrait tirer dessus à bout portant. Ce Marc était un allié rare. Elle trouva un décapsuleur tire-bouchon enduit de caramel qui avait coulé dans son tiroir, un paquet de clopes et une boîte d'allumettes toutes brûlées, sauf trois. Trois chances, c'était énorme. Elle ne rata pas la première et alluma sa cigarette. Ce plaisir presque oublié réveilla tout son être. Elle prit son mug rempli de vin dans l'autre main et s'installa devant le bureau de son confrère. Ça n'était pas si désagréable. Elle aimait ce genre d'activités, quand tout le monde dort, elle avait la sensation de voler du temps, et c'est là tout ce qui nous manque. Ce mug de vin, presque à jeun, à une heure aussi avancée, lui monta très vite à la tête. Elle espérait que bientôt elle dormirait, mais son esprit, chahuté ce soir plus encore qu'à l'accoutumée, était attiré ailleurs.

Pourtant elle luttait, depuis déjà un bon quart d'heure. Elle devait lutter. Ardemment. Elle haïrait Marc s'il lui faisait une chose pareille, voire l'envisageait. La différence, c'est que lui n'abritait pas la moindre perversion, il n'y penserait même pas. Alors que Charlie… Comment dormir avec ça en tête ? Arrivée au tiers de la bouteille dont le goulot se retrouvait maintenant cerné de fragments de chips, elle ouvrit violemment le tiroir. Les secrets existent pour être tus. Tous ces morceaux de bois, cette colle, ces plans… Marc était un maquettiste en série. *A priori*, l'ensemble devait un jour ressembler à un avion. Charlie se retint de tirer de cette information une longue analyse accidentée de la psychologie de son partenaire, ç'aurait été mettre deux pieds de trop dans l'intimité de cet homme gracieux et conciliant. Il lui fallait désormais ignorer ce tiroir courageusement, étouffer ses déductions sur cet homme, si enclin à réveiller sa curiosité et sa stupéfaction. Elle s'étira et s'étala à nouveau sur le canapé informe, puis la machinerie se remit en route.

Elle était marrante, cette gamine sortie de nulle part, engoncée dans ce hameau brumeux et dans cet âge ingrat, à la sortie de l'enfance et à l'orée de l'adolescence. Un drôle de moment. À choisir, Charlie n'y reviendrait plus. Elle avait vu un voile de tristesse dans ses yeux une fois à l'intérieur de la maison, sous l'éclairage jaunâtre d'un lustre vieillot. À y regarder de plus près, l'intérieur de leur habitation, à côté du commissariat, aurait pu faire la couverture des magazines de déco les plus tendance. Elle aurait dû dormir là-bas et boire ce fichu thé.

Elle tapota sur son clavier, son mug à la main, affalée dans le fauteuil devant son bureau, faisant tomber quelques miettes de chips, toujours molles, entre les interstices du clavier. Elle trouva un article, bref, dans le *Dauphiné libéré* : « Une jeune femme perd la vie sur la route sur les hauteurs de Briançon. » L'article donnait quelques détails, il était question d'un virage trop serré, d'une embardée, d'une météo peu clémente – encore –, d'un ensemble de circonstances terribles et d'une famille anéantie. Charlie se redressa. Cette route, elle connaissait ce virage… Ou alors c'était le vin nature certainement bourré – lui aussi – de polyphénols, comme sa crème. La clope. La fatigue. Le tiroir de Marc ? Sa vie ?

Elle connaissait cette route. Elle se mit à scruter un plan, sur son ordinateur, lâchant enfin et sans le regretter son paquet de chips mollassonnes. C'était le chemin qui menait tout droit, enfin, pas tout à fait droit, hélas, à la ferme de Samuel.

13

Charlie n'avait pas pu saisir la substantifique moelle de son étude comparative entre les pneus « neige » et les pneus « quatre saisons » ; quant à l'intervention des pneus « hiver » dans la conversation, ça l'avait carrément abattue. Ses explications pour conduire sur le verglas l'avaient finalement achevée. En réalité elle n'était pas parvenue une seconde à se concentrer : elle voulait juste partir bricoler tout ce que Clint avait dû bouffer, en reprenant chaque étape de l'enquête dans sa tête, jusqu'à ce que le fil se tende avec au bout la solution et un ou plusieurs coupables en cabane. Après ça, elle ferait un pot de la victoire avec Marc et son chien.

C'était une famille de gens sympas, la sœur faisait les factures à l'accueil du garage, plus quelques blagues désopilantes que Charlie aurait su apprécier si elle avait mangé, dormi et pris une douche. Elle régla son dû, après avoir promis de prendre rendez-vous au début du printemps pour s'équiper de « pneus été ».

— C'est pas compliqué, dès que vous entendez siffler les marmottes, vous nous appelez pour les changer !

Arrivée au pied de ce qui lui servait de parking, et après avoir présenté ses excuses intérieurement à son clébard, elle fit demi-tour, faisant crisser ses pneus neufs enfin adaptés à sa nouvelle vie, et avala les virages dans le sens inverse, non sans une certaine dextérité, jusqu'à arriver sur la petite route qui menait à la ferme. Charlie prenait goût à ces routes enneigées, comprenant enfin que la conduite sur neige n'était pas une question de maîtrise, mais qu'il fallait au contraire céder le contrôle, accepter le suspense, sur ce revêtement-là, ça tangue souvent, ça se déporte aussi et à un moment, soudainement, ça revient dans le droit chemin. Une métaphore de la vie riche d'enseignements sur le lâcher-prise, la non-spécialité de Charlie.

Elle essaya de reconnaître le virage exact capturé sur la photo et continua son ascension. Pour la première fois, elle vit la grille de la cour chez Samuel fermée. La voiture de Savelli était là. En passant elle n'avait pas vu le pick-up de Florence, un bon point après cette nuit torride parsemée d'embûches. Il n'y avait pas un bruit. Elle commençait à avoir de l'expérience et pouvait supputer, sans trop s'avancer, que la neige était prête à faire son grand retour. Charlie tenta d'appeler chez Samuel, rien, du côté de Florence non plus. Tandis qu'elle repartait, elle aperçut sortant de l'épais brouillard le « *so sweet* » Savelli, fusil à la main, qui revenait de la chasse. Ou d'un assassinat. Elle fut presque certaine de reconnaître le virage après quelques kilomètres de redescente, et en fut tout à fait convaincue en voyant dépasser de la neige un bouquet de fausses fleurs délavées par les aléas climatiques, devant une plaque mortuaire.

Ces dernières vingt-quatre heures avaient eu quelque chose d'irritant dans leur déroulement. Profondément agacée par la tournure des événements, elle découvrit son chalet et les assauts qu'il avait subis, et sut alors que quelqu'un d'autre partageait ce sentiment. L'intéressé avait fait ses besoins sur la carpette de l'entrée, pensant bien faire, et léchait Charlie frénétiquement, mi-heureux mi-empoté. Elle décida de partager le poulet qu'elle s'apprêtait à enfourner avec lui, on était samedi, c'était idéal, un déjeuner familial en somme. Pendant qu'elle assaisonnait ladite volaille, elle raconta ses mésaventures à son coéquipier au téléphone, non sans une certaine énergie qui sembla fatiguer son partenaire à l'autre bout du fil, un week-end en plus... Ils étaient tous les deux de moins en moins sûrs de la culpabilité de Savelli, et attendaient le rapport des potentielles preuves matérielles de sa maison avec une impatience raisonnable, tandis qu'André, par SMS, se contentait de se fier aux impressions de Charlie, toujours. De l'autre côté, les recherches sur les dealers pas futés n'aboutissaient pas. Cette région avait quelque chose qui lui tapait sur le système, plein de gens n'avaient pas de portable, ou des leurres qu'ils ne prenaient pas sur eux et ne consultaient jamais, c'était déplaisant au possible. Surtout pour mener une enquête. Les délais de réponse variaient entre deux jours et dix, c'était un autre temps, en parallèle. Tous ces gens avaient dû lire ces fameux articles sur les bienfaits de la « déconnexion ». Ou alors, à l'inverse des autres habitants de la planète, ils n'espéraient rien de l'extérieur.

Et pourtant son téléphone se mit à sonner – un fixe, celui de la mère de Samuel.

Ça valait le coup de manger un poulet trop cuit. Et ce n'était pas peu dire, il était calciné, ça sentait le cancer du poumon à plein nez, elle hésita même à le donner à Clint, et mangea vite un morceau de blanc, debout, avec les doigts, après avoir gratté la surface cramée. Elle était dans un état tel qu'elle ne sentait plus la fatigue, d'expérience, ça pouvait tenir un petit moment. Pourquoi ce grand Joseph ne lui avait-il pas dit qu'il connaissait si bien Samuel et sa mère ? Par pudeur ? Et Maria, son ex-femme ? Elle ne savait plus exactement où elle en était sur son tableau avec ces dernières vingt-quatre heures anarchiques, mais Charlie se rappelait, de manière certaine, que Maria Borel ne lui avait parlé que de la bibliothèque – un peu mince alors que cette dernière avait vu Samuel régulièrement pendant deux années. L'omission, c'était une chose, mais l'amnésie généralisée avait quelque chose de bien plus suspect encore. Charlie avait dans l'idée de les convoquer tous les deux en même temps. Ils se partageraient la tâche avec Marc. Elle laissa un message teinté d'une certaine fermeté aux deux ex-conjoints ainsi qu'à Florence. Le cauchemar de la revoir n'avait d'égal que son envie de parler au plus vite avec eux, séparément bien sûr. Marc, prévenu, débarqua au commissariat à son rythme. Charlie, dans un état proche de la folie, sous les yeux effarés et usés de ce dernier, arriva sur ses talons, sans discrétion, pour s'installer dans la salle d'interrogatoire, disposant chaises et caméscope sans délicatesse. Il se demandait maintenant, inquiet, si sa coéquipière avait parfois ce qu'on appelle des « coups de mou », ça l'aurait rassuré. Il en venait à lui souhaiter un rhume, un membre foulé, n'importe quoi qui puisse la ralentir contre son gré.

Joseph avait répondu plus vite qu'espéré grâce au portable de la douce Florence, qui remonta finalement dans l'estime de Charlie pour en redescendre aussitôt, non sans une certaine violence, quand elle tomba sur sa messagerie en la rappelant seulement quelques secondes plus tard. Tout y était, son rire, son débit agressif, son humour traumatisant. Charlie avait envie de la suspecter mais songeait, et c'était présomptueux, que si Florence était la coupable, jamais elle n'aurait pu passer à côté pendant deux longues semaines. Charlie constata combien rencontrer quelqu'un de pas finaud avait souvent quelque chose de réconfortant, permettant ainsi de se sentir dans la moyenne – mais aussi de navrant, car combien pouvaient-ils être ? Sans compter que quiconque se sent au-dessus d'autrui est en général le seul vrai imbécile de l'histoire. Cette dernière pensée acheva le dialogue solitaire et inutile de Charlie.

Il fallait qu'elle se concentre, qu'elle referme les fenêtres surgissantes dans son esprit. Un axe, une personne. Si par malheur l'ex-femme de Joseph ne répondait pas, elle irait la chercher dans son hameau perdu et sa chaussée mortelle. Elle avait les bons pneus, elle était prête à braver les routes montagneuses de jour comme de nuit. Quoiqu'elle espérât que ce serait plutôt de jour.

Joseph arriva, la mine sombre mais affable comme à son habitude, et toujours aussi longiligne. Elle prit le plus grand soin à l'accueillir avec calme et décontraction, échangea quelques banalités avec lui dans le couloir, le laissant s'installer sur sa chaise tranquillement, pour changer de ton brusquement.

— Vous avez menti. Il y a plein de raisons pour lesquelles on est amené à le faire : en avez-vous une bonne ? Pourquoi avoir éludé la relation entre Samuel et votre fille ?

Le temps se mit à s'écouler lentement après l'attaque frontale de Charlie. Elle n'eut pourtant pas la sensation qu'il cherchait à se défiler, même quand elle remarqua que la pupille de ses yeux en amande se dilatait légèrement.

— Je suis confus. Depuis la mort de notre fille, la vie d'avant est devenue taboue. On évite le sujet, d'ailleurs on divorce aussi pour oublier tout ça.

— Croyez en mon empathie, mais c'est une enquête criminelle, un gamin. Je ne peux pas vous laisser abandonner ce qui vous arrange. Donc on va tout reprendre et vous ne sortirez pas de là si je sens que vous me mentez sur le moindre détail. Ça marche pour vous ?

— Je ne me sens pas très bien. Excusez-moi.

— Vous avez appelé un avocat sur la route ? Le coup du malaise, c'est assez connu hein.

— Je vais faire un effort.

— C'est mieux. Donc pendant combien de temps votre fille et Samuel sont-ils sortis ensemble ?

— Deux ans.

— Une vraie histoire d'amour de jeunesse ? Vous le receviez chez vous et elle allait chez ses parents ?

— Oui, ils étaient amoureux, il me semble.

— Vous l'appréciiez ?

— Oui, ça allait, je sais qu'il y a eu des histoires avec la drogue mais ça, on savait pas à l'époque.

— Pourquoi se sont-ils séparés ?

— Je suppose qu'ils étaient trop jeunes.

— D'un commun accord ?

— Je dirais que c'est plutôt lui qui a voulu arrêter.

— Qu'est-ce qu'elle faisait sur la route qui mène chez eux s'ils étaient déjà séparés ?

— Je ne sais pas du tout.

— On va vous garder un peu.

Charlie commençait à le sentir s'assombrir. Elle ne sut pas si c'était la peur du mensonge ou le drame dans lequel leur vie entière s'était retrouvée plongée qui ressurgissait. Après avoir échangé quelques mots avec Marc, elle jeta un coup d'œil sur son portable et partit récupérer sa voiture pendant que son coéquipier se dirigeait vers la salle d'interrogatoire de son pas à la lenteur proverbiale, et ce, quelle que soit la situation. Sa mère avait dû prendre beaucoup d'anxiolytiques pendant sa grossesse, de la marijuana peut-être, au minimum de la passiflore, avec excès. De son côté, il avait pu auditionner une gamine qui lui avait balancé quelques infos sur le trafic d'escortes *low cost* de Samuel. Une nouvelle trame sordide prenait forme, très loin de la vie rigoureuse mais tendre et de « l'esprit montagnard » que Charlie avait espérés.

Elle ressassait les conseils que lui avait donnés ce garagiste charmant, et avait cette fois-ci pris de quoi charger son portable en roulant, prête à partir en montagne. Elle n'était pas du genre à attendre sagement que Maria Borel daigne la rappeler enfin, ou pire, qu'elle réponde par courrier à sa demande d'audition. Elle n'osait même pas imaginer le délai si c'était une lettre verte. Charlie retenait ses ardeurs, comme la plupart du temps, tâchait de conduire prudemment malgré les virages serrés, la pluie qui tombait dru, et ces voies trop étroites. Ça l'avait toujours étonnée, ces routes où chacun à son volant se raconte que « ça passe », voire que ça *devrait* passer. Objectivement, même en étant myope, on voyait bien que, sur deux véhicules, l'un des deux passerait forcément à la trappe et, dans ce cas précis, dans le précipice. Mais tout conducteur se raconte quc oui, ça va passer. C'était exactement comme quand elle forçait un peu une garde à vue, ou quand elle pressait une perquisition, la plupart du temps, ça passait, et il fallait que ça continue comme ça.

Charlie allait se montrer directe, elle avait un peu molli ces derniers temps entre ses problèmes de cœur, son chiot énorme et son installation loin de la folie humaine. Il était temps de remonter à cheval. Elle commençait à se faire à ces artères qui serpentaient dangereusement à vous en donner la nausée même en conduisant, bordées de vide, parsemées d'ornières. Elle espérait que les impôts locaux de ce hameau soient très peu élevés, on les avait tous oubliés là. En revanche, cela devait être agréable de se retrouver coincé dans ce monde parallèle sous un orage terrible, romantique à souhait, à condition d'avoir mis du bois, et bien sec, de côté.

Ça ne pouvait pas être les mêmes individus que ceux auxquels Charlie avait eu affaire par le passé. Vivre dans un endroit si isolé devait être aussi apaisant qu'écrasant, et vous faisait nécessairement évoluer d'une autre manière. Elle fut prise d'une bouffée d'admiration en voyant de loin la gamine sous une pluie battante, les bras chargés de bois, devant leur maison charmante mais si peu entretenue. Était-elle déjà en train de s'attacher à cette pré-ado ? Cette sensiblerie la dépita. Elle se gara comme elle le put, mit sa capuche et sortit en courant pour se coller au portillon. La gamine se tourna brusquement.

— Bonjour, Camille, je peux entrer un instant ?

— Oui, mais venez vite, il va y avoir un bel orage, je sens.

Charlie enleva sa parka, cherchant du regard Maria, essayant de détecter un son qui lui indiquerait où elle pouvait être.

— Je vous fais du café. C'est vous qui avez voulu voir papa ?

— Oui… Camille, ta mère est là ?

— Non, elle est repartie, elle avait des courses à faire.

— Tu es souvent seule, ça ne doit pas être facile.

— De toute façon, mes parents font la gueule en permanence depuis ma sœur, alors bon…

Cette gamine était étonnante, d'une franchise propre à sécher le plus confiant des manipulateurs, attachante à sa manière.

— Ça te dérange si j'attends ta mère ici ?

— Mais vous avez pas déjà vu mon père ?

— Il est avec un collègue.

— Ils font rien de mal, mes parents, juste ils peuvent plus se saquer, ma psychologue m'a expliqué à l'école que c'était à cause du deuil. Tu parles, je crois qu'ils peuvent plus se saquer depuis longtemps.

Charlie sentait Camille à deux doigts de se la jouer bonne copine et de faire irruption dans son cercle, cette zone imaginaire d'un mètre de circonférence qu'elle s'était créée de toutes pièces pour se préserver de tout et de tous. Elle devait agir vite, et sans ciller.

— Dis, tu l'aimais bien, Samuel, l'amoureux de ta sœur ?

— Oui, il était super, moi, je l'adorais après aussi.

— Après, tu veux dire quand ta sœur a eu son accident ?

— Non, quand ils se sont séparés.

Charlie consultait en même temps son téléphone, elle brûlait d'avoir le compte rendu de Marc. L'instant était crucial : ils avaient enfin récupéré les noms des « clients » d'Émilie. Mais bien évidemment, son opérateur n'avait pas cru bon de se déplacer jusqu'ici, et elle vit avec exaspération qu'elle était totalement hors réseau.

— Ça a dû te faire de la peine qu'ils ne soient plus ensemble.

— J'avais surtout de la peine pour Julie, je crois que c'est lui qui a décidé et elle était tellement malheureuse, les parents ont plus voulu qu'on parle de Samuel, pour pas la faire pleurer. J'ai même pas eu le droit d'aller à son enterrement.

Charlie vit une lumière à travers la fenêtre embuée du salon, se précipita à la porte et l'ouvrit. Il lui sembla que c'était bien Maria. Elles se regardèrent de loin quelques secondes, sans bouger, le jardinet entre elles, et la silhouette se mit à marcher rapidement dans l'autre sens.

— Camille, je crois avoir vu ta mère, je vais lui parler dehors.

Elle prit sa veste et se rua à l'extérieur. Charlie sentait que c'était elle, ses sens ne pouvaient pas la tromper, elle les avait aiguisés comme personne, ni la pluie ni ce territoire accidenté ne pourraient lui enlever ça. L'adrénaline attendait depuis des semaines, campée à l'affût dans ses glandes surrénales, et elle décidait de se mettre enfin à découvert. Elle était maintenant sur la route au même endroit que la silhouette quelques instants auparavant, mais elle n'eut pas envie d'appeler, ni de faire fuir cette femme apeurée et brisée par la vie, qui semblait désireuse d'esquiver tout échange. Un sentier non loin d'elle descendait assez abruptement. Il avait heureusement été déneigé, ça lui laissait une chance de s'en sortir, mais sur combien ? une chance sur deux ? Allez, deux sur trois, c'était colossal. Elle s'immobilisa, et entendit des pas plus loin devant elle. Elle avait flairé la bonne piste, elle devait s'écouter et suivre. On y voyait de moins en moins, la nuit commençait à tomber. Charlie n'avait pas trop déconné pour une fois, enfin, si on laissait de côté le fait qu'elle était aux trousses de quelqu'un dont elle supputait l'identité, sans en avoir averti qui que ce soit, et qu'elle avait laissé son binôme en plan avec un potentiel suspect, au minimum menteur. En revanche, elle avait un portable chargé, son arme prête à tirer et une mini-lampe torche dans son blouson ainsi qu'un tampon égaré. Elle s'était déjà vue faire exactement les mêmes couillonnades sans le moindre équipement : elle mûrissait.

Charlie était gênée. Elle ne se sentait pas le droit de poursuivre cette femme qui n'avait plus rien à dire à personne, et avait l'impression d'être un méchant chasseur poursuivant un pauvre animal blessé. Elle devenait dingue. Si ça se trouve, elle poursuivait un bûcheron parti couper du bois ou n'importe quelle âme esseulée de ce hameau. Ses obsessions avaient fait sa renommée, mais jusqu'à quand cette réputation pourrait-elle porter Charlie ? Depuis les bois, elle avait peur que tout ça, ses intuitions, cette acuité soient devenues des tares, un défaut rare et handicapant professionnellement et personnellement encore plus. Tout ça la faisait vivre à côté des autres, sur une voie parallèle, et pour la première fois de son existence, elle ne faisait plus confiance à ses sens. Elle les avait laissés quelque part sous une couette avec lui, sur cette île ou ailleurs. Charlie était désormais un œnologue avec un rhume des foins, son odorat se raréfiait, comme l'air dans ses poumons à cet instant. Quoi qu'il en soit, elle n'était clairement pas en train de poursuivre un vieillard – ou alors elle perdait aussi son niveau de forme cardio, normalement excellent –, malgré ses angoisses chroniques concernant l'ensemble des domaines de sa vie et l'univers tout entier.

Elle entendit un bruit de métal, ferma les yeux un instant : quelqu'un marchait sur de la ferraille. Des petits pas saccadés, légers. Elle distingua une grande forme ronde, une sorte de bassin en ciment très haut, et se mit à courir dans sa direction. La silhouette prenait de la hauteur, montait les marches d'un escalier en fer, manifestement pour atteindre le haut du bassin. Charlie distingua un petit local où était inscrit « Réservoir » et un deuxième juste à côté, « Station de traitement ». Tandis que l'orage commençait à gronder, elle se précipita sur l'escalier et, arrivée à son pied, entendit un énorme bruit, comme si quelque chose ou quelqu'un était tombé à l'eau. Elle gravit les marches glissantes à souhait, haletante, et une fois parvenue en haut de l'édifice, se mit à chercher sa lampe, tâtant la poche gauche, car il y avait un ordre évidemment, une organisation qu'elle seule connaissait. Ses doigts engourdis par l'humidité eurent du mal à trouver le bouton, et quand la lampe torche s'éclaira enfin, elle ne vit qu'un gouffre sombre, profond aussi. L'eau était bien plus basse que le haut du bassin. Quelqu'un essayait de la distancer, non sans une certaine perversion. Mais ce jeu-là, elle le connaissait. Les éclairs qui cisaillaient le ciel sans ménagement rappelèrent à Charlie qu'elle se rapprochait encore une fois du danger, et elle se rendit brusquement compte que l'association métal/orage pouvait là aussi réduire drastiquement son espérance de vie. Le cri vif qu'elle entendit la fit vaciller un instant, et elle poussa un petit râle quand elle crut qu'elle allait finir au fond de la station de traitement des eaux du hameau. Elle saisit fermement la rambarde, jusqu'à être complètement stabilisée et droite, tendit l'oreille, se concentrant pour ne pas faire le moindre bruit de froissement avec sa doudoune. Le cri qu'elle avait entendu était celui d'un homme. Ce son la fit revenir sur ses pas, elle eut la sensation qu'ils cherchaient la même personne.

Elle craignait de perdre l'équilibre à nouveau, partagée entre l'envie de jeter ses yeux et son corps tout entier dans le bassin qui paraissait sans fond, sans échelle aussi, et celle d'aller vers cet homme. Les voies sans issue l'attiraient plus encore que la vie, la personne qu'elle poursuivait l'avait-elle deviné ? Elle se retourna en se retenant presque de respirer, pour ne pas être responsable du moindre son, pour se fondre dans ce décor austère. Il fallait que Charlie se rende à l'évidence, elle devait choisir entre les deux, encore : la raison ou l'instinct, l'espoir ou la peur, tout se mélangeait en haut de son parapet, elle était maintenant face à ce choix qui l'oppressait depuis toujours et sans discontinuer. Son cerveau ou son animalité ? Combien de fois avait-elle senti sa réflexion ployer sous le poids de son cœur, puis finalement s'étouffer, écrasée par la rationalité ? Cette lutte intestine ne lui avait jamais laissé le moindre répit. Sauf avec lui, elle avait fait son choix dès que ses mains l'avaient effleuré, mais pouvait-on vraiment parler de choix ? Elle s'était fait aspirer par son amour dévorant pour lui jusqu'à remettre en question l'essence même de l'existence.

Mais soudain la voix de l'homme repartit à l'assaut, il criait maintenant un prénom. Maria. C'était elle. Elle avait bien deviné sa silhouette presque semblable à celle de sa fille, l'affolement en plus. Charlie se ravisa et descendit en se cramponnant à la rambarde, aux aguets, soulagée de ne pas avoir à sauter dans ce bassin de traitement de l'eau.

Elle se mit à marcher vivement vers lui, du moins vers ses cris. Un craquement lui fit tourner la tête et hésiter à nouveau quant à la direction à prendre. En une fraction de seconde, sa décision fut prise, elle fit le tour du bassin, tout en en observant les moindres recoins avec la même opiniâtreté que celle qu'elle avait mise à scruter toutes les parcelles de son corps, de son visage. Le moindre battement de ses cils avait su l'émouvoir. Il n'y avait plus de vie possible après cet amour-là. De la survie bien sûr, comme pour la plupart des êtres vivants, mais savoir que ça existait avait été pour tous les deux une révélation telle que le sens des choses avait valsé, ensemble, ils avaient inventé un tango dont eux seuls connaissaient les pas, par cœur, même dans le noir. Ce ballet avait transformé leur vie. On dit souvent que les femmes savent les premières, son grand amour avait su avant.

Faire le tour du bassin ne lui fut d'aucun secours, il n'y avait rien, rien qu'elle puisse déchiffrer… Elle n'entendait plus l'homme crier, seulement le bruit des gouttes qui tombaient sur le sol et l'orage menaçant au-dessus de sa tête. Pourtant elle était sur ses traces, un chemin faisait une trouée dans la forêt juste derrière le bassin, elle n'avait plus qu'à se mettre sur ce rail imaginaire et à foncer. Courir, droite, sans hésitation, jusqu'au but, jusqu'à la collision. Charlie faisait ça mieux que personne.

Maria était en larmes sous un arbre, les cheveux trempés. Les mots ne devaient pas venir trop tôt. Charlie détestait apeurer ceux qui ne le méritaient pas. Une fois proche d'elle, elle se baissa à son niveau, attendant que la femme relève la tête. Des branches laissèrent échapper quelques craquements confus, et enfin, elle vit surgir Joseph, essoufflé et hagard – Marc l'avait donc relâché. Joseph et Maria avaient dû s'aimer, intensément, Charlie le devinait, ou peut-être l'espérait-elle. Rien ne lui donnait plus d'espoir en l'être humain que l'amour, le plus immense, le plus sincère possible, le plus courageux, celui qu'on osait vivre jusqu'au bout, elle avait une admiration sans bornes pour ceux qui avaient la capacité de s'y accrocher. C'était là la preuve de l'existence du sublime, à cet endroit qu'on pouvait dépasser enfin sa petite humanité, lui confier une échelle pour élever son âme et sa destinée. Elle observait Joseph, ses yeux fous d'inquiétude, ses mains tremblantes, son teint rougi par sa course effrénée, il avait dû s'inquiéter si souvent pour elle, peut-être y pensait-il lorsqu'il était chez sa maîtresse, l'opposé de Maria : vulgaire, envahissante, indélicate. Maria plongea ses yeux au fond de ceux de son ex-mari, saisit sa main après un temps d'hésitation infiniment bref, et se hissa droite sur ses jambes, ses yeux s'asséchant enfin.

— Je ne voulais pas vous faire peur, juste vous parler un instant.

— Excusez-moi, j'aurais dû vous rappeler… je préfère discuter là-haut, à la maison…

— Je vous suis.

L'ascension commença en silence. Charlie fermait la marche, concentrée sur le sentier accidenté. Elle ne s'était pas rendu compte du dénivelé dans le sens de la descente – un classique – et regrettait désormais cette course folle, parmi tant d'autres choses. Elle enviait ces gens qui hésitent longtemps, pèsent le pour et le contre des journées entières, sûrement le secret de la sagesse, et si Charlie avait percé ce dernier, elle n'était jamais parvenue à le mettre en application, même pour rire. Maria marchait en tête, le buste en avant, elle semblait reprendre des forces. Joseph, lui, se tenait tout juste derrière elle, comme prêt à rétablir la moindre erreur de trajectoire qu'elle pourrait commettre. Il avait dû l'observer longtemps pour pouvoir se déplacer comme cela dans son ombre. Il se fondait dans ses empreintes, aspirant son souffle dans la foulée. Dans les derniers mètres, Charlie crut voir un échange de regards entre eux, plein de sous-entendus, malgré la célérité de cette communication, un contrat tacite d'un seul coup d'œil. La pluie se remit à tomber plus dru encore, l'orage, à tonner impétueusement, et tous détalèrent en direction du jardinet et de son portillon. Maria l'ouvrit d'un doigt et Joseph le referma derrière le groupe, comme dans une course de relais au ralenti.

L'adolescente était là, devant la télé, manifestement surprise de voir ses parents ensemble, ou peut-être était-ce la présence de Charlie mouillée, au milieu de l'entrée, n'osant pas s'ébrouer qui l'étonna. Maria semblait plus à l'aise dans son cocon avec les siens. Ses larmes avaient séché, son visage s'était radouci, sa natte trempée gouttait sur son pull à grosses mailles.

— Je crois que vous ne pourrez pas reprendre la route tout de suite, je vous sers à boire, ou quelque chose à manger ?

Charlie accepta finalement l'assiette de soupe. Elle voulait se faire plus discrète qu'un abricot sec rabougri égaré sur un plateau de fromage. S'ils oubliaient sa présence, elle pourrait tout ranger dans sa tête, avancer, comprendre où elle avait mis les pieds. Il y avait une chape de plomb dans ce séjour, bourré de non-dits. Cette maison exhalait le deuil par tous ses pores. Charlie s'en voulut soudain d'avoir suivi ces gens, c'était presque de l'indiscrétion, elle haïssait cela plus que tout.

— Maria, est-ce que vous accepteriez de passer au commissariat demain pour une audition ?

— Oui… bien sûr.

— Voilà mon portable, vous pouvez m'appeler directement, le plus tôt possible, je vais filer.

— Je vous retrouve là-bas à sept heures trente.

Il pleuvait des cordes. L'unique éclairage public, installé par bonheur près de la voiture de Charlie, commença à montrer des signes de faiblesse tandis qu'elle le frôlait, et après quelques derniers balbutiements, s'éteignit dans un vague grésillement aigu. Elle fit démarrer sa voiture, desserra son blouson et s'élança sur la route, au pas.

Évidemment, ce fut seulement une fois devant le panneau, qu'elle avait pourtant lu plusieurs fois, qu'elle comprit qu'elle ne passerait pas. L'eau coulait à flots, charriant les cailloux dans un brouhaha constant, elle dut accepter l'évidence et revenir sur ses pas, avant de faire demi-tour dans un crissement de pneus étouffé par le bruit de l'eau ruisselant tout autour d'elle. Alors qu'elle manœuvrait, tendue, elle se mit à repenser à ses enquêtes autrefois, en ville. Là-bas, jamais les éléments ne l'avaient à ce point ralentie, tout juste si une grosse goutte de pluie avait pu éteindre sa clope, du temps où elle fumait.

Le ciel était toujours ouvert en deux, et, plus que jamais, elle avait peur de s'enliser – les pneus neige ne pourraient pas régler sa vie entière. Si elle se retrouvait encore coincée là, elle aurait franchement honte d'appeler à nouveau le garagiste et préférerait encore abandonner directement son véhicule, tandis que les gens passant devant penseraient à une arnaque à l'assurance. Charlie emporterait ce secret avec elle sans remords : ce serait de loin le moins compromettant de sa modeste existence. Elle finit par sortir de l'ornière et réussit à se remettre dans le bon sens pour retourner au hameau. Elle n'était pas certaine non plus qu'il faille s'enthousiasmer de cette nouvelle. Ne se sentant plus de continuer, elle se gara sur le bas-côté, prit son chargeur, un élastique et des chewing-gums dans sa boîte à gants. Elle entama son chemin de croix, trempée. Charlie allait arriver par surprise, les prendre au dépourvu comme tous ces gens qui la harcelaient devant sa porte d'entrée vitrée.

L'arroseur arrosé ? Non, elle était juste malpolie, et à force de s'imposer, elle allait avoir du temps avec eux, plus qu'elle n'en aurait voulu. La petite famille eut la délicatesse de ne pas montrer son agacement.

— Ça arrive régulièrement… je m'en doutais un peu quand vous êtes partie, on peut être coupé comme ça pendant plusieurs jours.

La tête que fit Charlie poussa Joseph à enchaîner le plus vite possible, dans un élan d'empathie certain.

— Ça doit s'arrêter dans la nuit, je vais vous laisser ma chambre.

Elle avait horreur de dépendre d'autrui, mais encore fallait-il avoir les moyens de ses prétentions. L'option consistant à dormir dans la voiture semblait bancale, on la retrouverait morte de froid, quelques sécrétions nasales séchées au coin du nez, blafarde et mal habillée. Elle imaginait déjà sa pierre tombale : « Aura passé sa vie sur le *Titanic* sans canot à disposition », un bon résumé, finalement, de l'ensemble de son œuvre dans tous les domaines. Sa mère serait capable de venir l'engueuler d'être morte, à juste titre, et Charlie n'aurait pas le courage de supporter cette scène, même de là-haut. Il fallait résolument et avec courage qu'elle accepte cette chambre.

Cette famille ne devait pas avoir reçu la moindre personne depuis des années, ils semblaient tous désemparés, gênés de proposer leur logis. L'ensemble était rustique mais pas dénué de chaleur, ni de tristesse tout à la fois. Charlie suivit Joseph dans l'escalier, contrariée par le bruit de ses chaussures imbibées qui grinçaient à chaque pas. Après une brève visite de sa chambre pour la nuit, elle le salua poliment et ferma la porte.

La seconde d'après, son téléphone eut la mauvaise idée de sonner. Charlie se jeta dessus, honteuse de réveiller cette maison muette et surprise de retrouver finalement du réseau.

— J'ai fini avec Émilie. Dis donc, notre gars, c'était pas un gentleman, elle a fini par tout me raconter, ça fait un an qu'il la prostituait, deux trois mecs par semaine, souvent les mêmes, dont les noms qu'on avait chopés… Et si tu veux savoir qui faisait partie des clients…

Charlie pressentait que ce n'était pas une vraie question et espéra que Marc enchaîne avec une certaine cadence, puis n'y tenant plus après dix secondes d'un silence pesant, prête à mâcher l'édredon, elle lui demanda, plus fort qu'elle ne l'aurait souhaité :

— Qui ?!

— Savelli.

— Putain.

— C'était pas un régulier, c'est arrivé trois ou quatre fois, apparemment.

— OK, tu peux aller le voir ? Et demain on chope les autres clients.

— Ouep… je te récupère avant ? Dis, tu parles doucement, non ?

— Oui, c'est pas simple… je suis un peu coincée.

— Pas de souci.

Qu'il ne lui pose aucune question devint finalement plus embarrassant que tout, et Charlie, après hésitation, entreprit de se justifier enfin :

— Je suis coincée chez Joseph et Maria.

— Ah bon.

— Écoute, file chez Savelli demain très tôt et je te rejoins dès que je peux.

— Ah ben, OK.

Le calme alcyonien avec lequel Marc avait encaissé chaque nouvelle la laissa hébétée. Et elle attendait maintenant, assise sur le lit, qu'ils aient tous terminé d'utiliser la salle de bains ; les bras ballants, le regard usé par sa destinée tracée de travers, en proie au doute, et pas seulement à propos de cette enquête plus cahoteuse qu'elle ne l'avait cru aux prémices de l'affaire. Le pire était, sans aucun doute, que dans cette position, au bord du lit, emballée dans son attirail, elle sentait malgré tout le froid l'attaquer à travers ses couches de vêtements pourtant nombreuses. Elle n'osa pas prendre de douche à la vue du ballon particulièrement petit et bourré de calcaire : il était probablement sur le point de lâcher et elle refusait que ça tombe sur elle. Maria lui avait trouvé une brosse à dents. Elle se les nettoya vivement, se vengeant sur la seule partie de son corps qu'elle pourrait laver ce soir, et se mit sous les draps gelés, sans ôter le moindre morceau de tissu. Elle savait qu'elle avait un délai de quelques jours avant de puer, et c'était préférable à une mort saisie une dernière fois par le gel, dans une salle de bains sans chauffage. Elle avait horreur des plumards trop souples, elle était servie. Celui-là avait sûrement servi à six générations, avant le couple. Charlie s'étonna de ne pas sentir les ressorts s'incruster dans sa chair, malgré son blouson. La nuit s'annonçait d'autant plus exquise qu'elle n'avait aucune drogue pour dormir. Il ne lui restait qu'à s'assommer au sens propre, avec un objet lourd, une pelle à neige aurait merveilleusement fait l'affaire, c'était de saison. Elle n'avait pas osé accepter le génépi familial, et le regrettait amèrement désormais. Si seulement, au moins pour cette nuit, elle avait pu serrer son corps nu contre le sien.

Avec lui elle se serait dévêtue, elle aurait collé ses pieds froids sur ses mollets, il n'aurait pas protesté, ne l'avait jamais fait. Peut-être qu'avec le temps, les choses se seraient délitées et qu'il l'aurait forcée à porter des chaussettes ? Charlie eut soudain la conviction que ça allait être long, propice à toutes sortes de pensées, des plus absurdes aux plus vides de sens.

« C'était un bon garçon. » La mère de Samuel ne pouvait pas tomber plus loin de la réalité.

Dans ce maelström montagnard, où elle se débattait entre deux tasses d'eau de pluie, Charlie se refit tout le film. La solitude d'Émilie, la vilenie de Savelli, la lâcheté absolue de Samuel, la douleur de la mère, l'iniquité de ce monde. Au bout d'une heure, alors qu'elle avait compté plusieurs fois les rosaces tristement saumonées de la frise sur le haut de la tapisserie, elle alluma la lumière et commença à ouvrir les tiroirs de la table de nuit. Un chargeur, un briquet, un journal local, des pansements, pas le moindre somnifère. Ces gens en avaient forcément quelque part, au moins des anxiolytiques, elle ne serait pas regardante, ce serait toujours moins dangereux que le coup de pelle. Elle ne trouva rien non plus dans le confiturier rempli de vêtements en face du lit. Il lui sembla après la fouille approfondie de la deuxième table de nuit qu'elle commençait à perdre le contrôle. Elle en eut la confirmation tandis qu'elle fouillait allègrement les placards de la salle de bains en tentant de ne pas faire le moindre bruit. Il y avait un risque, relativement important, que l'un des habitants de la masure voie la lumière sous la porte mais, aussi déconcertant que cela puisse paraître, elle préférait qu'ils l'imaginent toute la nuit sur les toilettes en proie à des crampes intestinales pointues, plutôt que de laisser tomber sa quête d'un somnifère – ou, dans un monde idéal, d'une molécule plus forte encore… Le moindre craquement de la maison la faisait trembler. Pour Charlie, il n'y avait rien de pire au monde que d'être surpris, qu'importe ce que l'on était en train de faire. La surprise entraînait forcément la honte. Encore une vraie belle énigme pour la psy et ses questions alambiquées.

Il lui restait un placard au fond, qui abritait des produits ménagers, un seau et un balai. Charlie allait le refermer quand, de dépit, elle passa sa main sur l'étagère plus haute, et donc hors de sa vue, qui semblait vide, et sentit quelque chose, tout au fond. Rien à voir avec une boîte de Lexomil : plutôt un morceau de métal froid. Un canon. Le canon d'un fusil. Elle replongea ses mains dans le fond du placard, à l'affût d'un autre morceau de l'arme, tout en tendant une oreille attentive au moindre pas se dirigeant vers elle. Elle imagina tout ce qu'on pouvait faire d'un canon de fusil, une fois détaché du reste de l'objet. Malgré son imaginaire prolifique, elle restait fixée sur l'idée d'un démantèlement de l'arme dans le but d'éparpiller des preuves, et même après trois Lexomil, non dilués, elle en resterait persuadée. Elle regagna sa chambre en rasant les murs, le morceau de canon dans une main, emballé dans une serviette-éponge. En cas de rencontre, elle serait insoupçonnable, elle pouvait au moins se reposer là-dessus. Une fois dans la chambre, Charlie se rappela qu'elle avait vu une couverture épaisse dans l'armoire, glissa la serviette sous sa veste et s'emmitoufla en s'étalant de tout son long sur le lit mollasson, face vers le plafond. Elle ne pourrait plus dormir après ça. C'était cuit. La situation était pour le moins incongrue. Elle était coincée là, n'avait bien sûr même pas pris son arme, et était ensevelie sous le poids des indices disparates au fond de ce lit froid plus mou qu'une guimauve au soleil. Douter de ce qui pour elle sonnait comme une certitude, elle avait fait les frais de certaines « évidences » aussi bien dans sa vie personnelle que dans son travail. Elle entendit au loin un beuglement de vache effrayant, et s'enfonça un peu plus sous les draps à peine tiédis, essayant comme les alpinistes de bouger ses orteils pour éviter les engelures. Charlie ressemblait à ces papillons qui se jettent sur l'ampoule trop apparente. Sentaient-ils venir le danger et s'y précipitaient-ils quand même ? Ou découvraient-ils le risque lorsqu'il était trop tard seulement ? Ça lui rappelait quelqu'un… Et dans ce tourbillon de pensées et de lutte, elle s'imagina un instant jouir avec lui pour oublier le malheur du monde. Elle avait été aveuglée par le désir d'être à lui, et qu'il soit à elle tout entier. La chaleur de l'ampoule, ce qu'elle représentait, s'était effacé instantanément jusqu'aux méandres de son cerveau pour lui laisser la place, à ses bras, à son souffle, à son âme qui avait chaviré vers elle. Elle avait aimé toutes ses découvertes à son sujet, qu'elle avait pris soin d'analyser comme la détective dans l'âme qu'elle était. L'odeur de sa lessive, sa façon de plier son pantalon, sa manière de s'endormir contre elle en la serrant trop fort, sans s'en rendre compte. Tout l'avait intéressée, jusqu'à sa manie de ne jamais ouvrir son rétroviseur de droite. La manière qu'il avait de lui sourire avec un seul coin de la bouche quand elle faisait mine de l'arrêter. Elle avait détaillé le moindre rictus, la moindre respiration de cet homme sans jamais s'en lasser, devinait son émotion ou sa nervosité avant la moindre goutte de sueur. Elle était convaincue que, même avec un Alzheimer, le dernier moment venu, elle ne se souviendrait que de son corps tendre et enveloppant contre lequel elle s'était jetée sans aucune retenue. Elle aurait voulu y passer sa vie, lovée juste là, dans sa chair moelleuse, douce et chaude, à oublier le monde et ses malheurs, à ne penser qu'à lui, blottie contre son âme, juste à côté, leurs deux cœurs arrimés l'un à l'autre. Ça avait été son projet de vie comme d'autres envisagent un investissement locatif, elle voulait être propriétaire terrienne, « sa terre », ce serait lui, la meilleure, la plus productive du monde. Est-ce que ses mains aussi se souviendraient ? Sa bouche ? Elle avait encore la sensation du clignement de ses yeux sur les siens quand ils étaient si près l'un de l'autre, ses longs cils la chatouillaient dans un frôlement à peine perceptible. Oui, elle était sûre, blottie au fond de ce lit qui n'avait sans doute pas connu l'extase depuis un moment, que tout son être se souviendrait.

Elle ne pouvait décemment pas surgir au saut du lit pour les interroger sur ce morceau de fusil, tout le monde chassait ici. Ce qui la tenait éveillée, outre son équilibre incertain, c'était cette pièce. Pourquoi ne garder qu'une seule partie ? Elle se sentit rassurée quand la pluie cessa de tomber comme Joseph l'avait prédit. Elle pourrait fuir – elle adorait ça. Emballer ses affaires le plus vite possible et partir, c'était comme un jeu, un concours de vitesse. Elle consacrait sa vie à cette activité. Il y avait toujours une forme de contentement chez elle quand elle quittait un endroit quel qu'il soit, comme une liberté retrouvée avec gourmandise. Il n'y avait finalement que ses bras à lui qui l'avaient retenue. Ça avait mis un coup à son ego de pseudo-aventurière, autant que ça l'avait rassurée sur son humanité. Le bruit de la cafetière sonna la fin de ses digressions épuisantes, à cinq heures du matin, elle réajusta ses boots, mit son bonnet et descendit silencieusement l'escalier. Le père de famille, qui se tenait debout contre le plan de travail, se retourna avec retenue vers Charlie, comme s'il se sentait observé depuis un moment.

— Joseph, je vais devoir vous emmener au commissariat. J'ai besoin d'en savoir plus sur votre rapport avec Samuel. Maria aussi, est-ce que vous pouvez aller la chercher ? Je vous accompagne.

Celle-ci, comme si elle avait senti la bourrasque arriver par la fenêtre mal isolée de sa chambre, descendit à cet instant, impérieuse, la natte impeccablement réalisée, dans un élan mesuré et sans la moindre expression palpable. Le ciel s'était enfin tu, la pluie avait totalement cessé, ils s'installèrent tous les trois dans l'habitacle avec une neutralité pleine d'élégance. Charlie ne put s'empêcher de donner un grand coup d'accélérateur en passant le gué, comme pour conjurer le sort et empêcher toute nouvelle nuit sans sommeil dans le hameau triste à périr, où elle avait bien cru y passer. Peut-être même avait-elle fini par l'espérer, quand ses orteils avaient cessé de bouger.

L'absence de protestation des ex-conjoints n'était sûrement due qu'à leur réveil soudain, mais il fallait faire feu de tout bois. Ils n'ouvrirent pas la bouche de tout le trajet, laissant à Charlie le loisir de se concentrer sur chaque virage glissant. À la différence des courses-poursuites en Île-de-France, ici elle prenait le risque de se planter sans l'aide de personne, à soixante kilomètres heure. Elle ne pouvait s'empêcher de penser à la chute quand elle voyait les ravins qui se profilaient tout le long de ces routes montagneuses. Être pressé revenait ici, grosso modo, à se jeter d'une tour de La Défense avec un parachute troué en feu. Ni Joseph ni Maria ne semblaient préoccupés par cette funeste perspective. Ces deux êtres semblaient décidément communiquer sans le moindre son ni regard, ils avaient dû s'aimer violemment. Elle les imaginait jeunes, sans drame, l'amour cousu au cœur, ils avaient le profil de cette intensité-là. Ou était-ce son imaginaire en surchauffe après une nuit à divaguer ? Charlie se demanda soudain si elle pourrait continuer à faire vœu d'abstinence encore longtemps. Enfin, un vœu, c'est volontaire, là… C'était plutôt amèrement circonstancié. D'où le puzzle laissé en évidence dans le salon, certainement, le proprio avait dû sentir la vieille fille qui grandissait en elle. Quelle horreur. Quoi qu'il en soit, elle avait eu de la chance de ne pas trouver d'anxiolytiques, sans quoi elle aurait eu du mal à digérer tous ces virages. Sans compter qu'aucune de ces molécules ne s'était jamais avérée capable de lui faire oublier ni les turpitudes de son métier envahissant, ni la découverte d'un cadavre dans le matin blême. Les corps dans l'eau, c'était ce qu'elle craignait le plus. Ils étaient déformés, gonflés par l'humidité, il fallait avoir le cœur accroché et surtout un réflexe nauséeux totalement endormi pour espérer y survivre. À partir de ce genre de découverte, c'était terminé, la fin des illusions et de l'espoir, un coup au cœur pire que la découverte de l'inexistence du père Noël à six ans.

Pire que d'arriver sur le parking du commissariat à six heures trente et d'y trouver Florence, déjà prévenue par Joseph, son rire cauchemardesque et sa frontale de travers.

— Vaut mieux vous avoir en peinture vous, hein ?

— Bonjour, Florence. Vous allez attendre dehors, je voudrais vous auditionner aussi dans la foulée.

Sans drogues nocturnes, Charlie était en pleine possession de ses modestes mais vifs moyens, et eut la conviction que cette folle était aussi capable de n'être au courant de rien que d'être la première suspecte.

Elle avait pu expliquer ses plans rapidement au commissaire : l'équipe était déjà en chemin pour le hameau, et Charlie avait hâte qu'ils fassent un crochet chez la douce Florence.

— Je vais attendre là.

Tandis que les trois avançaient vers l'entrée du commissariat, Florence ne put s'empêcher d'ajouter quelques mots.

— Dites, vous vous baladez vers les Rouchas, on m'a dit, vous avez pas peur des loups ?

— Je ne me suis pas vraiment posé la question… Je crois que j'adorerais en apercevoir un.

Charlie espéra que l'agricultrice n'était pas assez bécasse pour la menacer. Elle était déjà bien assez consternée de devoir fouiller chez elle, pire, de devoir l'interroger à nouveau, pour se farcir son point de vue sur les loups. Ses oreilles saignaient d'avance en devinant les blagues que « Flo » aurait à cœur de caser dans la conversation. Elle imaginait déjà tomber sur des têtes d'animaux empaillées avec des boules de Noël en guise de boucles d'oreilles. Peut-être que son réflexe nauséeux se réveillerait brutalement à ce moment précis, après tant d'années à sommeiller sagement, et lancerait l'assaut, là, au milieu de la maison de Florence.

Charlie devait de toute urgence s'entretenir avec son estomac, alors elle récupéra un vieux croissant rassis sur le bureau de Marc en passant près du meuble surchargé. Après avoir installé Maria chez son collègue, qui en avait déjà fini chez Savelli, elle fonça avec Joseph dans la salle d'interrogatoire en attendant les analyses du canon du fusil. Elle entendit tout de l'arrivée de son coéquipier. Les clés tomber, de loin, sa course follement sereine pour arriver jusqu'à son bureau. Sans rien se dire, ils étaient arrivés à un stade d'intimité presque gênant et encourageant tout à la fois. Sa pureté était rassurante. Sa démarche, moins. Il passa une tête dans la salle d'interrogatoire.

— Bonjour, je peux te parler une seconde ?

— J'arrive.

Charlie le suivit, les sens éveillés, l'âme chahutée par le suspense de cette journée, elle le sentait lui aussi prêt à dégoupiller. Ils allaient trouver. Ils avaient eu besoin d'une période d'adaptation longue et souvent navrante, à l'instar de la cadence de Marc, mais ils formaient désormais un duo compact et solide, basé, certes, sur un antagonisme déconcertant, mais qui ne manquait pas, contre toute attente – s'il y en avait une –, d'efficacité. Il ouvrit son tiroir mystérieusement, pas celui de son secret.

— Je t'ai pris un p'tit pain, ils sont super moelleux, c'est une folie !

Charlie n'était pas certaine de pouvoir arriver un jour au bout de son étonnement. Il paraissait sans détour ni surprise, et pourtant ça tombait de tous côtés avec lui, sans aucun indice, jamais.

— Merci, c'est... adorable.

— Eh bon, le père Savelli était même pas gêné de notre découverte, il m'a soutenu que ça n'était pas tarifé, qu'il avait eu une vague aventure avec Émilie, qu'on avait encore le droit de baiser dans ce pays, je te passe les effets de style. Je vais me refaire les fadettes de Samuel et d'Émilie, depuis qu'elle sait qu'elle ne risque rien, elle est moins sur la défensive. Elle m'a donné les noms sans rechigner, j'ai convoqué les trois autres clients cet aprèm et demain. Je vais discuter avec Maria, la pauvre, le beau-fils dégueu, franchement... En tout cas, c'est cool, ça avance, hein...

Il détala plus vite qu'il ne l'avait jamais fait, en se frottant les mains d'impatience. Il était insoupçonnable. Si jamais Charlie devait rester là à vie, elle devait d'ores et déjà commencer à travailler son discours pour le pot de départ à la retraite de Marc. Il lui faudrait s'y prendre avec de l'avance pour contrer tous les retards de cet homme singulier. Son portable sonnait de moins en moins, il avait dû supprimer sa femme pour de bon – ou son mec. Charlie le défendrait aux assises.

Insoupçonnable.

Elle voulait profiter de l'intimité qui s'était installée avec ces gens, contre leur gré. Elle n'avait aucune envie d'attaquer Joseph frontalement. Ce duo lui était de toute façon sympathique, c'était un atout, pour elle. Elle n'aurait aucun mal à se mettre à leur place. Alors certes, le mobile lui manquait, mais il se tissait, sournoisement, il l'avait travaillée toute la nuit, entre deux rêveries de son amour perdu, malgré ces quatre nouveaux suspects qui avaient pénétré sans crier gare la boucle infernale de ce fait divers affligeant. Et c'était dans cet état second seulement, dans cette fatigue extrême, maculée d'énergie vitale, que Charlie pouvait espérer ne faire qu'un avec une affaire et avec ses suspects.

Elle s'installa en face de lui, s'ancrant le plus possible au sol triste de la pièce. La solidité physique l'aidait à tenir psychologiquement, tel un véritable rempart à l'instabilité que pouvait entraîner un rapprochement trop soudain avec une enquête. Charlie s'était promis de ne plus jamais se laisser distraire par ses maux intérieurs, qu'elle s'était, là aussi, juré d'enfouir jusqu'au tréfonds de sa pensée. Sans compter que c'était l'unique moyen d'échapper à la psy.

La conversation s'engagea, légère dans les mots, tendue dans la position de leurs corps. Joseph se défendait, c'était normal durant une audition, mais il y avait autre chose. De l'ordre de la rage. Oui, cet homme portait un masque de délicatesse et de détachement devenu trop serré pour lui, et, sous ce voile de contenance qu'il s'était créé, il était hors de lui. Un ouragan menaçait, un tsunami de tristesse et de déception, de la vie, des autres, du monde tout entier. Elle le comprenait, elle n'avait jamais pu comprendre au fond d'elle les êtres véritablement optimistes. Qu'est-ce qui les poussait à ce sentiment-là, avec cette assurance non feinte ? Par quel moyen y arrivaient-ils ? Elle les admirait autant qu'elle craignait leur décompensation violente un soir de pluie devant le JT. Charlie trouvait merveilleux ceux qui composaient par générosité, tandis que ceux qui y croyaient vraiment l'inquiétaient terriblement, au point de les éviter, ce qui, tout bien réfléchi, était peut-être l'explication à tous ses problèmes, ou du moins, à une grande partie d'entre eux.

Il lui sembla qu'après quarante-cinq minutes à tergiverser, l'évocation de sa fille aînée avait creusé un peu plus les sillons nasogéniens de Joseph, son visage répondait plus vite encore que les mots. Il ne se défilait pas, quelque chose en lui semblait vouloir en finir, avec cette conversation comme avec tout le reste. Il demanda des nouvelles de son ex-femme. Charlie comprit que ce qui le rattachait encore à la vie, en tout cas sociale, c'était elle – et non pas Florence, quel soulagement…

Quand le vibreur retentit, plus léger qu'un frôlement sur la table, Charlie sentit un frisson parcourir l'échine de son désormais suspect, entrapercevant ses yeux devenus si noirs qu'on ne distinguait plus ses pupilles perdues, qui se confondaient avec ses iris. Elle déverrouilla son portable pendant que lui décidait enfin de fuir. Ses yeux avaient cessé de fixer Charlie, et elle vit un vide insondable s'y installer pour ne plus en partir.

Le message écouté, elle plongea de nouveau son regard sur lui, cherchant par tous les moyens à récupérer le sien. Tout ne se réglait pas avec les mots, pas avec un être de sa qualité. Ce temps suspendu ne leur déplaisait pas. Charlie trouvait étonnants les gens qui osent parsemer les conversations de blancs infinis, parfois inquiétants, mais cette fois quelque chose était en train de se tisser entre eux. Elle se demandait souvent si son sentiment de culpabilité perpétuelle ne trouvait pas un écho dans l'attention qu'elle portait aux criminels qu'elle croisait. Une partie d'elle-même, la plus grande, comprenait tout, ou presque. Charlie avait honte de cette capacité-là. Si c'était un atout dans son métier, elle était gênée par cette empathie non feinte, qu'elle jugeait souvent mal placée. La psy parlait de transfert.

Concernant les parents de Louise et Bastien, la thérapeute avait lâché ce mot-là après une vingtaine de minutes de psychologie de comptoir qui avait desséché l'âme de Charlie pour la journée entière. Elle ne croyait pas à cette histoire, ça n'avait rien à voir avec du transfert, elle avait juste promis qu'elle le poursuivrait jusque dans la forêt, sur les montagnes les plus hautes du monde, au fond des mers s'il le fallait et qu'elle lui ferait la peau – ça, elle se l'était dit seulement à elle-même, pour ne pas finir enfermée. Charlie avait rêvé plus d'une fois qu'elle le tuait ; évidemment elle ne voyait jamais son visage, toujours une silhouette épaisse et courte sur pattes avec des mains disproportionnées – pourtant elle avait coffré des fumiers avec des petites mains fluettes et qu'elle imaginait douces. De tous âges, conditions sociales, avec toutes sortes d'allures, de passés, du plus consternant au plus tristement banal, en passant par le plus terrifiant. Elle avait fini par noter tous ses rêves, surtout leurs détails, elle sentait qu'il y avait un indice en elle quelque part, dans chaque énigme abandonnée à ses pieds. Cette affaire ne lui était pas tombée dessus par hasard.

Quand la psy lui avait imposé du repos, par le biais de ses supérieurs hiérarchiques, Charlie avait eu envie de sortir les photos de la forêt, avec le petit pied violacé dépassant des branchages en clou du spectacle, et de lui en faire une tapisserie pour son cabinet envahi d'une neutralité inquiétante. Ça aussi, ça l'écœurait, la neutralité, être au milieu de tout, donc de rien. Charlie avait choisi un camp, celui de Gabrielle, de Manuel et de Bastien, ce grand frère devenu fils unique du jour au lendemain, celui de la petite fille qui rêvait de danser une vie entière. Qui pouvait lui reprocher une chose pareille ? Du repos ? Mais comment exactement ? La psy devait y arriver sûrement. Ce n'est pas la même chose de gérer trois flics « bord cadre » que de s'acharner sur l'enquête d'un meurtre d'une gamine de sept ans. Les gens imaginaient-ils vraiment qu'elle pourrait se reposer ? Elle le ferait, d'accord, mais plus tard. Quand elle l'aurait chopé – et peut-être massacré. Les sept années qui venaient de défiler ne faisaient qu'alourdir son sentiment de haine, et meurtrissait ses pensées autant qu'il animait son âme.

Alors elle n'avait aucun mal à observer la douleur et la violence de Joseph, qui traversaient ses yeux dans de petits mouvements saccadés. Elle savait ce que c'était.

Elle alla lui chercher un café, un biscuit aussi, ça n'était pas une tactique, Charlie voulait vraiment qu'il savoure ce petit déjeuner, la journée allait être terrible. La culpabilité de celui qui a survécu allait s'effacer au profit du néant, de la fin de la lutte. Elle espérait que le soulagement débarque le plus tôt possible.

Elle posa la tasse ébréchée, la madeleine trouvée entre deux procès-verbaux sur le bureau de Marc, et attendit qu'il ait avalé sa première gorgée brûlante.

— Joseph, nous n'avons rien trouvé dans la maison de Florence.

Le fermier se contenta d'un presque imperceptible hochement de tête.

— Je sais que vous aimez dormir à la bergerie là-haut… Il semblerait que l'autre morceau du fusil vienne d'être découvert dans l'étable. Le modèle correspond au type de l'arme qui a servi à abattre Samuel.

Il ne baissa pas les yeux, ne la défia pas non plus, il accepta son aide tacite, lâchant dans un souffle que c'était bien l'arme du crime, qu'elle avait été dissimulée au milieu d'une meule de foin, au fond du bâtiment agricole. Charlie attendait maintenant, résolue.

Le silence emplit la pièce une seconde fois. Elle avait les oreilles qui bourdonnaient, n'avait même plus idée de l'heure qu'il pouvait être.

L'image de Samuel refroidi pour l'éternité, la poitrine éventrée, au pied de son portail rouillé, lui donna l'élan qui lui manquait, et elle repartit à l'abordage, décontenançant son suspect épuisé par cette matinée autant que par cette vie tout entière.

— Bien sûr, Joseph, vous êtes au courant que les juges sont plus compréhensifs en cas d'aveux et d'explications détaillées. Je sais que vous êtes épuisé. Je suis là pour vous, et je ne bougerai pas tant que vous ne m'aurez pas expliqué votre geste… Si tant est que ce soit le vôtre, évidemment.

Elle ne jouait rien. Pas avec cet homme-là.

Il se frotta le visage, énergiquement, et partit dans une logorrhée que plus rien ne semblait arrêter. Le discours était construit, dense, courageux aussi, Charlie ne put s'empêcher de le noter.

— Ma fille était si malheureuse qu'il l'ait quittée… Il se moquait d'elle, on ne savait jamais s'ils s'étaient remis ensemble ou s'il avait une autre copine, ça la torturait, on ne savait plus comment l'aider, sa mère et moi. Je voulais juste qu'elle l'oublie, qu'elle en trouve un autre, elle était si jolie, si intelligente, vous avez vu des photos d'elle ?... Samuel se fichait d'elle, depuis des mois. J'ai même essayé de lui interdire de le voir. Puis un soir, elle est partie pour lui parler à la ferme, dans un état second, les gendarmes nous ont appelés quelques heures plus tard en nous disant qu'elle était sortie de la route et qu'elle était morte sur le coup. Les mois qui ont suivi, je refuse d'en parler. Maria et moi, on ne dormait plus, on ne vivait plus, la haine nous consumait de l'intérieur. Alors ce soir-là, j'ai pris mon fusil et je l'ai descendu.

— C'était la nuit, c'est bien cela ?

— Le petit matin – il devait avoir passé la soirée avec une fille. J'ai attendu, planqué dans ma voiture quelques virages avant, je l'ai suivi, il était dans une voiture avec quelqu'un qui conduisait. J'ai attendu que la voiture soit repartie, pendant qu'il cherchait ses clés je l'ai interpellé et juste avant qu'il ne rentre dans le jardin, je l'ai descendu devant le portail. Je crois que je regrette mon geste, mais je n'en suis pas certain non plus ; pour notre famille, je ne pouvais pas rester comme ça. Je comprends votre boulot, votre point de vue, mais ce gamin était un sale con, vous imaginez un p'tit mec sympathique parce qu'il était jeune, mais c'était une ordure. Voilà, c'est fait. Je voudrais juste parler à Maria avant que...

Ses mots s'étranglèrent et le grand Joseph perdit son assurance. Il avait dû se préparer à ce dénouement, mais même en sachant que ça arriverait un jour, comment pouvait-il ne pas frissonner à l'idée de ce qu'il avait fait et de la manière dont la société le lui ferait payer ? Il faisait ce qu'il pouvait pour démontrer sa conviction, mais Charlie se doutait que cet homme était bien trop fin pour être certain du bien-fondé de ses actions.

Dans les couloirs du commissariat où errait Charlie, à l'affût des soubresauts de ses pensées embrouillées, et tandis qu'elle croisait le regard de Marc accompagné de Maria, elle fut saisie par l'idée même de l'amour, par la force que ce sentiment procurait. Elle se souvint de son être tout entier découvrant la passion, elle en avait pleuré au milieu de son salon, d'émotion, de sentir son âme perdue tournée tout entière vers lui, ses yeux fixés sur les mots qu'il avait tapés de ses doigts épais sur son portable plus d'actualité. Charlie avait ressenti le besoin pressant de tout lui dire, combien elle l'aimait, combien elle avait espéré cet amour-là sans oser le nommer, combien le temps sans le connaître et son errance passée lui avaient semblé longs. Elle n'avait jamais eu honte de lui confier ses pensées tourbillonnantes, y compris les plus inavouables, lui non plus, une conséquence peut-être de la fusion physique qui les parcourait et leur permettait d'accéder à une communion intellectuelle qu'ils n'avaient jamais ressentie, ni l'un ni l'autre, avec personne.

Charlie tanguait en avançant vers eux, pleine d'empathie pour cette femme en train de perdre l'homme de sa vie, son destin ballotté entre les mains de la justice des humains. Il arrivait à Charlie de ne plus croire en la société, d'être ensevelie sous le poids de l'administration, plus lente que le déplacement d'un cloporte mourant sous le soleil du mois d'août. Dans ces moments-là, elle se demandait ce qu'elle pouvait bien faire pour ce monde, et pour la justice, surtout avec le pauvre véhicule de fonction qu'on lui avait confié à ses débuts.

Quand il lui avait offert une voiture avec un beau moteur et une boîte automatique, elle avait vu l'espace d'un instant l'admiration qu'il lui portait. Ça n'était pas seulement un cadeau, c'était une marque de respect, de ce qu'elle était, une flic, obsessionnelle, ambiguë parfois peut-être, mais une vraie enquêtrice, acharnée. Elle ne lui parlait jamais de tout ça, mais quand ils s'étendaient l'un contre l'autre, elle sentait son regard la transpercer et chercher à comprendre jusqu'où elle allait, tiraillé entre son besoin de la deviner toujours plus et son appréhension de ce qu'il pourrait découvrir.

Charlie arriva enfin à leur niveau, tandis que Maria commençait à se retourner. Le visage de cette femme de trois quarts, presque de dos, changea brusquement pour faire place à une détermination que Charlie avait rarement vue chez quelqu'un, encore moins de si près.

Tandis qu'elle attrapait le procès-verbal des mains de Marc, dans un mouvement plus délicat qu'elle en était capable, Charlie saisit le bras de Maria, d'un geste instinctif.

— Je vous emmène lui parler un instant.

— Merci.

Marc ouvrit la marche juste devant Maria, Charlie les suivait, enfin, à la traîne, parcourant rapidement le procès-verbal des yeux. Maria entra finalement la première, prit la main de Joseph qui eut un rictus désapprobateur, Charlie eut l'impression que ça n'était pas du rejet, plutôt une forme de pudeur.

— Maria, je sais que mon collègue vient de vous expliquer la situation, et que vous avez juré ne pas être au courant de la culpabilité de votre ex-conjoint. Je voudrais juste vous poser une question, pour aider votre famille et Joseph. Avez-vous souhaité la mort de Samuel après l'accident de votre fille ?

— Même avant.

Charlie vit les muscles de la mâchoire de Joseph se contracter sur son visage maigre.

— Est-ce que vous avez, de quelque manière que ce soit, poussé votre ex-mari à tuer Samuel ? Si c'est le cas, c'est dans votre intérêt à tous les deux de me le dire, ça pourrait alléger les charges contre Joseph.

— Non.

— Je vous remercie.

Charlie mit un temps infini à ranger ses quelques affaires sur le bureau, détournant avec retenue son regard de ce couple hors norme, jusqu'à ce qu'un officier arrive. Elle lui fit un signe rapide pour épargner les menottes à Joseph, s'attela à régler les paramètres de la caméra, pour sortir enfin la carte mémoire, sous les yeux attentifs de Maria qui, les bras ballants, témoin de ce sordide ballet, fut prise d'un étourdissement tandis que Joseph passait enfin la porte avec l'officier. L'ex-épouse se posta alors dans son sillage, devant la porte, dans un silence tendu, et sans se retourner, invectiva fermement Charlie.

— Est-ce que pourriez me donner du papier ? Et un stylo ?

Les mots jaillissaient maintenant sur les lignes bleutées du calepin sans joie que Charlie avait trouvé sur une étagère. L'écriture avait commencé précise, acérée, mais devenait chaotique, déformée par le poids des mots, par ce qu'ils pouvaient entraîner. Un mouvement de pudeur naturelle avait fait reculer les deux agents au fond de la pièce, comme si le moment ne leur appartenait plus. Au lieu d'être soulagée d'avancer, Charlie se sentait coupable de voler ce moment d'intimité, elle n'avait pas hâte de lire, voulait disparaître, rien qu'un instant, et se laissait maintenant glisser contre le mur jusqu'à finir accroupie, les mains jointes et le regard tourné vers la lettre et les mots qui dégueulaient. Marc, affecté par ce moment brutal, shoota par inadvertance dans le gobelet de café et détourna aussitôt le regard de sa coéquipière. Charlie semblait en apnée, ne voulait pas faire le moindre bruit, laissait cette femme aller jusqu'à ses pensées les plus profondes. Elle n'en ferait rien de mal, elle devait faire ce qui était juste, elle avait signé pour ça, et uniquement ça. Aussi bizarre que cela puisse sembler, Charlie sentait l'amour de cette femme pour Joseph jaillir entre les lignes, les micromouvements de son visage et de sa main libre décrivaient un attachement au-delà de la raison, la policière pariait que ses mots couraient vers lui. Elle savait ce que c'était, elle pouvait désormais distinguer ceux qui avaient déjà éprouvé cela. Pour Charlie, il y avait deux groupes, ceux qui savaient, et ceux qui étaient ignorants, mais plus sereins. Elle se demandait maintenant, le dos contre le mur, lesquels étaient les plus chanceux. Le grand amour n'avait que faire de la sérénité, aussi inutile pour lui qu'un parapluie un jour de tornade. C'est usant d'aimer, pour le cœur, pour l'âme. Elle avait déjà vu des couples s'aimer calmement, mais craignait toujours ce que cela pouvait dissimuler. L'amour, pour elle, n'avait rien à voir avec une balade tranquille en bateau-mouche – et elle avait d'ailleurs arpenté la Seine en Zodiac, accompagnée d'hommes-grenouilles, à la recherche d'un corps prêt à exploser sous les assauts de l'eau bien plus souvent qu'elle n'avait posé le pied sur un romantique navire de touristes, perches à selfie arrimées à leur portable.

Oui, c'était épuisant d'aimer, pour Charlie. Si elle finissait par s'endormir auprès de lui, c'était uniquement par K.-O., comme un enfant après une journée à Disneyland. Il était son monde du merveilleux, caché, rien qu'à elle, elle n'y invitait jamais personne. Les multiples souterrains de leurs cerveaux communiquaient de manière prodigieuse. Elle s'était doutée qu'elle l'aimait dès le troisième rendez-vous. Il était arrivé en retard, paniqué, cherchait à tout prix à cacher sa fragilité, distillant de la virilité dans tous ses gestes empressés, dans ses mots emmêlés qui ne faisaient quasiment plus sens, en tout cas exprimés dans cet ordre-là. Tout cela dans une inconscience la plus totale, pour finir par baisser sa voix d'une octave, action qui aurait dû attester, dans un monde idéal, de son assurance installée. Ce combat interne, sûrement d'une grande violence, avait touché Charlie, et elle avait dû se retenir de le railler, au risque de le blesser. Comment avait-il pu espérer, ne serait-ce qu'une seconde, qu'elle ne verrait pas les ficelles de cette mascarade émotionnelle ? Pourtant, quand il avait coincé une mèche de ses cheveux à elle dans le bouton de sa chemise, et qu'elle s'était retrouvée accrochée à lui, non sans une certaine douleur, elle avait dû reconnaître qu'il était dans un état tel qu'il s'échappait à lui-même.

Ses mains trahissaient maintenant de l'impatience, peut-être ne trouvait-elle plus ses mots, la relancer n'y ferait rien. Maria leva les yeux, fixant l'absence, et repartit à l'assaut de ses pensées inhumées. Le temps semblait s'étirer et, soudainement, ne plus courir, comme si la temporalité elle-même s'inclinait pour lui permettre de coucher sur ces pages l'essence de sa vie sur cette terre et de sa famille meurtrie.

Elle se redressa dans une inspiration, arracha la page avec sécheresse et la replia, tendant maintenant sa lettre dans le vide pour qui voudrait s'en emparer. D'un mouvement plus lent qu'elle ne l'avait jamais fait, Charlie se redressa à son tour, avança calmement et se saisit du papier noirci par une avalanche de mots, tandis que Marc se dirigeait vers Maria à son rythme habituel, et pour une fois assorti à celui de Charlie.

Les mots étaient là, calligraphiés avec détermination, tout y était, même l'esprit retors de Charlie n'était pas certain de pouvoir poser d'autres questions après cette lecture. Les phrases qui s'entrechoquaient étaient d'une clarté rare, écrites sans aucune concession.

Elle l'avait supplié de tuer ce gosse, imploré de l'aider à le faire, pour eux. Ceux qui restaient. Samuel était responsable, il avait tant maltraité leur fille chérie… Maria avait eu envie que ce salopard crève dans la boue dès l'instant où elle avait arraché la triste vérité de la bouche de sa fille. Les propositions de délires sexuels de Samuel avaient déjà marqué la gamine, et lorsqu'elles s'étaient transformées en prostitution déguisée en distraction libertine, le choc pour la jeune fille avait été d'une telle violence qu'un soir elle avait craqué, pris la route dans le froid, pour lui dire enfin ses quatre vérités, et sa douleur s'était évanouie dans les trois tonneaux qu'avait faits la petite voiture citadine empruntée à sa mère. Joseph avait refusé de céder, longtemps, toujours, c'était la cause de leur séparation, Maria l'avait trouvé lâche, l'amour ne s'accommode que rarement d'une telle déception. Elle avait tout fait pour le pousser à bout et, un jour, au comble du désespoir, elle avait mis la main sur le fusil de chasse dans l'atelier attenant à la maison et était allée l'abattre, devant la ferme familiale, le soulagement de la vengeance distillant quelques vagues de contentement sordide dans le parcours de son deuil. Joseph avait su, dès la lecture du titre au petit matin dans le café du village. Il avait choisi de faire semblant, comme si ne serait-ce qu'y penser risquait de compromettre la femme qu'il aimait. Alors il avait gardé tous ces mots tapés en première page le plus loin possible. Et quelques jours plus tôt, alors que Charlie se rapprochait de la vérité, il avait eu si peur pour Maria qu'il avait arrêté de faire semblant, lui avait enfin demandé où était l'arme, et l'avait morcelée, dans la panique, pensant que l'objet serait ainsi plus facile à cacher. Cet homme faisait partie de ceux qui étaient au courant. L'amour, il le savait, il l'avait découvert, subi aussi.

Charlie pensa à cet enfant qu'elle n'aurait peut-être jamais, et lui fut soudainement infiniment reconnaissante de ne pas avoir débarqué dans sa vie, qui sait ce qu'elle aurait été capable de faire pour lui. La folie des êtres humains la surprendrait toujours, la sienne, moins. Elle s'y était faite, à vrai dire, pas tellement par choix. Certains ne se trouvent pas dans la norme et éprouvent une sorte de fierté à ne pas faire vraiment partie du groupe, à se distinguer, mais Charlie, elle, ne revendiquait rien. La vérité, c'était qu'au fond d'elle, elle se trouvait curieuse. Elle avait eu des indices très tôt, et ne s'inspirait qu'étrangeté et parfois cocasserie. La plupart du temps, son fonctionnement même de pensée la plongeait dans un profond désarroi, jusqu'à finir par l'inquiéter franchement, du moins lorsqu'elle était plus jeune. Elle s'était sentie soulagée quand elle avait fini par trouver sa voie, après quelques errances, se félicitant d'avoir choisi un métier qui faisait de son caractère obsessionnel une qualité. Elle passait pour une travailleuse acharnée, ses supérieurs louaient sa détermination, le fait qu'elle ne comptait pas ses heures. Ce qu'ils ignoraient, c'était qu'elle était possédée par ses affaires, que sans os à ronger elle était bonne pour l'asile. Il lui arrivait de plaindre les délinquants qui tombaient entre ses pattes, c'était l'exact opposé de l'égalité des chances. Charlie espérait de tout son être ne jamais tomber sur son double. Son amour l'avait rapidement découverte tout entière pourtant. Elle n'avait pas pu le semer avec l'image qu'elle voulait qu'il perçoive, comme elle l'avait toujours fait avec tout le monde. La surprise de tomber amoureuse l'avait tant saisie qu'elle n'avait même pas eu le temps de se dissimuler. Si elle s'était aperçue de son regard avant l'impact, elle aurait pu agir, mais elle s'était retrouvées les yeux écarquillés, comme les poissons surpris trop tard par un hameçon. Elle n'avait pas bien compris qu'il l'aime comme ça, cherchait la faille à cet amour en permanence et à son insu, mais n'en trouvait pas.

L'éclairage des salles d'interrogatoire accentue la fatigue, la folie, ou bien la laideur de l'âme de tous ceux qui ont le malheur d'y séjourner, et pourtant, quand Charlie posa ses yeux sur Maria, elle la trouva belle, téméraire. La petite femme fragile qu'elle avait pu apercevoir s'était évanouie au profit d'un être soulevé par sa propre violence. Il y avait du défi en elle. Charlie savait qu'elle ne perdrait pas son temps à lui faire savoir qu'on ne réglait pas la violence d'un homme par une vengeance meurtrière, que les actes immondes et pervers de ce gamin ne pouvaient pas justifier un assassinat. Elle lisait dans les yeux embués de Maria qu'elle n'aurait pas la moindre prise sur elle, et au fond d'elle, Charlie lui souhaitait ardemment de garder cette ténacité qui l'aiderait à survivre à son terrible futur. Tandis que Marc accompagnait la prévenue aux toilettes, puis dans sa cellule, Charlie sentit la détresse de ces dernières heures la parcourir de bas en haut pour finir au bord de ses yeux.

Elle détestait s'asseoir. Son être la supplia. Charlie s'exécuta, abdiquant sur le siège désormais vide de la prévenue, observée par l'éclairage sans concession.

Elle l'avait aimé presque aussitôt, peut-être même sur le coup, sans le savoir, comme chargée d'une intuition magique. Elle avait lutté, beaucoup. Presque autant que lui. Elle n'avait jamais su quand le feu avait pris. Pas dans la forêt. Surtout pas dans la forêt, alors qu'il l'attendait à l'orée du bois, fébrile. Pas non plus à la morgue. Charlie n'avait pu soutenir aucun de ses regards. Pas non plus au cours de tous ces dimanches qu'elle avait pris l'habitude de passer avec le couple et Bastien, perdu dans ses pensées d'adolescent, pour faire un point sur l'enquête. Ni lors de l'enterrement bien sûr. À aucun de ces moments et à chacun. Elle s'était dit, le premier jour, quand ils étaient venus au commissariat pour leur déposition que... D'ailleurs non, elle ne s'était rien dit. Ils étaient assis en face d'elle, et elle se souvenait juste d'un rai de lumière à travers la fenêtre qui éclairait Manuel, comme une poursuite au théâtre, elle ne savait pas si c'était son imagination, mais il lui était apparu comme ça, sous la lumière plate et sinistre des néons.

Elle devait décoller de cette chaise, prendre le temps d'ingurgiter un vrai repas – son ventre émettait des borborygmes devenus réguliers –, elle devait retrouver Clint qui avait dû, ce coup-ci, apprendre à monter l'escalier pour de bon, rognant consciencieusement marche après marche, et enfin s'endormir, par K.-O. là aussi. Pour ne surtout pas abandonner.

Après une interruption de courant dans son corps tout entier, Charlie sentit une présence. Tranquille, presque inanimée. Marc. Sa poigne n'était pas suffisamment molle pour ne pas la réveiller en sursaut, et elle poussa un petit cri de surprise, poursuivi par un râle de déception en se découvrant vaseuse sur le canapé défoncé du bureau, où elle s'était manifestement abandonnée.

— J'ai vu trois des quatre clients pour finir, tu connais le tarif, mille cinq cents balles par tête de pipe, la police de Briançon n'a pas perdu sa journée, du coup j'ai acheté une super tisane détox pour le bureau !

Elle accepta le thé brûlant, un biscuit, constatant qu'une fois de plus Marc n'était pas à court de carburant. Elle se demanda s'il n'avait pas fait l'acquisition d'un garde-manger au sein même du commissariat, lui permettant de survivre à quelques engueulades à la maison, car il y avait là, pour sûr, un sujet épineux que Charlie ne pouvait se résoudre à approfondir. Cet homme ne semblait jamais surpris de rien, d'humeur égale. Elle se demanda si on ne les avait finalement pas réunis à dessein, pour recréer une sorte d'équilibre tacite entre deux âmes violemment opposées, un exercice type pour la Sécu, une tentative de permaculture en milieu hostile, où une espèce permet à une autre de survivre. Un essai expérimental en tout cas. Elle fut finalement ravie qu'il lui propose ce verre de l'amitié, là aussi il avait tout prévu, une bonne bouteille de sa collection, et, comble de l'élégance, il eut la délicatesse de ne pas évoquer la disparition soudaine du vin nature ainsi que des chips ramollies. Charlie lui serait reconnaissante de cette attention, à tout jamais.

14

Elle avait commis une bévue.

Charlie n'avait pas attendu ses premiers ronflements pour en être persuadée. Déjà plus tôt dans la nuit, lorsqu'elle avait reconnu les premières notes de « Vacances, j'oublie tout » dans ce bar karaoké où sévissaient quelques play-boys locaux, elle avait eu quelques indices, plus qu'elle n'en aurait souhaité. Marc connaissait la moitié des gens ici, une fille notamment – sa copine, espérait Charlie, ça lui permettrait de l'abandonner ici dans les délais les plus brefs. Assise au fond, observant ce ballet curieux et assez éloigné des chorégraphies que Manuel lui avait fait découvrir à l'opéra, la flic étudiait le comportement de son partenaire avec ses potes. Ce mec n'avait pas fini de la surprendre. Marc était l'équivalent d'une pochette-surprise : certaines découvertes étaient décevantes, et d'autres, de véritables trésors. Avec l'alcool, elle commençait à analyser les paroles de la chanson. « Vacances, j'oublie tout, j'm'envoie en l'air ça, c'est super folie légère, c'est fou. » Facile à comprendre… Aisé à appliquer. Charlie envisagea son acolyte dans son souvenir, à partir de son imitation approximative de Britney Spears sur « Baby One More Time », pour changer d'avis juste après le premier refrain de « I Love Rock'n'Roll », l'*air guitar* étant la limite qu'elle s'était fixée d'un commun accord avec elle-même. Combien de gens avaient réussi à briser la glace et fini sur une banquette arrière grâce à « Vacances, j'oublie tout » ? Un mystère de plus dans ce monde pavé de dangers en tout genre, jamais de repos pour les aventuriers de la nuit. Charlie appartenait sûrement à la dernière génération à écouter et souhaiter mettre en application les paroles, sitôt la chanson entendue. Il fallait s'en féliciter. Marc semblait si fier de ses imitations, de connaître le répertoire aussi, qu'elle le soupçonnait de venir ici plus souvent que l'âme bancale de Charlie n'aurait pu le supporter. La fille qui venait de s'emparer sans la moindre retenue de l'œuvre de Céline Dion s'accrochait à son pied de micro comme si sa vie en dépendait, à l'instar des notes qui restaient coincées dans des limbes aigus et irritants. Charlie la soupçonnait de semer volontairement quelques attitudes à caractère sexuel, à qui voudrait bien ramasser ses petits cailloux, ou plutôt ces deux énormes seins coincés dans un pull trois tailles en dessous de sa confection réelle. Quand Charlie vit le Petit Poucet enfoncer sa langue aussi profondément que possible dans la gorge du barman, elle comprit qu'il ne s'agissait résolument pas de la compagne de Marc, même si elle l'imaginait d'un naturel extrêmement peu jaloux, elle avait du mal à le croire si libertaire. Aussi en conclut-elle que ces deux-là ne devaient pas partager plus que ce lieu convivial et tout sauf cosmopolite. Charlie combattait, avec toutes les forces qui lui restaient à deux grammes d'alcoolémie, son envie de tromper sa solitude. Mais maintenant qu'elle s'était totalement réconciliée avec la vodka-pomme, elle voulait danser avec un homme, ou une femme d'ailleurs, ce n'était pas ce petit détail qui se mettrait en travers de sa soif de compagnie, sur « Everybody's Got to Learn Sometimes ». Dans la vodka-pomme, il y a de la pomme, c'est indéniable. Dans un karaoké, il y a de l'amour. De toute façon, comme toujours, elle serait la dernière à vomir, parviendrait même à tous les ramener, en revanche pour ce qui était de se garer dans le mini-parking de Marc… mieux valait opter pour un retour pédestre.

Charlie fut soudain persuadée de voir passer le gendarme devant la vitrine, sans son costume bleu, mais toujours vêtu de sa moustache. Quand il s'arrêta net avec son chien en laisse, elle sut que ça n'était pas une hallucination. L'échange de regards bref, intense, et déconcertant, s'acheva presque avant d'avoir commencé, tandis que Charlie, se sentant désormais observée, tentait de danser avec plus de dignité. Elle était sûre qu'il avait des tests d'alcoolémie sur lui. Entre deux joggings, il devait faire souffler les gens. C'était de loin le plus pervers de tous. Elle espéra soudain que le simple vitrage de la devanture ne permettait pas à l'homme de loi de sentir son haleine chargée au travers, autrement elle était certaine qu'il la mettrait en cellule de dégrisement.

Effectivement, il lui restait tout de même quelques souvenirs précis de cette soirée au sommet. En tout cas jusqu'à une heure du matin approximativement.

Charlie n'osait pas le regarder dormir, trop intime. Il était sympathique, indéniablement, pas désagréable en deuxième partie de soirée, pour ce dont elle se souvenait justement. S'il y avait bien quelque chose que sa gueule de bois lui avait laissé, c'était la lucidité, et elle fut certaine dès l'ouverture d'un de ses deux yeux collés d'avoir explosé cette nuit-là les scores de ses bourdes habituelles. Elle eut la pénible sensation qu'elle parvenait hélas toujours à se surpasser en la matière, l'âge n'ayant de toute évidence pas de prise sur son immaturité constitutive.

Enfin, même en admettant qu'elle ait eu besoin de fêter cette affaire réglée, et avec pour circonstance atténuante le fait que les soirées en hiver devenaient résolument longues et fraîches par ici, ça ne changeait rien à l'essence même de cette situation, proprement merdique.

Clint, esseulé en bas, commençait à trouver le temps long, elle hésita entre ne pas faire de bruit pour que son amant dorme, ou le réveiller avec une corne de brume pour qu'il parte. Mais l'idée de s'exposer à un petit déjeuner lui retourna l'estomac, ce dernier avait déjà fait deux ou trois tours sur lui-même ces dernières quarante-huit heures. Quelle que soit sa manière de remonter le fil de l'histoire, elle arrivait à la conclusion, non sans une certaine gêne, que même sur le pouce, ce serait déjà beaucoup d'intimité, et que ça n'était pas parce qu'il avait plus ou moins mangé sa culotte que tout ça devait aboutir à un traditionnel breakfast et ses œufs brouillés, à l'instar de son teint. En ville, ça ne marchait plus comme ça depuis longtemps, elle espérait que son comparse était au courant.

Décidément les cartons sur la vitre, c'était du grand art, elle ne s'en féliciterait jamais assez.

Quand elle descendit les marches à pas de loup, un loup après une soirée violemment avinée, elle se demanda si la douleur qu'elle ressentait au niveau des cuisses était due à sa folle nuit – toujours plus flatteur – ou à la remontée en raquettes jusqu'au chalet en se courant après qui avait précédé. Si par malheur quelqu'un les avait vus, il faudrait du temps à cette personne pour oublier cette image, ainsi que leurs rires idiots et puissants s'évanouissant dans la montagne entre deux pics rocheux – le hameau avait dû éviter l'avalanche de peu. Leur joyeuse ascension avait eu l'air d'une de ces publicités cucul à souhait pour pousser les gens à vivre au grand air, défilant en boucle dans les offices du tourisme du coin.

Le plus navrant, c'était qu'elle envisageait maintenant de se ruer sous la douche avant qu'il ne s'éveille, le ballon ne pouvant aisément subir deux douches d'affilée. La honte et le remords la rendaient mesquine, et elle craignait de devenir un flic plan-plan dans son hameau, parlant à son chien et légèrement – au mieux – alcoolique. Rien qui l'emballe.

Clint se jeta dehors en jappant, étonné que sa maîtresse n'ait toujours pas envie de se rouler dans la neige dès le réveil en urinant un peu partout, comme lui.

Le temps était dramatiquement maussade. Une brume épaisse cachait la vallée, la neige semblait sur le point de faire son apparition, on n'y voyait plus à trois mètres, encore une vision de fin du monde, et elle devrait donc se coltiner sa prise de la veille jusqu'à ce que mort s'ensuive, si par malheur c'était bien la fin qui se préparait. Décidément, le gars avait le chic pour se retrouver là où il le fallait au moment opportun, à l'image de toute leur relation, quoique considérer cela comme une relation était déjà une prouesse de l'esprit, voire un mensonge éhonté. Alors qu'elle se perdait dans ses pensées, elle commença à appeler Clint qui semblait s'être volatilisé, sans succès, puis distingua enfin un vague petit aboiement serein, au lointain. Très lointain. Plus qu'elle ne l'aurait souhaité en ce matin vaseux et glacial. Elle enfila sa tenue complète, vit qu'elle avait un message sur son portable et lâcha depuis l'entrée : « Je vais chercher mon chien. » Comme la réponse ne vint jamais, elle ressortit. Lire un message de Manuel au petit matin dans cette situation était un non-sens, elle avait raison de ne pas s'infliger ça avec la migraine qui était la sienne. Son nouveau compagnon avait le sommeil plus lourd qu'un six-tonnes transportant de la fonte. Tout en soulevant de la neige à chaque pas, elle constata que, s'il avait fait un arrêt cardiaque dans son lit, forcément, il ne l'entendrait pas, et là, ce serait vraiment une catastrophe à tout point de vue. Il avait beau être endurant, cela arrivait tous les jours. Y compris à de jeunes gens. À moins qu'il ne se soit assommé, en se redressant dans le lit, sur une des poutres du plafond mansardé. Charlie n'était d'ailleurs pas passée loin du drame en le chevauchant cette nuit. Et si, par malheur, elle s'était vraiment cognée, mais qu'avec l'excitation du moment et l'alcool, elle n'avait rien senti ? Elle espérait de toute son âme qu'elle ne se retrouverait pas sur la table d'autopsie devant ses collègues. « Une vie d'évitement », pour se retrouver dans cette posture, ce serait une malédiction. Le choc crânien violent hypothétique du petit matin était peut-être déjà en train de l'entraîner vers une mort certaine et sans détour. Probablement aujourd'hui, ou demain, ou la nuit prochaine. À moins que le drame ne se produise là, maintenant, alors que sa nuque recevait tout d'un coup un brutal et sonore coup de pelle.

Plus rien.

C'était exactement l'effet qu'elle recherchait avec les somnifères. Un bon coup de pelle à neige, en acier trempé.

La personne qui avait assommé Charlie l'avait traînée jusque dans la bergerie du hameau tout en haut, celle avec la plus belle vue, manifestement aussi celle où le froid sévissait le plus.

Elle eut du mal à trouver ce réveil inquiétant. Cela lui parut incongru, une intrigue de film pour frissonner le dimanche soir, elle éprouvait suffisamment de sentiments en tout genre dans son métier pour ne pas s'infliger de l'angoisse en plus. Elle distingua au fond une femme, élancée, il lui sembla qu'elle préparait quelque chose, à manger sûrement.

Charlie tâta son blouson partout d'une main endolorie, évidemment elle n'avait pas son arme. Le crépitement du feu dans l'âtre lui permit de se mouvoir sans que la femme ne l'entende et se retourne.

Elle essaya de déchiffrer le contexte et de comprendre s'il y avait là quelque raison de s'alarmer. Mais cette femme de dos, imperturbable… Il lui semblait que c'était elle, à moins que ce ne fût encore un cauchemar. Elle avait une façon bien à elle de s'attacher les cheveux, la nuque toujours dégagée avec des petits cheveux éparpillés partout, et un port de tête comme une danseuse.

Quand elle l'avait vue s'effondrer de dos, elle ressemblait à ça. Les cris en plus. En tout état de cause, Charlie avait donc bien un trauma crânien pour imaginer cette femme, ici, dans la bergerie de L'Éterlou, en train de faire des pâtes ou du café.

Et soudain, dans le brouillard qui avait pénétré le hameau et sa psyché, elle se demanda si ce n'était pas ça, qu'elle n'avait pas vu. Elle devait être amoureuse de Gabrielle, c'était sûrement pour cela qu'elle se rappelait si bien sa nuque et les contours de son allure élégante ! Mais les bribes de souvenirs de la nuit précédente qui affluaient mirent fin à ce questionnement nouveau : elle n'en avait pas fini avec les hommes.

La femme se retourna dans un mouvement vif. C'était elle.

— Toutes mes excuses pour le coup de pelle.

Alors que Charlie se demandait laquelle des deux avait perdu la boule, en tout cas le plus durablement, Gabrielle continua.

— Je ne pensais pas que c'était vous.

— Ah… vous attendiez qui, avec cette pelle devant la bergerie ?

— Il faut que nous discutions.

On y était. Charlie comprit enfin que la fuite ne servait jamais personne. Tôt ou tard… Elle se doutait bien des raisons de sa présence. Gabrielle savait. Était-ce Manuel qui lui avait tout révélé ? L'avait-elle découvert elle-même ? Qu'est-ce qui était pire ? Qu'est-ce qui lui donnerait le plus envie de massacrer Charlie sans anesthésie ? Elle aurait dû lire les textos de Manuel, il avait dû vouloir la prévenir. Quelle abrutie, elle aurait pu changer d'identité, faire refaire son visage, tenter quelque chose tant qu'elle en avait encore le temps. Là, ça sentait le règlement de comptes consternant, qui occuperait enfin la une du journal local. Tout ce suspense commençait à épuiser Charlie, qui avait l'impression depuis ce réveil houleux de perdre le contrôle de cette journée et de subir les événements. Elle vit tout à coup le film de ses erreurs passées défiler devant ses yeux sans pouvoir l'interrompre. Si Gabrielle lisait en elle, elle allait mourir pour de bon et dans d'atroces souffrances, heureusement à moitié bourrée.

Elle ne se sentait pas d'attaque, avec son alcoolémie à faire pâlir un Russe dans un bar à vodka... Prise de l'espoir soudain que Manuel ne soit pas passé aux aveux, et relativement désespérée, elle tenta sa chance.

— Gabrielle, je...

— Je suis désolée pour le froid, vous avez une couverture là, si vous voulez.

— On va surtout aller chez moi, il y a du chauffage et des fenêtres presque étanches.

— Je ne préfère pas.

— Écoutez, Gabrielle, j'ignore ce que vous me voulez et ce que vous faites là, vous auriez pu m'appeler comme d'habitude, vous le savez bien, et, pardonnez ma franchise, je vous trouve un peu inquiétante depuis l'épisode du coup de pelle.

— Lui non, par contre ?

— Pardon ?

— Manuel ?

Charlie essayait de tout remettre dans le bon sens, à la vitesse de l'éclair, comme sur une photo de travaux avant/après. Il fallait aller plus vite encore, Gabrielle était brillante, sensible aussi. Charlie l'avait vu tout de suite. De là à ne pas constater que son comportement du jour était angoissant, c'était trop demander… Avait-elle en tête de la laisser crever dans le froid ? De la précipiter dans le vide ? De l'empoisonner ? De la pendre au milieu du refuge ? De la dépecer ? Non, là, ce serait déraisonnable. Alors que Charlie avait eu si froid depuis des semaines, le sort s'acharnait, les péripéties de sa vie amoureuse aussi. Elle ne devait pas courber l'échine, si elle continuait férocement à faire comme si de rien n'était, peut-être avait-elle une chance de s'en sortir. Elle avait vu des gens assez culottés pour nier des preuves encore plus grandes que celles que Gabrielle devait avoir en sa possession.

— Gabrielle, si vous voulez qu'on parle de l'enquête, je suis disposée à répondre à toutes vos questions s'il en demeure… Vous savez que je ne suis plus officiellement enquêtrice sur le meurtre de Louise. J'ai beau en connaître les détails, j'ai été écartée. Mais je suis certaine qu'ils vont trouver. Parfois un nouvel enquêteur qui reprend tout de zéro trouve un indice, un témoin, une incohérence d'emploi du temps, ça arrive souvent. Faites-leur confiance, ils vont le choper.

— Votre supérieur m'a expliqué que vous preniez les choses trop à cœur… C'est vrai, selon vous ?

— … C'est leur analyse en tout cas. Je n'ai jamais cessé de travailler sur ce qui s'est passé.

— Encore une promesse. Je ne dis pas ça forcément pour vous.

Gabrielle semblait sereine malgré la clarté de chacun de ses mots, comme des flèches de plus en plus précises tout autour du cœur de Charlie, pour sûrement finir par taper en plein dans le mille, sans lui laisser la possibilité d'extraire la dernière flèche, jamais. Ces gens l'avaient malgré eux entraînée dans un puits d'accablement et d'insatisfaction sans fond. Charlie était incapable de laisser cette histoire s'évanouir et disparaître de son parcours.

— Je suis venue pour vous soulager de ce poids. Vous extraire de tout ce malheur et surtout vous protéger. Votre attachement, votre opiniâtreté m'ont toujours touchée. J'ai fini par apprécier les dimanches avec vous à refaire sans fin l'itinéraire de ma fille, à vous voir vous garer sans grande douceur devant la maison et sortir ébouriffée, vos mains chargées de dossiers et d'expertises en tout genre. Si nos rencontres avaient eu trait à un autre sujet, je crois même que vous m'auriez fait rire. Vous avez une belle éraflure.

Charlie était trop hébétée pour répliquer. Était-ce le jour de son trépas ou de son analyse psychologique par Gabrielle ? La deuxième possibilité était la pire.

— Vous êtes fière aussi. Mais vous vous êtes trompée.

— Gabrielle, je vous l'ai dit, je suis désolée, je m'en voudrai toute ma vie de ne pas avoir trouvé ce salaud, je pourrais le poursuivre jusque dans la tombe.

— Lui aussi veut vous poursuivre jusque dans votre tombe, la creuser par la même occasion – heureusement que j'ai lu.

— Gabrielle j'ai beaucoup de mal à vous suivre, je vais bien, je…

Charlie n'eut pas le temps de finir sa pensée que la lumière qui semblait triompher courageusement des assauts de la météo s'éteignit. On y voyait malgré tout un peu, mais l'ambiance générale donnait une impression de danger imminent.

— Vous avez vu mon chien ?

— Il s'est enfui, j'ai essayé de l'attraper pour vous attirer ici. Il arrive.

— Ce couillon doit jouer et creuser des tunnels sous la neige.

— Manuel.

Et, sans plus de précisions, Gabrielle sortit une espèce de vieux fusil rouillé, plus prompt à servir de pied de table qu'à descendre qui que ce soit. Cette pauvre femme avait été minée par la vie, par ses bassesses, et ça avait au moins le mérite de faire décuver Charlie qui envisageait maintenant de l'emmener aux urgences psy de Briançon. À vingt-cinq minutes de là, vingt sûrement avec des pneus neige, quarante-cinq minutes si par malheur c'était Marc qui prenait le volant. Si seulement Charlie avait pris son portable, peut-être que son amant aurait pu surgir en caleçon avec son flingue et un deuxième chargeur.

Ce fut quand elle vit Gabrielle charger son arme avec calme, et une certaine dextérité, qu'elle commença à douter sérieusement de la suite de la journée. Sa geôlière se précipita soudain dehors, laissant derrière elle Charlie, prise de court. Elle entendit une détonation, celle d'un fusil, une deuxième, et pis encore, le silence.

Charlie se précipita hors de la bergerie, appelant Gabrielle, et même Clint dans la panique, le brouillard cachait toujours le paysage et elle se mit à avancer, le cœur étreint par la peur de tomber dans une ornière ou de se faire descendre. Manifestement la pétoire de sa visiteuse n'était pas si rouillée. Charlie entendit des râles, presque inaudibles. Le vent soufflait toujours, et elle avançait encore une fois, les sens en éveil, se préparant à toutes les situations. Elle arpenta le hameau qu'elle avait désormais fait sien, suant dans son blouson de ski trop grand.

Charlie en était à nouveau là, la réflexion brouillée, et tandis qu'elle suivait les sons des plaintes humaines, elle se retrouva une fois de plus dans les bois, dans cette moiteur collante à souhait, griffée par une végétation toujours plus agressive, l'oxygène se raréfiant, les mollets cisaillés par les ronces. Elle eut la certitude que tout recommençait, que peut-être elle avait une nouvelle chance, non pas de trouver le tueur, mais de la trouver elle, la petite, et qu'ensuite elle pourrait aller voir son spectacle de danse. Charlie n'avait aucune patience avec les gosses et une sainte horreur des spectacles de fin d'année avec les parents qui s'extasient alors que, la plupart du temps, ça relève plus d'un ensemble de tests psychomoteurs de base, mais si elle la trouvait là, la petite Louise, c'était promis, elle irait la voir danser. Elle en avait rêvé tellement de fois. De ça, et de son chignon de danseuse parfaitement réalisé, avec ce port de tête irréprochable, comme sa maman. Elle eut le temps de penser que, si elle avait eu une fille, son chignon aurait été brouillon, et qu'elle aurait essuyé de cruels reproches, « maman, vaut mieux que t'arrêtes des méchants mais que tu me coiffes pas », maman par-ci, maman par-là, ce n'est jamais assez bien, les mamans.

Sa maman. Il fallait qu'elle retrouve Gabrielle, elle avait pu se tirer dessus, tomber aussi dans un trou, ou même de la paroi en contrebas, elle avait été idiote de ne pas glisser sa frontale dans sa poche ce matin, elle rebroussa chemin, avec cette puissance qui n'avait plus été sienne depuis la forêt. Ses muscles s'étaient figés ce jour-là, murés dans un silence intérieur assourdissant, comme dans une église trop grande, impénétrable pour l'homme. Elle retourna sur ses pas, passa la porte à nouveau, trouva sur la table une lampe torche, que Gabrielle avait dû laisser, et repartit. Au hasard. Les râles s'étaient tus, du moins elle ne les distinguait plus, ou étaient-ce ses souffrances à elle qui l'empêchaient désormais d'entendre celles des autres ? Elle aperçut de la lumière chez Michel, et se mit à marcher toujours plus vite dans la direction de la maison.

Elle se cramponna à la rampe, et monta le plus rapidement possible les marches donnant sur la terrasse.

Se jeta sur le balcon, ouvrit la porte-fenêtre un peu plus grand qu'elle ne l'était déjà, sans même regarder à l'intérieur, haletante.

Quand elle se redressa, elle sut qu'elle aurait de nouvelles images pour envahir, sans y être invitées, les moindres recoins de sa psyché.

15

Au milieu de la pièce, sur la table à manger, étaient disposés tous les articles, les photos, les détails de l'enquête écrits en tout petit mais lisibles, avec des passages en gras, d'autres en italique, un travail précis à faire pâlir Charlie de jalousie. Sur un fauteuil en cuir vieilli gisait Manuel, ahuri, un genou en sang, sa femme devant lui, pointant son arme fermement dans sa direction, sans trembler, ni la moindre expression. Ce tragique tableau semblait irréel, Charlie se concentra pour ne pas penser à toutes les étapes que le destin avait semées pour arriver à ce terrible dessin, et tâcha de n'accorder d'importance qu'au seul moment présent.

Elle sentait qu'elle allait devoir économiser ses mots, éviter les poncifs menaçant de s'échapper dans la tension palpable du moment, et maîtriser ses gestes, surtout.

Ce fut pour toutes ces raisons, et pour réfléchir à l'abri des oreilles présentes, qu'elle laissa Gabrielle et sa posture altière ouvrir le bal, sans la moindre protestation.

— J'ai voulu vous prévenir quand j'ai lu mais Manuel était déjà parti. Je ne pouvais pas le laisser fuir, alors j'ai trouvé ce fusil chez mes parents, je l'ai fait réparer. Puis je suis partie le chercher. Quand j'ai compris qu'il était déjà sur vos traces, j'ai imaginé aisément ce qui pourrait arriver. Alors je vous ai cherchée, moi aussi, après tout ce que vous avez fait pour nous, pour Louise, je ne pouvais pas ignorer votre sort…

— Gabrielle, je trouve qu'il est très pâle, il n'est pas raisonnable de le laisser comme ça, peu importe ce qui s'est passé entre vous. Je suis disposée à prendre le temps d'en parler avec vous mais on doit faire venir le Samu.

— Vous faites une drôle de tête, Charlie, vous avez compris, j'espère ? Je suis sûre que oui.

— Vous me prêtez une intelligence que je n'ai manifestement pas, je suis désolée si ça vous déçoit. Je ne suis pas assez bête pour ne pas voir qu'il va mourir si on ne fait rien.

— Et vous allez faire quelque chose, vous ?

Le silence qui s'installa alors glaça les murs du chalet et la vieille âme de Michel en errance quelque part au milieu de son bureau bordélique.

Charlie sentit que, si elle n'avait pas la patience d'écouter l'explication de Gabrielle d'abord, elle ne parviendrait jamais à appeler les secours, ni à faire au moins un garrot au-dessus du genou du blessé.

— Gabrielle, je vous propose un marché. Je vous promets, ce ne sera pas à votre désavantage : vous me racontez toute votre vérité et j'essaie, pendant ce temps, de faire cesser l'hémorragie de votre mari avec ce que je trouve. Quels que soient vos reproches, vous regretterez sinon, et vous ne dormirez plus…

Ces derniers mots étaient en trop, ça faisait sept ans qu'elle ne dormait plus, ou d'un sommeil de marin, entrecoupé d'images terribles et de souvenirs de sa fille.

— Vous vous rappelez le jour où elle a disparu ? Vous nous avez dit que c'était presque toujours quelqu'un de l'entourage, et que vous aviez vérifié cette théorie dans les enquêtes qui vous avaient été confiées. Vos histoires de cercles…

Charlie gardait un œil sur Manuel et se demandait s'il était encore conscient. Elle était obnubilée par sa respiration, relativement régulière, tentait de caler ses inspirations à elle sur les siennes, comme si cela pouvait lui permettre de l'apaiser d'une quelconque manière et de mieux encaisser le choc. Il ne fallait pas que Gabrielle s'en aperçoive. On leur apprenait, à l'école de police, à gérer les accès maniaques de ce type. Qui pourrait ne pas comprendre cet accès de folie, en connaissant la trame de ce drame ? Aucun juge, aucun juré, ni être humain ne pourrait pas ne pas concevoir ce dérapage. Charlie elle-même avait rêvé de décharger sa haine sur quelqu'un, plus d'une fois. Toujours sur des salauds, bien sûr, mais le principe était le même, et que pouvait-il rester d'un couple après une ignominie pareille ? C'est parce qu'elle se refaisait tout ce schéma-là qu'elle ne vit pas les larmes de Gabrielle, ni ses mots couler le long de son corps et de son âme.

— C'est lui.

Et tandis que Charlie se lançait dans la découpe du pantalon, devinant une accalmie possible, et qu'elle ôtait son tee-shirt sous son blouson et sous son pull pour en faire un bandage de fortune, elle ne vit pas non plus le regard de Manuel, implorant de le laisser mourir sur place. Cette vie l'avait usé, cette famille évidée de ses organes et de ses sensations mêmes. D'ailleurs, il ne semblait pas souffrir, il voulait juste que ça cesse. Tout. Elles. Les gestes brusques de Charlie, l'élan de vie qu'elle semblait vouloir lui insuffler, le regard dénué d'humanité de son épouse, avec qui il avait tout vécu, le beau et le pire. Oui, il voulait que ça s'arrête. Qu'on l'abandonne. Que tout disparaisse dans son sillage. Et surtout, tout oublier.

Charlie suait en faisant son garrot, après avoir remis sa veste et son pull avec agitation, Manuel se refroidissait, et, quand elle s'arrêta enfin, elle vit son regard, sa lassitude incommensurable. Elle le fuit, et alla poser ses yeux sur Gabrielle. Était-elle au courant finalement ? Et de quelle partie exactement ?

Pensait-elle que c'était lui ? C'est-à-dire ? Tout ça allait-il se terminer en un bain de sang ? Quand le légiste allait donner son alcoolémie au gendarme, ce serait une catastrophe. Même la défunte âme de Charlie serait vexée par le dernier regard consterné que l'agent poserait sur elle, étalée sur la table d'autopsie.

Gabrielle saisit Charlie par l'épaule, son regard teinté d'une froideur sourde, et la secoua pour lui faire entendre raison. Charlie ne voulait pas s'interrompre, ne pouvait pas s'arrêter de soigner Manuel.

Elle était maintenant en nage, faisait des allers-retours dans la chambre pour apporter des couvertures et l'envelopper entièrement dedans, pour le réchauffer bien sûr, mais surtout l'extraire de cette pièce mortifère. Elle était quasiment en transe et ce fut seulement quand Gabrielle se mit à la pointer avec son arme que Charlie se figea, coupée dans son élan, dans son refus, dans son déni qui la consumait tout entière depuis sept ans.

Le regard de Gabrielle la transperçait de part en part, et il lui sembla qu'elle avait accès à ses pensées les plus dissimulées, tandis que cette dernière sortait son smartphone et lui intimait, le bras tendu, de lire l'écran brisé sur un côté. Charlie s'en saisit dans un geste d'emportement scabreux. Ce mail n'était qu'un amoncellement de phrases entassées dans un débit chaotique. Sans la moindre ponctuation. Les mots teintés de la haine que l'auteur éprouvait pour lui-même, pour ce qu'il était, ou pensait être, n'en finissaient d'être accouchés sur les lignes. La clairvoyance avec laquelle il décrivait son mal-être, parallèlement à la confusion qui transparaissait, la violence des mots accolés jetèrent Charlie dans une sensation de malaise immense, d'incompréhension et de peur aussi, viscérale. Mais elle ne voyait pas bien, l'écran abîmé, les mots qui ne faisaient pas sens pour elle, cette pièce surchargée par leurs émotions, leurs terreurs, leurs rancœurs, tout se brouilla dans sa tête, dans ses yeux, aucun son ne pouvait plus sortir, son sang ne passait plus dans ses mains, les bruits environnants étaient couverts par un bourdonnement continu, Charlie était en train de faire un malaise vagal. Sa dernière pensée fut qu'elle était la plus mauvaise flic de tous les temps pour n'avoir rien vu, et pour s'évanouir alors qu'une femme la tenait en joue.

Quand elle émergea enfin, elle découvrit que Gabrielle l'avait installée sur l'autre fauteuil, en face de Manuel toujours dans les vapes. Cette femme avait l'art de la mise en scène, et de mauvais goût.

Elle était au courant. Forcément. Charlie doutait de pouvoir continuer de nier longtemps avec son mal de tête. Elle finit d'ouvrir son œil douloureusement, puis le second, avec plus de difficulté encore. Le silence emplissait la pièce, le chalet et le hameau tout entier. Le vent s'était tu aussi, *a priori*. Elle n'entendait même plus les battements de son cœur, se demanda s'il était encore seulement là, si son corps ne s'apprêtait pas à la lâcher pour de bon, définitivement épuisé par cette vie faite de trop fortes émotions.

Manuel était blafard. Charlie ne l'avait jamais vu aussi mal en point, pourtant sa rencontre avec lui et sa femme avait été pour toujours teintée de malheur et d'abattement. Il avait capitulé pour de bon, cette fois. Elle avait tant craint ce moment. Il fallait qu'elle récupère le portable. Gabrielle avait pris soin de le mettre en valeur sur la table, elle savait que Charlie n'aurait d'yeux que pour lui, c'était son trophée, le gage de sa toute petite réussite, sa terrible trouvaille, la fin de cette chasse au trésor sordide.

C'était comme ça que ça avait commencé. La chasse au trésor... Et pour toujours les derniers moments de Gabrielle avec sa fille. Ce n'étaient même pas eux qui l'avaient organisée, mais les voisins, ils avaient lancé cette idée pour les gamins du quartier, un geste plutôt altruiste.

Louise était restée bouche bée, Bastien aussi, devant la carte qui devait les conduire jusqu'au butin. Les enfants étaient tous partis, les parents discrètement dans leur sillage, et avaient passé la journée à examiner chaque pierre, chaque trou, tronc d'arbre et fougère de la forêt derrière les maisons. Gabrielle les avait équipés d'un goûter, d'une gourde, de bottes, de gants et de stylos pour noter les indices et trouver ce satané trésor. Mine de rien s'était installée une sorte de compétition joyeuse mais réelle entre parents. Manuel, et Gabrielle surtout, espéraient secrètement que leurs enfants seraient les premiers à trouver. Ils seraient désormais la famille Indiana Jones dans tout le village, on les détaillerait avec admiration à la boucherie, les yeux teintés d'une once de jalousie. Bastien avait d'abord boudé, prétextant qu'il était trop grand. Une dispute avait éclaté entre les enfants, heureusement arbitrée par Gabrielle et, après quelques larmes offusquées de Louise, son grand frère avait fini par la suivre, moitié rouspétant, moitié excité.

C'était une journée d'été magnifique, une forêt où assurément des fées devaient vivre cachées à l'abri de la société et de la folie des hommes. Gabrielle et Manuel réprimaient des fous rires à se cacher derrière leurs enfants. S'ils se sentaient repérés, ils s'arrêtaient net, tels deux chiens de chasse à l'approche d'un faisan. Les autres parents n'étaient pas loin non plus. C'était joyeux, immature, propice à la rêverie. Depuis qu'ils s'étaient installés ici, la vie était plus douce, Bastien avait tordu le cou à sa solitude, s'était fait des copains, Louise avait eu un coup de foudre pour sa prof de danse et on ne les séparait plus. Il arrivait à Gabrielle d'être un peu jalouse de cette relation mais, face au bonheur de sa fille, cette rivalité immature ne faisait pas le poids. Ils étaient tous les deux heureux avec leurs élèves, ils étaient bien tombés, avec des étudiants bien élevés, respectueux, et mesuraient leur chance tous les ans un peu plus. Le couple ne faisait pas partie de ceux qui, bouffés par la vie, ne savent pas qu'ils sont heureux. Ils en jouissaient et n'espéraient qu'une chose : que ça continue toujours. C'était peu, mais à la fois tout.

Pendant qu'ils arpentaient la forêt à pas feutrés, entendant au loin les interjections, les cris et les questionnements tortueux des enfants, au milieu de cette odeur de mousse, de lichens, de champignons et de terre mouillée, ils furent pris d'une envie soudaine de faire l'amour. Quelque chose de bestial et drôle à la fois, une relation rapide et discrète qui ne fit pas l'impasse sur quelques bobos et égratignures à cause du terrain de jeu. Ils s'étaient éloignés, hésitant d'abord à vite rentrer à la maison comme des ados quand les parents ne sont pas là. Mais, d'un commun accord, s'étaient finalement lancés dans des ébats d'aventuriers contre un arbre qui paraissait moins râpeux que les autres et l'accouplement fou s'était terminé à même les fougères, à jamais froissées par l'étreinte. Tout s'était arrêté dans un cri, suivi d'un éclat de rire quand ils s'étaient retrouvés l'un et l'autre piqués par des orties.

Ils s'étaient rhabillés en vitesse en pouffant, priant pour que tous les parents ne fassent pas comme eux.

Cette parenthèse intime était devenue un élément froid du dossier. Ils avaient d'abord eu du mal à la raconter, hésitant, esquivant ce passage, mais Charlie, qui ne jugeait rien et encore moins ça, avait su leur donner confiance.

La culpabilité serait toujours là, mais la honte s'adoucissait avec le temps, à force de faire et refaire ce chemin mental avec toujours les mêmes mots et silences empreints de pudeur.

Ce moment si beau, drôle et amoureux, était devenu la pierre angulaire de la fin d'une famille, de l'arrêt de mort de la petite, de son entourage aussi. On dit qu'on mesure le bonheur au bruit qu'il fait quand il part, le leur n'en fit aucun. Tout avait été étouffé par la forêt qui les avait engloutis.

La règle élémentaire, quand on vit isolé à notre époque, qu'on soit flic, berger ou autre, c'est de garder son portable sur soi, d'autant qu'étonnamment, dans le hameau, le réseau était bon. Charlie n'aurait eu qu'à faire un petit effort pour ouvrir sa poche, faire sonner le téléphone de son nouveau mec pour le réveiller enfin, tenter les secours. Au lieu de ça, elle se perdait en suppositions inutiles. Si Manuel était déjà mort ? Si c'était mieux comme ça ? Si Gabrielle était tombée du pic rocheux en bas du hameau ? Et si Clint pouvait faire enfin quelque chose qui puisse aider sa maîtresse ? Elle ne savait plus qui secourir en premier, pourtant c'était une passion depuis toujours. Manuel, Gabrielle, son chien, seulement elle ? Charlie n'était pas la plus facile à sauver, avec ou sans balle dans le genou. Elle se redressa d'un bond, s'agenouilla vers lui, prit son pouls. Il vivait. C'était faiblard, mais ça avait le mérite d'exister. Elle remit toutes ses couvertures sur Manuel, l'emmitouflant le mieux possible, et se précipita à la porte-fenêtre pour descendre l'escalier et rejoindre son chalet. Il neigeait. Désormais, on n'y voyait rien, on ne devinait pas le moindre son. Étaient-ce les phares d'une motoneige éclairant la neige qu'elle devinait au loin ? La lumière ne se déplaçait pas, ça n'était pas bon signe vu ce qui se tramait ici. Charlie commença à hurler, en faisant un tour sur elle-même et en espérant que sa voix porte un peu.

— Gabrielle, Gabrielle, Gabrielle !!!

Peut-être avait-elle fui. D'un rapide coup d'œil, Charlie vit que la motoneige de Michel était là, ce n'était pas plus rassurant que ça. Elle commença à avancer vers son chalet, regrettant désormais amèrement l'envahissement quasi constant de ce manteau neigeux bien résolu à s'entasser ici. Ce hameau était un véritable névé, cet amas glacé perdurerait encore des mois, même le printemps venu, pour les parties à l'ombre. Ça l'avait rendue si heureuse, ses premières journées ici, ces paysages immaculés, presque une bénédiction. Pourtant Charlie ne se rappelait pas dans sa vie avoir été si ralentie, jamais. Aujourd'hui ça la mettait dans une rage folle d'être contrainte si durement, et collée au sol sans espoir de pouvoir courir, jamais. Cet endroit avait annihilé son superpouvoir, elle n'avait pas couru depuis plusieurs semaines, empêtrée dans cette neige qui n'en finissait plus de l'ensevelir. Elle sentait sa lourdeur sur ses épaules, s'ajoutant à son poids tout entier et à ses errances.

Ne perdant pas son but de vue, elle se déplaçait toujours plus difficilement, les jambes lourdes, le souffle de moins en moins régulier, sans pouvoir ni vouloir réfléchir. La souffrance était trop présente, trop neuve, tapissée par strates sur les douleurs du passé, comme les différentes couches floconneuses à ses pieds. Charlie avait rêvé, pourtant, que de nouvelles peines prennent le relais pour laisser partir celle-là, mais la tourmente qui s'abattait désormais sur elle avait la force de tout broyer sur son passage, même son grand amour ne pourrait rien y faire. Ni lui ni personne. Elle songea un instant qu'elle devrait s'arrêter là, poser ses genoux sur le sol glacé et attendre d'être noyée sous les flocons gelés. Une avalanche lente et inexorable, cela pouvait être enfin la solution à toutes ses douleurs. Elle deviendrait certainement un bon compost après avoir nourri quelques bêtes qui passeraient par là. Elle avait d'ailleurs envisagé d'en commencer un derrière le chalet, puis renoncé de peur d'attirer les rongeurs. Finirait-elle comme ça ? Grignotée par les campagnols du coin à la fonte des neiges, dans l'indifférence de la montagne tout entière ? La nature vous rapproche souvent de l'humilité. Les vautours finiraient le boulot, après un rapide repérage aérien – il fallait vraiment qu'elle fasse autre chose de ses soirées que regarder des documentaires animaliers, si jamais elle s'en sortait.

Mais si elle laissait ce noir destin s'accomplir, elle lui permettait de s'en tirer. Et, après tout, si Manuel avait perdu les pédales, que pouvait-elle faire ? C'était une chose qu'elle n'avait pas imaginée, l'irresponsabilité de l'acte. Jamais. Elle était persuadée qu'elle traquait un salaud de la pire espèce, tordu, pervers, mais irresponsable, non. Et ces mots, tous ces mots qu'elle avait lus révélaient une tempête qui avait pris place dans le crâne de Manuel ce jour-là. La rage transformait les phrases en sentence. Il se haïssait jusqu'au tréfonds de lui-même. Repenser à toutes ces lignes donnait à Charlie la force d'avancer, comme le petit pied qui dépassait abjectement lui avait donné la ténacité de chercher partout, tout le temps – mais pas là. Elle avait failli à sa mission. Elle devait appeler le Samu, retrouver Gabrielle. Après ça, disparaître dans cette montagne avec son chien, si un jour elle le retrouvait.

Quand Charlie arriva enfin devant sa porte, elle oublia le compost définitivement, en ce qui la concernait, et se précipita dans le salon. Mais où avait-elle mis son portable ? Elle se haïssait pour ça, entre autres. Elle jeta tout par terre, essaya de refaire ses mouvements mécaniques du matin pour atterrir dessus. Il y eut un bruit à l'étage. Des pas. Le chalet craquait bien sûr de tous les côtés et la neige qui s'accumulait sur le toit faisait passer de mauvais moments à la toiture en zinc. Mais là, c'était *quelqu'un* qui venait de se déplacer, ça ne pouvait être Clint, qui ne voulait toujours pas avoir le moindre rapport avec cet escalier. Elle grimpa aussi vite que la pente et son état le lui permettaient.

Arrivée en haut, elle se précipita dans la chambre, découvrit le lit vide, prit son arme sous le matelas. Charlie avait eu la présence d'esprit, entre deux assauts amoureux, de la glisser là, pas sous ses yeux à lui – trop tôt – mais pas loin. Sans avoir eu le temps de fouiller l'étage et ses quatre chambres avec lits superposés, elle repartit au milieu des intempéries, tel le vaillant soldat qu'elle était. Le froid lui attaquait la chair jusque dans les couches les plus profondes, comme l'amour l'avait assaillie sans ménagement.

Elle s'était fait harponner sans anesthésie, sans courtoisie non plus. Charlie avait toujours pensé savoir gérer ses sentiments, ses amours, elle était d'un tempérament impétueux mais mettait un point d'honneur à maîtriser la longue descente aux enfers que pouvait entraîner une passion amoureuse. C'est aussi et surtout parce qu'elle se sentait capable de folies sans limites qu'elle avait toujours érigé des garde-fous. Cette expression portait bien son nom. Dès l'école primaire, lorsqu'elle avait ressenti ses premiers frissons et turpitudes amoureuses, elle avait décidé de s'en méfier comme de la peste. Elle trouvait que cela coûtait une énergie considérable, que ces histoires étaient souvent terriblement chronophages et, au bout du compte, la plupart du temps, dénuées de signification, quand Charlie observait le chemin parcouru. Mais fallait-il que ses histoires d'amour aient un sens ? Elle n'avait pas la réponse à cela, et le froid qui s'intensifiait autour d'elle ne l'aiderait pas à éclaircir ce brouillard épais dans lequel elle s'était toujours débattue.

Le sommet avait été franchi lorsqu'elle avait succombé au charme d'un collègue de la PJ, tout ce qu'il y avait de plus tourmenté. Son âme était noire comme le charbon, ses cheveux et son regard aussi, elle avait eu du mal à s'en dépatouiller et avait accueilli la mutation de son bellâtre avec un soulagement certain. Apaisement qu'elle avait évidemment trouvé consternant. Sa vie amoureuse se résumait à cela, beaucoup d'émois soudains, puis, sans signe avant-coureur, une angoisse se transformant en désir de tout voir disparaître avec empressement et sans bavure. Elle s'était fait une raison,

son entourage restait parfois circonspect mais elle avait fini par l'accepter, et refusait désormais avec entêtement toute justification. Charlie ne s'attendait pas à lui, lui non plus. L'impact avait eu lieu dans les circonstances les plus déconcertantes qui soient. Le destin avait tissé sa toile sans faire de bruit, attendant son moment pour prendre toute son envergure. Leurs peaux ne s'étaient accordé aucun répit, c'était une mécanique implacable. Ils avaient été pris dans le piège l'un de l'autre parce qu'ils n'y avaient pas pensé. L'absence de barrières, de non-dits, les avait propulsés dans une communication des âmes plus puissante qu'une fusée en direction de la Lune. La première fois qu'ils s'étaient touchés, c'était un geste anodin, elle s'en souvint tandis qu'elle piétinait dans la neige, à bout de souffle. Charlie avait fait tomber ses clés, il les lui avait ramassées. Ce souvenir la fit rire entre deux pas lourds de neige et de tracas, nerveusement sans doute. Aujourd'hui encore, elle avait gardé sa pudeur pour cet amour haletant qui lui avait aspiré toute sa sève. Manuel n'était pas en reste. Il avait pris presque tous les risques, y compris celui de la perdre. Elle n'avait pas lu son dernier message, et elle devait avancer dans la neige. Faire ce qu'elle était censée faire, terminer cette enquête même au péril de sa vie, et sortir cette famille et son grand amour de ce cul-de-sac. Elle avait signé un pacte avec eux, c'était la rançon de la chasse au trésor, elle ne pourrait pas se débiner, il fallait se confronter à sa promesse jusqu'au bout de ses forces et de ses incertitudes grandissantes. Soudain, comme arrivée au pied de sa montagne d'évidences, elle se demanda si elle n'avait pas « la flemme » de tout ça, de poursuivre ce chaos, de se battre, de suivre la clameur qui sévissait dans son cerveau depuis toutes ces années. Elle était exténuée, son âme esseulée commençait à ne plus comprendre la finalité de toute cette bagarre. Peut-être que ce chemin tortueux à l'extrême n'était pas le bon, depuis le début, et pour toujours sûrement.

Charlie se savait pourchassée, épiée, imaginait le sang du genou de Manuel s'écouler lentement sur le fauteuil, mais, malgré toutes ces urgences-là, elle brûlait de savoir ce que ses textos disaient, la ponctuation même l'intéressait, elle en dirait aussi long que les mots qu'il avait choisi d'employer, elle ne pouvait cesser d'y penser. Qu'importe le peu de clarté de ses phrases, elle saurait traduire, elle pourrait restituer sa pensée, elle avait su dès le début. Leurs âmes avaient fusionné quelque part entre cette histoire de clés et cette soirée où ils s'étaient mis minables pour oublier et se dissimuler leur envie honteuse l'un de l'autre. Se pouvait-il qu'il soit venu pour s'accuser ? Pour la descendre et se suicider juste après ? Était-ce une mise en scène de Gabrielle ?

Lequel d'entre eux était le plus perdu ?

Charlie se maudissait de ne pas être capable de laisser son portable toujours au même endroit. Les secours auraient pu être déjà là, au lieu de ça, elle allait devoir descendre Manuel en motoneige dans le blizzard. Même dans des conditions aussi incommodes, elle arrivait à se décevoir. Elle crut voir une silhouette de dos, il ne manquait plus que la présence de l'abominable yéti pour finir en beauté. À force de l'imaginer partout, elle finirait bien par découvrir la bête en train de regarder la télé dans son salon ouvert aux quatre vents. La silhouette se rapprocha avec une certaine célérité, sans qu'elle ait le temps de faire le moindre geste de repli, et se jeta sur elle en la tabassant. Le gros blouson et le pantalon de ski de Charlie amortissaient un peu les coups, elle réussit à rouler sur le côté et à le faire tomber, reprenant le dessus dans un effort surhumain. Elle voulut lui arracher sa cagoule et ses lunettes, voir son visage, mais il ne lui laissait aucun répit, elle ne pouvait même pas dire s'il s'agissait d'un homme ou d'une femme. Elle prit un uppercut sous le menton, retomba sur le côté et s'imagina dégringoler le long de la falaise. On n'y voyait rien, elle aurait sûrement moins peur comme ça. À bien y réfléchir, la paroi n'était pas si abrupte, elle pourrait peut-être se retenir aux sapins accrochés à la roche. Mais pourquoi s'agripper à ces arbres, et à cette vie, dans quel but ?

Si elle tombait, quelle que soit la durée de la dégringolade, c'était lui qu'elle verrait, peut-être au ralenti, ses mains, sa bouche, son froncement de sourcils qui annonçait tant de choses, bonnes ou mauvaises. C'était lui qu'elle sentirait, le parfum le plus parfait de la création à ses yeux, et sans égal dans le monde entier, c'était à lui qu'elle parlerait, pleine de cet amour viscéral contre lequel ils avaient été incapables de lutter, malgré les doutes disséminés aux quatre coins de leur crâne. Si elle tombait, il ne fallait pas qu'elle repense à tous ces mots sur l'écran de Gabrielle. Elle devrait se protéger, coûte que coûte, se faire des illusions, pour la première fois de sa vie.

Mais le vide était plus loin, ils se battaient maintenant sur la corniche surplombant la vallée. Il faudrait encore lutter, elle l'avait accepté. La silhouette reprit son souffle, prise d'une colère folle, se mit à l'insulter en vociférant, Charlie ne cherchait même pas à comprendre d'où lui venait cette haine ni ce que l'individu disait. Elle retrouva un peu d'oxygène elle aussi et tenta de mettre la main sur son arme. Elle aurait dû lire son message. Elle ne pouvait pas mourir sans l'avoir lu. Dans ses derniers SMS il paraissait ne vouloir établir qu'un simple contact, comme pour vérifier qu'elle était toujours de ce monde. D'ailleurs l'était-elle encore ? Elle ne lisait plus les textos de Manuel depuis dix jours, qu'avait-elle raté ? Gabrielle aussi avait tenté de la joindre de son côté, avec le téléphone fixe familial dont Charlie connaissait le numéro par cœur, sans avoir jamais voulu l'apprendre. Elle ne trouvait pas l'arme et tentait en vain de comprendre ce que l'autre disait, sa voix était sèche, son articulation, peu claire, il ou elle semblait étouffer sous sa cagoule. C'était une voix aiguë, elle ne pouvait pas être certaine que c'était Gabrielle, les sons étaient bien trop cacophoniques. Et ne les avait-elle pas déjà abandonnés à leur sort ? Elle avait dû se jeter du haut de la falaise après ça. Charlie l'aurait comprise, tellement. Si elle s'en sortait, la trajectoire de la mère de famille s'ajouterait à son lourd dossier de culpabilité. Enfin, elle réussit à poser la main sur son arme, parvint à la dégainer et à lui assener un coup avec la crosse, pas aussi violent que dans ses rêves mais suffisamment pour faire vaciller la silhouette, qui se mit à courir vers le chalet en ruine, le plus à l'extrémité du hameau, après ce reste de bâti, il y avait des mélèzes, du blanc et encore du blanc… Le paysage du puzzle, grandeur nature. Charlie voulut viser l'inconnu mais ne le distinguait déjà plus dans le blizzard dense et interminable de cette journée décidée à ne jamais prendre fin. Quelle heure pouvait-il bien être ? Et surtout quelle importance ?

Lui courir après ne changerait rien, elle risquait tout au plus de se reprendre un coup, de pelle ou de poing. Elle devait recouvrer des forces, elle devait sauver Manuel, même s'il lui avait menti, même s'il était bon à enfermer. Ce devait être un accident. Forcément.

Elle avança à grandes enjambées, à l'affût du moindre bruit ou crissement qui pourrait annoncer la présence de son agresseur. Elle n'avait pas vraiment peur, non, elle avait à nouveau un objectif, et c'était tout ce dont elle avait besoin. Charlie avançait maintenant droit devant. Après un tour des environs du chalet avec la lampe, elle grimpa quatre à quatre les marches en bois qui menaient à la terrasse, s'engouffra dans le chalet de Michel, ôta sa frontale vivement, posa avec délicatesse son arme sur la table.

Alors elle s'approcha du fauteuil, ralentit son pas, se permettant pour la première fois de cette journée de faire pénétrer l'air dans ses poumons, une dose confortable grâce à laquelle elle pouvait respirer plus largement un bref instant, et répartir son oxygène équitablement entre tous ses organes. Elle se pencha vers lui, sûre de ses gestes, et l'embrassa avec toute la force qui lui restait, enfouie en elle, comme leur secret. Enfin.

Il respirait. Il ne réussit pas à ouvrir les yeux, mais il la devinait, il n'avait pas besoin de tous ses sens ni de tous ses mots pour communiquer avec elle.

On dit souvent que les femmes savent avant les hommes. Mais Manuel avait deviné avant elle, lorsque Charlie se débattait encore, toujours à disséquer les vagues de sensations que provoquaient sa présence et le moindre contact entre eux. Il avait été si surpris, elle avait le nez dans son agenda anormalement grand, l'autre main cherchant, agacée, un objet dans sa poche, et il avait été conquis par son visage buté penché sur son carnet à spirales, elle écrivait mal, il se demandait si elle arriverait jamais à se relire, elle avait soudain relevé la tête comme un animal seul dans sa forêt, sentant l'hiver arriver. C'était là qu'il l'avait aimée, dans ce salon devenu plus triste qu'un jardin d'enfants désert. Il n'avait pas eu besoin de la toucher pour savoir, son cœur avait bondi un peu plus quand leurs mains s'étaient unies.

Ils avaient tellement adoré se confondre… Charlie se souvenait de cet article, expliquant que la fusion n'était pas une chose positive en amour, mais l'auteur devait manquer d'expérience dans le domaine pour déclarer une chose pareille. Les choses qu'on dit, les choses dont on rêve…

Ils s'aimaient dans toutes les situations, dans les moments doux, le drame, le mensonge, et dans leurs vérités. L'amour inconditionnel était une réalité. Ils en étaient les témoins fatigués, mais privilégiés. Pas même l'atrocité de leur situation n'était venue à bout de leurs sentiments. Ni le deuil, ni cette enquête terrible, ni la peur d'être découverts et jetés en pâture à la face des autres.

Elle s'était tant de fois demandé si, sans cet amour, le tueur lui aurait aussi échappé. Charlie avait sa réponse. Elle reprit le portable de Gabrielle, s'effondra sur une chaise et commença à chercher rageusement le code pour le déverrouiller, les larmes montant à ses yeux devenus si secs, puis plus rien. Le chalet se retrouva dans le noir.

— Manuel, il faut se cacher, tu dois te lever, il y a quelqu'un.

— C'est Gabi ?

— Je sais pas.

— Je dois te parler, Charlie.

Elle le hissa, un bras par-dessus son épaule, et l'entraîna dans le bureau de Michel. Comment avait-elle pu ne pas voir ? Manuel avait bien dû hésiter dans ses réponses, semer des indices discordants, sa voix avait dû trembler plus d'une fois, ses gestes, se contredire. Elle l'avait évidemment auditionné dès la disparition de Louise, et sans ménagement. Il y avait eu ce moment où ils s'étaient séparés avec Gabrielle qui, elle, était restée avec le groupe de parents. Manuel avait expliqué qu'il était repassé chez eux juste après les piqûres d'ortie. Personne n'avait pu en témoigner. Charlie avait bien sûr douté, mais son instinct lui avait soufflé autre chose, et elle l'avait écouté, comme toujours. Connerie. Elle n'avait pas pu finir de parcourir les mots de cette épouvantable confession, mais leur violence montrait sa haine de lui-même, sans conteste. C'était forcément un accident, une chute, ou une crise de démence ? La première ? Elle s'asphyxiait maintenant dans ses questions, alors qu'elle savait qu'elle mourrait, et lui avec, si elle ne réagissait pas. Mais pour se sauver, il faut être sûr qu'on le mérite, ça ne fonctionne pas, sinon. Un bruit soudain de marches qui craquent la sortit de sa torpeur. Quelqu'un grimpait certainement l'escalier de la terrasse. Manuel semblait revenir à lui au fur et à mesure des digressions de son grand amour et tenta d'attraper la main de Charlie.

— C'est moi, mon amour…

Elle pointa son arme devant elle, après avoir installé Manuel sur le divan, elle transpirait à nouveau, c'était bon signe. Elle prit soudainement conscience du fait qu'elle n'était pas morte, ni dans le ravin, ni d'une commotion cérébrale. Bonne nouvelle. Elle se dirigea lentement dans le séjour, l'arme pointée et la frontale éteinte. La neige faisait de la réverbération : si quelqu'un arrivait par l'escalier, elle le verrait venir. Hélas, elle ne parvenait pas à se souvenir de toutes les entrées et sorties de ce chalet pas spécialement conçu par un architecte, ou alors un très mauvais. Le piètre dessinateur des plans avait empilé plusieurs niveaux, beaucoup de niveaux.

Si Charlie était ce salopard, elle passerait par le soubassement de la maison, prendrait l'échelle de meunier sans faire de bruit et assommerait sa cible par-derrière, une fois montée. Elle se retourna vivement, il n'était pas là. Pas dans la chambre non plus. Si c'était Gabrielle, avait-elle encore quelques munitions ? Elle ne visait pas si mal.

Charlie ne pourrait pas supporter longtemps d'être coincée comme ça, dans une souricière. Elle regrettait maintenant de ne pas avoir pris un autre chargeur. Elle sentait monter dangereusement ce sentiment d'exaspération qui l'effrayait, et commençait à envisager de laisser Manuel mourir ici, avec sa femme terrassée par le mensonge, tapie quelque part. Peut-être qu'elle avait fait le tour de cette affaire, de ces gens. Elle avait échoué. Si elle devait rendre des comptes, c'était à Louise. À sa prof de danse aussi. Elle s'était trop attardée sur les autres, sur cette famille étouffante, elle aurait dû ne penser qu'à la petite. Était-ce le sentiment d'amour qui étreignait son cœur chaque fois qu'elle voyait Manuel, l'imaginait ou le touchait, qui lui avait enlevé à ce point toute intuition de flic et d'être humain tout court ? Charlie avait articulé toute sa vie autour de ce métier, sans la moindre concession, et elle se découvrait si faillible. C'était insupportable. Prise d'une irrépressible fureur, elle n'eut soudain plus peur, se saisit des clés de la motoneige dans son tableau trompe-l'œil et se jeta à l'extérieur, l'arme devant elle. L'âme secouée de doutes pointus qui lui cisaillaient le cœur, elle dévala les marches et se mit à fureter tout autour de la maison comme un loup qui cherche sa proie. Si c'était Gabrielle, elle avait dépassé les bornes, et si c'était quelqu'un d'autre, encore plus. Ou était-ce son ex qui lui demandait des comptes ? Cette silhouette… Ça aurait pu être Victor. S'étaient-ils parlé, Gabrielle et lui ? C'était crédible, combien de fois avait-elle entendu des histoires comme celle-là, avec des règlements de comptes croisés, sordides, en rase campagne au petit matin blême ? Les doutes qui s'emparaient d'elle la prirent à la gorge. Elle avait emménagé pour être tranquille, pour se détacher enfin de cette affaire, pour vivre une nouvelle vie plus sereine, qu'est-ce qu'ils avaient tous à venir la faire chier ici ? Qu'est-ce qu'ils foutaient tous là ? C'étaient ces enflures à la Poste qui leur avaient filé son adresse ? Elle avait été outrée de découvrir, avec effarement, que cette dernière avait vendu son adresse à toute une banque de données, juste après son changement de domicile, et elle se retrouvait avec des courriers de bienvenue de tous les commerces à trente kilomètres à la ronde. Une forêt abattue pour des pseudo-promotions dont elle ne se servirait jamais. Si elle ne crevait pas ce soir, elle allait faire une petite descente là-bas, elle connaissait les horaires, non extensibles. Sa colère dont elle craignait tant l'arrivée se mit à déborder, comme un volcan trop longtemps endormi, inexorablement, et elle se mit à hurler en marchant autour du chalet.

— Putain, mais tu es où, Gabrielle ? Manuel est presque mort, voilà, tu vas l'avoir, ta vengeance ! Tu veux ma peau aussi, c'est ça ? Montre-toi, bordel !!! Et puis va le finir, si tu lui arraches son garrot, y en a pour vingt minutes, alors tu vas faire quoi, hein ? Nous hanter là toute la soirée ? Je suis la plus mauvaise flic du monde, je vais donner ma démission dès demain si je crève pas la gueule dans la neige, d'accord ? J'ai rien vu, rien compris, pour moi, y avait tous les indices d'un meurtre commis par un rôdeur, un taré, récidiviste ou pas, un mec de votre coin peut-être, je les ai tous poursuivis, mis en examen au moindre doute, tout autour de chez vous, de l'école de Louise, de celle de Bastien, près de la maison de sa prof de danse, partout ! J'ai jamais pensé que c'était lui, sinon je l'aurais tué dans son sommeil, je te le garantis !

Elle s'arrêta soudain, juste avant que sa fureur ne la fasse accoucher de leur histoire d'amour, après ça elle serait certaine de mourir, et dans d'atroces conditions. À moins que Gabrielle ne sache déjà tout et se soit lancée dans cette traque perverse, avec Victor, ou toute seule. Il aurait mieux valu qu'elle tombe amoureuse de son cousin germain plutôt que de Manuel.

— Tu sais quoi, Gabrielle ? Je vais prendre la motoneige, merci de pas t'être barrée avec, et je vais descendre chercher les secours pour l'autre ordure. Après, je vous laisse en famille.

Son exaspération était telle qu'elle ne sentait plus le froid, ni la peur, ni le doute, elle voulait juste qu'on la laisse tranquille, faire le point, « raquetter » avec son couillon de quadrupède, manger des crêpes avec son amant d'hier soir et avoir la paix. Dire qu'elle avait passé des années à se sentir responsable de cette tragédie, de ce puits sans fond de questionnements tordus, tout ça pour se rendre compte d'une horreur pareille. Elle aurait dû le fumer quand elle était dans le chalet.

Son bouillonnement intérieur l'aida à atteindre la motoneige au pied du chalet de Michel. Charlie essaya de mettre la clé dans la serrure avec force, sentant une résistance qu'elle ne connaissait que trop depuis qu'elle vivait au pays du gel, se mit à souffler dessus pour réchauffer la serrure et réussit enfin à enfoncer la clé de ses doigts gourds, la tournant à fond, une fois, deux fois, trois fois… Elle se retenait de ne pas insulter la moto en lui mettant des grands coups de pied. Elle était déchaînée. Comment avait-elle pu passer à côté ? C'était pour ça qu'il couchait avec elle ? Qu'il lui écrivait des mots d'amour comme elle n'en avait jamais lu, pour ça qu'il s'abandonnait dans ses bras, prenait des bains pendant une éternité avec elle jusqu'à ce qu'ils aient froid ? Et alors quoi ? La gamine l'avait poussé à bout, il l'avait giflée et ça avait dégénéré ? Cette lettre était tellement confuse. C'était ça, le malheur, sinon Charlie aurait mis le feu au chalet avec lui dedans, le bordel de Michel, les restes de leur histoire d'amour, et Gabrielle s'étouffant quelque part dans les émanations de monoxyde. Elle aurait aussi ajouté au charnier cette tannée de motoneige qui devait polluer tout le hameau depuis beaucoup trop d'années, Florence et son rire, le canapé du bureau de

Marc, le pommeau de la douche, et pour finir, cet atroce lino riche du gras de quatre cent cinquante raclettes, suintant jusqu'à briller même la nuit !

À l'instant où elle cessa d'y croire, le véhicule démarra soudain, Charlie grimpa dessus, presque déçue de ne pas pouvoir aller au bout de son exaspération. Elle pariait que son cœur était à bien plus de cent cinquante battements par minute, mais plus rien ne pourrait la retenir, pas même quelques palpitations cardiaques. Elle réussit à se dégager vivement de l'ornière dans laquelle la moto était garée, et face à la descente, sentit le bolide décoller enfin et lui procurer un sentiment de soulagement pour la première fois de la journée. Mais elle avait à peine fait quelques mètres qu'elle sentit dans sa poitrine une violente décharge qui lui coupa le souffle. La personne qui la poursuivait venait de la charger avant qu'elle ait pu prendre de la vitesse. Le choc fut impossible à amortir et sa tête heurta la neige dure, ses mains se mirent à la brûler au contact de la glace, c'était après elle qu'on en avait, elle l'avait presque oublié dans sa fureur. Les coups pleuvaient sur elle, les mains gantées tentaient d'encercler sa gorge, tandis qu'elle essayait de se protéger, de reprendre le dessus sur son adversaire tout en glissant sur le sol gelé. Charlie savait qu'il faudrait s'immobiliser bientôt, sans quoi elle atterrirait sur le toit en contrebas, et glisserait de la toiture l'instant d'après. Peut-être que la chute serait amortie par la neige, mais elle mourrait de froid si jamais le choc la laissait indemne. Dans un chaos de sueur, de larmes, d'onomatopées de souffrance, Charlie parvint, animée par la force du désespoir, à retourner son ennemi, à le plaquer au sol et réussit à soulever une partie de sa cagoule. Il faisait presque nuit désormais, le visage était dans l'obscurité, se débattait, éclairé seulement par intermittence, par le phare de la vieille motoneige quand il se retrouvait dans le faisceau. Mais ce n'était pas Gabrielle. Ce n'était pas un visage connu.

Qui que soit ce type qui essayait d'avoir sa peau, il était résolument agressif mais ne savait pas se battre, contrairement à elle. Elle pouvait l'avoir. Mais au moment où cette perspective lui apparaissait, il réussit à se dégager et à attraper l'arme de service de Charlie, tombée de son blouson dans le tourbillon de leurs deux corps roulant au sol. Il la pointa alors au milieu de ce tumulte, encore haletant, mais n'eut pas le temps d'éviter un violent coup dans les genoux qui le fit basculer en arrière. Le temps que Charlie se remette de la charge qu'elle lui avait assenée, il marchait déjà vers le sentier du haut. Il l'avait à peine semée d'un mètre qu'elle ne le voyait plus dans le brouillard, alors elle s'élança dans ses empreintes, la cage thoracique écrasée par l'effort et le froid. Elle craignait à présent de mourir ici, semée par un inconnu au milieu de ce matelas de neige figée, dans une dernière douleur au cœur, cette partie de son corps qui l'avait tant fatiguée. Plus elle avançait, plus les souvenirs affluaient, plus vite que son aorte n'acheminait le sang dans tous ses organes amoindris par l'épuisement. Cet amour impossible lui avait donné envie de vivre, comme une impatience à ressentir, et voilà qu'il la précipitait dans ce cauchemar qui semblait ne plus finir.

Tandis qu'elle poursuivait cet étranger possédé, elle se rappelait à nouveau sa promesse à toute cette famille anéantie, à elle-même surtout. Charlie avait été si sûre d'elle, comme jamais auparavant. Sept ans après le début de cet enfer, et malgré sa vie entière qui semblait se dissoudre, elle était encore convaincue qu'elle le choperait, quels que soient les risques. Ça n'avait plus la moindre espèce d'importance désormais. Si elle l'avait perdu, lui, elle n'avait plus rien à perdre. Au fond, elle était déjà prête à tout abandonner depuis qu'il avait commencé à moins lui répondre, il y a quelques mois. Il avait fini par lui lâcher la main, d'ailleurs, c'était elle qui l'avait fait. On l'y avait forcée, les adieux avaient été déchirants, le vent battait les volets de leur chambre d'hôtel. Ils étaient retournés sur l'île, elle lui avait tout raconté, tout avoué, elle était passée à côté de l'affaire, elle ne parviendrait pas à retrouver le monstre, ses supérieurs savaient ce qui se passait entre eux, Charlie était mise à pied, écartée de la forêt à tout jamais et de Manuel. Elle n'aurait jamais dû lui promettre. Les larmes avaient coulé, s'échappant du coin externe de leurs yeux fixant le plafond, pour rouler jusqu'à l'oreiller blanc, sa main crispée dans la sienne. Ils auraient voulu que cette forêt brûle avec eux, laissant seulement s'échapper par la fumée les atomes d'amour retenus secrètement dans leur âme. Pourquoi Charlie ne pouvait-elle pas résoudre l'enquête qui comptait le plus pour elle ? Elle porterait cet échec à jamais en elle, inscrit avec véhémence dans sa chair, comme la forme de sa main tenant fermement la sienne. Ils avaient récupéré leurs voitures respectives à la sortie du bateau, les mots étaient devenus vains, les gestes, gênés, retenus, par la morale, par le coup d'arrêt terrible décidé par des gens placés plus haut que Charlie dans l'organigramme. Elle l'avait regardé partir dans son rétroviseur, les yeux secs, l'âme trouée par son départ. Elle savait qu'elle ne le verrait plus. Charlie avait fini par rencontrer Victor après des mois de solitude, mais tout était resté gravé en elle, son amour inconditionnel pour Manuel aussi.

Pendant toute l'escalade du chemin, elle se concentra pour ne pas pleurer, imaginant ses larmes se transformer en cristaux de glace, la refroidissant encore plus qu'elle ne l'était déjà. Elle regrettait maintenant d'avoir cédé son tee-shirt manches longues à son grand amour, son potentiel générosité n'allait pas vers le beau... Cela faisait déjà une vingtaine de minutes qu'elle suivait les traces de son agresseur, quand son soulagement d'arriver enfin sur un plateau la réconforta pour quelques instants... Il neigeait moins, la réverbération lui permettait de voir l'homme plus distinctement, ils n'étaient plus qu'à quelques mètres l'un de l'autre. Elle crut distinguer une sorte de retenue d'eau. Charlie était exténuée mais se souvint soudain de ce lac artificiel servant à alimenter les canons à neige, tout en haut de la station. Cette pensée la rassura, elle connaissait le décor, ça lui donnait un tour d'avance sur ce fou furieux. Elle était sur la corniche qu'elle avait arpentée au moins une dizaine de fois en raquettes, par tous les temps, elle savait combien un faux pas pouvait être fatal et se concentra sur chacun de ses mouvements. Tandis qu'elle observait la silhouette s'avancer vers l'eau, l'homme s'arrêta tout à coup, était-ce une ruse ? Pourquoi ce salopard ne dégainait-il pas l'arme qu'il lui avait volée ? C'était tellement plus facile de tirer – et hélas à la portée du moindre imbécile. Charlie ne se sentait pas de lui faire le couplet du flic voulant ramener le désespéré à la raison, elle n'était même plus certaine d'avoir la curiosité de vouloir savoir qui il était. Elle n'en avait plus la force, ses jambes menaçaient de la lâcher, sa poitrine lui faisait toujours aussi mal et elle pensa que si son heure était venue, elle ne finirait jamais de lire les mots désordonnés du mail. Elle s'élança vers le grillage qui entourait la réserve d'eau, l'escaladant sans ménagement, et tomba lourdement sur le sol verglacé de l'autre côté. C'était ça qui comptait, être du bon côté... Il était monté sur un petit ponton au milieu du lac et fixait l'horizon sans bouger. Elle avança juste derrière lui, fit quelques mètres, son agresseur ne bougeait toujours pas. La dernière enjambée qui devait lui permettre enfin de mettre la main sur lui la seconde d'après la fit glisser sur le bois gelé. Charlie sentit sa cuisse puis sa fesse heurter le pont glacial en tombant sur le côté et, dans une glissade qui lui parut étrangement longue et apaisée, se retrouva précipitée dans l'eau polaire, après quelques fractions de seconde à espérer, vainement, que la glace ne cède pas sous l'impact. Quand son corps entier fut immergé, Charlie sentit une douleur brutale l'anéantir de la tête aux pieds, se mit à haleter instantanément, cherchant l'air que ses poumons refusaient de lui transmettre, se demandant si son cœur pourrait encaisser une charge sanguine si violente. Elle savait ce qu'était une hydrocution, et se rappela que seul le calme lui permettrait de se sortir de là. Alors elle laissa son rythme cardiaque baisser drastiquement, son esprit voguer jusqu'à lui, jusqu'à la sensation de ses bras chauds et enveloppants, imaginant ce qu'ils auraient pu lui procurer comme réconfort. Charlie avait deviné depuis longtemps qu'au dernier moment ce serait lui qu'elle verrait, et à cet instant, au milieu des cristaux qui l'encerclaient. Là-dessus, elle ne s'était pas trompée, elle voyait maintenant Manuel accourir auprès d'elle, la sortir de cette eau mortelle et l'écraser contre lui jusqu'à ce qu'elle n'ait plus froid. Elle l'entendait presque, et vit soudain une forme passer par-dessus la grille. Bien sûr tout était flou, mais elle savait que c'était lui, qui d'autre ? Allait-il la sauver ? Lui demander pardon de lui avoir menti, de lui avoir gâché la vie ? Ou venait-il se noyer auprès d'elle ? Un dernier geste d'amour qui redonnerait du sens à la passion folle qui s'était emparée d'eux ? Non, c'était le loup. Depuis le temps qu'elle espérait le voir, ils allaient enfin se résoudre à faire équipe. Elle pourrait se pelotonner dans son pelage adapté à la férocité de la montagne. Sa respiration devenait presque moins douloureuse, c'était le suspense qui l'asphyxiait depuis toutes ces années, maintenant qu'elle savait, elle pouvait enfin se laisser aller dans les volutes de son esprit chahuté pour toujours. Mais la silhouette, après l'avoir contemplée quelques secondes, partit en sens inverse sans se retourner. L'étranger l'avait abandonnée lui aussi, ils n'étaient plus du même côté désormais.

Manuel ne viendrait pas. Le loup non plus. Personne.

Sa solitude la prit soudain aux tripes, il fallait qu'elle échafaude un plan, même médiocre, dans cette confusion, n'importe lequel, avant que ses muscles ne se bloquent. Le portable de Gabrielle. Elle avait essayé le traditionnel 0000. En vain. Les pièces manquantes de ce foutu puzzle… Elle n'avait pas fini celui sous la cheminée non plus. Elle se mit à battre des jambes comme une damnée, le bord de l'eau était forcément proche. Elle ne pouvait pas mourir, pas comme ça, sans lui avoir réglé son compte. Il est des colères qui sont saines, il avait attisé la sienne. Charlie réussit dans un dernier effort atrocement douloureux à se hisser sur le bord, s'agrippant au revêtement glissant en caoutchouc qui supportait l'eau du bassin. Jamais elle n'avait imaginé que la neige pourrait la réchauffer. Elle enleva son blouson devenu prison, se débarrassa de son écharpe alourdie par des litres d'eau glaciale, et de son bonnet qui brûlait ses oreilles et son front. Si elle voulait finir ces mots éparpillés et le descendre, elle devait rentrer. Elle aperçut, pendu à la clôture, le sac à dos que le gars avait dû perdre dans la panique, et avec un acharnement dont elle ne se savait même pas capable, tendit le bras et l'attrapa des deux mains. Elle l'ouvrit, en sortit une doudoune en boule et un bonnet, se mit alors à enlever ses chaussures, en posant juste après ses pieds sur le blouson sec, et commença à retirer son pantalon trempé en hurlant, pour vérifier sans doute qu'elle n'était toujours pas morte. Le pantalon en moins, elle commença à se frictionner avec vigueur les jambes, les pieds, ôta dans la foulée sa veste inondée, toutes les couches qu'elle avait en dessous, et se jeta à l'intérieur de la doudoune qui, par bonheur, descendait jusqu'à ses cuisses. Elle remit ses chaussures en frissonnant et mugissant toujours, puis enfila le bonnet doublé de laine mérinos. Elle réussit à se hisser et à escalader la palissade, eut tout à coup l'impression que son dos était totalement bloqué, mais retomba de l'autre côté comme elle était venue. Elle n'était qu'à vingt grosses minutes, c'était ce qu'il lui avait semblé quand elle était encore dans la course… Du hameau, de Manuel, de ses mots qui avaient forcément un sens. Dans un éclair de lucidité et comme pour se donner du courage, Charlie se souvint combien les courses-poursuites étaient périlleuses quand elle était aux Stups en début de carrière en Île-de-France, et elle avança, le cœur au bord de l'explosion. Tout son corps la brûlait, son âme aussi. La date de naissance de Louise ? Il fallait qu'elle récupère ce code absolument. Elle espérait encore en secret que Manuel vienne la chercher, Charlie avait si froid qu'elle lui pardonnerait. Il avait forcément été pris dans un engrenage terrible, quelque chose manquait au dossier, un détail qui éclairerait tout ? Ils devraient s'enfuir tous les deux quelque part dans le monde, ou se terrer dans ce hameau où normalement personne ne venait. Le froid la faisait délirer mais ses fantasmes fous l'aidaient à avancer, elle était maintenant dans la pente et n'avait plus qu'à se laisser glisser dans les marques de ce détraqué, qui l'avait laissée pour morte dans le lac glacial. Elle crut l'apercevoir en contrebas, cette silhouette dont les contours n'avaient plus aucun secret pour elle, mais Charlie n'était pas sûre de ne pas délirer. Elle rêvait désormais d'un verre de vin chaud, dans ses bras toujours. L'amour était bel et bien une maladie et elle se maudissait, perdue dans ses pensées tourmentées, qui la faisaient si bien avancer sur le sol pentu. Les hallucinations font partie des symptômes de l'hydrocution. Le problème, c'était qu'elle avait déjà eu ces idées sans être tombée dans un lac polaire, et n'était pas suffisamment égarée pour oublier cela. Et ce sourire asymétrique qu'elle avait tant chéri… Comment avait-elle pu ne pas voir ? Combien de fois avait-elle été exaspérée par des proches d'assassins qui semblaient surpris des actes atroces d'un membre de leur entourage ? Charlie se demandait toujours comment ils avaient pu ne pas voir, les croyant à peine, et voilà qu'elle s'était lamentablement fait balader, le cœur chaviré par cet amour qu'elle pensait si sincère et pur. Elle arrivait enfin à son abri et eut la force d'ouvrir la porte du sas qui avait clairement besoin d'être graissée. Ses pieds la brûlaient atrocement, elle arracha ses après-ski dans un cri rauque, les emballa dans le tapis de l'entrée en les frottant du mieux qu'elle pouvait, avec la force qui lui restait, et quand elle sentit enfin l'afflux sanguin arriver jusqu'à ses extrémités, entreprit de récupérer ses boots fourrées et sèches, ainsi que son autre pantalon de ski pendu sur le portemanteau de l'entrée, miraculeusement chaud lui aussi. Elle se jeta ensuite sur l'évier pour boire quelques gorgées au goulot, goba une banane noircie qui traînait sur le plan de travail, et se jeta à nouveau dehors, bravant son affaiblissement grandissant, son corps gelé autant que son âme endolorie. Elle retourna sur ses pas et réussit à mettre la main sur sa frontale posée dans le sas, puis commença à balayer le hameau avec entêtement, afin de détecter son ennemi dans ce brouillard cataclysmique. Il était finalement resté derrière elle, tout près. Sa silhouette gracile, malgré sa tenue, se distinguait dans le blizzard immobile et funeste.

Depuis combien de temps était-il sur ses traces ? Avait-il squatté les lits superposés de son abri, attendant sournoisement son heure ? Dire qu'elle avait accusé les souris. L'avait-il observée, des heures, des jours, des semaines ? Depuis la première nuit dans son chalet, elle avait perçu une présence. Quel genre de déséquilibré peut s'adonner à une telle activité ? Il lui sembla voir l'arme qui dépassait du blouson. La neige tombait dru et la visibilité s'étiolait encore. Charlie savait ce qui lui restait à faire. Elle s'élança sur la route enneigée qui descendait au village, en courant, comme elle savait si bien le faire, sûrement même dans cet état. Elle devait tous les fuir, il n'y aurait pas de salut sans ce courage-là. Tout ce temps elle avait cru qu'il fallait qu'elle se confronte, elle s'était trompée. C'était l'échappement qui prouverait son audace. Elle entendait maintenant le *Boléro* de Ravel dans sa tête, assommée par la douleur de chacun de ses membres brûlés par le froid et la frayeur.

Il ne fallait pas se retourner. Surtout pas.

Elle se répétait ça comme un mantra, c'était la base, se retourner, c'était plusieurs secondes perdues, peut-être précisément celles qui permettraient à ce furieux de la rattraper. Charlie avait vu qu'il était élancé. Lui n'était pas tombé dans cette eau atrocement froide, ça faisait une sacrée différence. De toute façon même si c'était la fin, ça n'avait pas grand intérêt d'être prévenue. Qu'est-ce que cela lui apporterait de savoir qu'elle allait mourir quelques secondes avant que cela ne se produise, sans lui et sans son vin chaud ? C'était un questionnement en trop et elle en avait bien eu assez ces dernières heures et depuis toujours. Au milieu de sa course pas encore mortelle, alors qu'elle croyait que son lobe frontal n'était plus irrigué depuis une bonne heure déjà, lorsqu'elle sentit enfin un peu de chaleur la parcourir, elle comprit.

Il ne manquait pas une pièce au puzzle. Il manquait quelqu'un. Charlie les avait imaginés à ses trousses, les uns après les autres, leur visage à chacun, sur un corps velu de yéti.

Gabrielle, Manuel, Victor, Denis, son ex-belle-mère, Florence, Léon, Marc. Non pas Marc. Combien de mecs avait-elle mis en examen ? Combien dans le tas étaient assez dingues pour la poursuivre à bout de souffle dans la neige avec une telle fureur ?

C'était un homme qui la poursuivait. Si elle réfléchissait, elle devinait un visage jeune, déformé par la haine viscérale qu'elle lui inspirait. Il avait grandi. Trop vite sûrement. Il devait être tout juste majeur d'après les calcules de Charlie. Ils avaient échangé quelques messages ces derniers mois. Avec lui aussi elle s'était laissé déborder, elle lui avait glissé où elle s'était installée, dénuée de toute méfiance, si fière de son nouveau territoire quand il lui avait demandé de ses nouvelles. Se pouvait-il que ce soit lui à ses basques ? Dévaler la pente ou savoir ? La vie jouait avec ses nerfs.

Les jambes de Charlie étaient comme pétrifiées par le gel, menaçant à chaque impact sur le sol verglacé de s'effondrer. Il n'y a que la peur de mourir qui peut vous faire courir avec autant d'entêtement. C'était lui bien sûr. Son flair revenait, là, dans cette descente apocalyptique.

Bastien aimait ses parents, ça ne suffirait sans doute pas à lui faire entendre raison, mais il faudrait tenter ça si elle ne parvenait plus à dévaler la pente. Et Charlie savait que c'était pour bientôt. Ses jambes commençaient à flageoler, ses yeux la piquaient, ses mains ne pouvaient plus se mouvoir. Bastien… La pièce manquante du vrai puzzle ? Omise ? Comment avait-on pu l'oublier ? Peut-être que si elle lui disait combien ils s'étaient aimés, son père et elle, elle le ramènerait au calme. Était-il disposé à s'émouvoir d'une chose pareille ?

Bastien. Avait-il tout découvert ? Quand ?

Avoir identifié son prédateur la rassura soudainement sur son talent de flic, autant que sur l'état de son psychisme ; il avait dû la guetter depuis plusieurs jours, dans les chambres aux lits superposés ou ailleurs. Charlie se remit à réfléchir comme elle en était capable, vite, en mélangeant plusieurs questions et réponses et en se fatiguant elle-même, plus encore que l'homme qui la poursuivait. Au milieu de ces questionnements en arborescence, elle se demanda tout à coup s'il y avait une quelconque chance de pouvoir échanger sereinement avec une personne qui vous poursuit, votre arme de service en main ? Au milieu de cette effrayante course, Charlie se rendit compte que si jamais elle s'en sortait, et bien qu'on s'éloignât dangereusement de ce dénouement, il lui faudrait s'expliquer sur un tas de choses dès le lendemain. Donner des explications n'était pas son truc – euphémisme, et l'idée de mourir pour éviter de se soustraire à ce torrent d'éclaircissements bordéliques et ubuesques lui apparut soudain comme l'échappatoire qu'elle n'espérait plus… si elle considérait à cet instant que passer l'arme à gauche était une chance, elle n'était pas loin du but. Si par hasard le fils ne la finissait pas en vidant son chargeur ou à coups de pelle à neige, ce serait sûrement la mère qui, découvrant l'histoire d'amour immorale à souhait, viendrait la jeter du haut du belvédère et de sa vue à couper le souffle. Il ne fallait pas qu'elle pense à ça. Qu'elle le méritait. Il fallait courir. Juste courir. Laisser ses démons croupir dans la montagne, les abandonner à leur sort. Et les laisser régler leurs comptes en famille, sans elle au milieu. La vérité, c'était qu'à trop chercher, elle leur avait fait perdre leur temps. Ils se seraient mieux débrouillés sans elle, se seraient entre-tués au nom de Louise, et rien de tout ce qui s'était passé depuis sept ans ne serait arrivé.

La tentation de se retourner était toujours plus grande, elle ne l'entendait plus crier, ni pleurer, et devinait maintenant la forme de la dameuse de Léon en bas du chemin. Tandis qu'elle se jurait de ne plus jamais succomber à l'amour, ou à quoi que ce soit qui puisse y ressembler de près ou de loin, voire de très loin, arrivée à la hauteur de l'engin, Charlie se jeta sur la porte et joua son va-tout. Le pisteur l'avait laissée ouverte comme souvent, et elle aurait pu souffler si le gamin n'était pas armé. Mais il ne lui laissa pas le moindre répit. Alors elle se glissa à l'intérieur tout en se baissant pour être le moins à vue possible, quand soudain un coup partit, puis deux, elle comptait les balles, il devait lui en rester quinze. De quoi vous transformer en tuyau pour goutte-à-goutte.

Elle se redressa sur le siège conducteur après avoir vu que la clé était sur le contact, démarra le moteur. Il tira une troisième balle qui ricocha sur l'arrière du véhicule et elle se mit enfin à avancer dans sa direction, dans un vacarme abrutissant, il finirait bien par lâcher. Elle pensait à nouveau à ces films où des flics essaient de raisonner un forcené, mais ne voyait toujours pas par quel bout le prendre, et c'était bien pire depuis qu'elle avait deviné son identité. Bastien continuait à tirer, en visant plutôt juste pour un débutant. Charlie entendait les balles siffler autour d'elle malgré le bruit du moteur qui vrombissait, et les grognements réguliers de la machine roulant vers lui, au pas, mais sans négociation. Une certaine idée du chaos.

Si elle l'écrasait entre les puissantes chenilles de sa dameuse, Manuel pourrait-il encore se consumer d'amour pour elle ? Certainement pas, c'était mieux comme ça. Une histoire d'amour, même immorale, méritait-elle autant d'animosité ? Ça lui semblait disproportionné, et ça ne lui arrivait pas souvent de trouver quelque chose démesuré. Il avait vidé son chargeur, il s'égosillait maintenant, pleurait… Elle arrêta l'engin à ses pieds, jetant à nouveau toute méfiance aux oubliettes, enfin certaine que c'était lui. Un gamin, longiligne, mal dégrossi, pas encore prêt à quitter le nid, pas non plus le genre d'enfant qui donnerait à Charlie l'envie de s'y mettre sérieusement mais c'était un autre sujet. Il était livide, dépassé par la tournure des événements, par lui-même, par cette mère qu'il voulait protéger sans doute. Bastien était en train de redevenir un petit garçon sous les yeux de Charlie, comme lorsqu'elle l'avait quitté, marmonnant des sons incompréhensibles entrecoupés de sanglots. Elle descendit, sentant à nouveau, enfin, tous ses muscles et surtout la douleur qui les tapissait. Il sembla se calmer. Dans un souffle, elle lui demanda son portable, chargé celui-ci, elle l'espérait.

Avec grande difficulté il finit par le sortir d'une main tremblante, et le lui tendit. Les doigts endoloris de Charlie luttaient pour accéder au répertoire et Bastien dut l'aider à composer le numéro.

— Bonsoir, capitaine Charlie Bazille, j'ai besoin d'une ambulance en urgence, je suis chez moi au hameau de Molines, au-dessus de la station, oui… Pour un homme blessé par balle au genou, et une femme portée disparue, j'ai peur qu'elle soit tombée de la falaise. Je serai là-haut, bien sûr, merci…

La remontée commença, laborieuse. Silencieuse aussi, Charlie le laissa s'apaiser. Elle se demandait si ses jambes étaient encore irriguées, ne sentant plus à leur place que deux bâtons raides et gelés, accrochés à deux pieds transformés en pains de glace. Malgré sa fatigue extrême, le bourdonnement dans sa tête reprit étrangement son cours et elle se questionnait désormais, s'inquiétant un instant pour sa propre survie : son amant avait-il eu la bonne idée de relancer le chauffe-eau le matin après sa douche, en admettant qu'il en ait pris une ? Si rien ne la réchauffait elle allait mourir sur son chemin de croix. Toute justification auprès de Bastien lui semblait encombrante, et elle ne parvenait toujours pas à articuler le moindre mot à l'intention du jeune homme. Il paraissait si éparpillé, marmonnait quelques mots inintelligibles. Charlie n'ignorait pas combien son parcours de vie était déjà chaotique, c'est pourquoi elle avait toujours répondu à ses messages. Elle ne se sentait jamais aussi bien qu'avec d'autres paumés, c'était atypique mais elle avait toujours été comme ça. Ce n'était pas de l'empathie, non, ni de la charité chrétienne ou d'une quelconque autre obédience, juste une forme d'acceptation de la diversité de l'être humain et de toutes ses facettes, y compris les plus sombres. En faisant ça, elle en acceptait un peu plus d'elle-même. Charlie savait aussi que la clé, c'était la résilience, quels que soient les démons que l'on combat. Elle ne le comprenait pas tant les mots de Bastien hésitaient à la commissure de ses lèvres, et faisaient des allers-retours comme le ressac de la mer. Il y avait tant à dire, à éprouver, et à effacer. Ce petit homme était débordé lui aussi.

L'ambulance les dépassa, tractant avec elle un faux sentiment d'espoir retrouvé. Ils virent de loin le brancard sortir par la porte-fenêtre, les médecins urgentistes pas assez énervés pour que ce soit fichu, et pas assez calmes pour que ce soit gagné. Leurs silhouettes s'affairaient dans une chorégraphie maîtrisée, le triste duo ne voyait bien sûr pas les expressions de leurs visages à cette distance. Une fois arrivé au pied du véhicule prêt à partir, Bastien tapa un coup sur la fenêtre pour signaler sa présence à son père, embrumé, et le véhicule, sans se soucier de ce qui se jouait émotionnellement, entama sa descente. Ils restèrent là, tous les deux, jusqu'à ce que les lumières deviennent toutes petites, elles allaient bientôt être remplacées par celles de la gendarmerie. Il serait là, le gendarme étriqué, il faudrait tout lui raconter. Ça allait être terrible. Un peu plus haut sur le sentier, entre le chalet de Michel et celui de Charlie, une silhouette, recroquevillée sur elle-même, assise sur un long bac en zinc recouvert de neige et servant de fontaine le printemps venu, semblait les observer sans rien penser de ce tableau. Gabrielle découvrit sa tête avec lenteur, montra ses mains vides et s'approcha de la flic et de Bastien. Elle était finalement revenue sur ses pas, renonçant à abandonner les siens.

Le gamin s'étouffait maintenant dans sa peine, dans son incompréhension, et dans tout ce qu'il avait retenu depuis plusieurs années, il repoussa sa mère arrivée à leur niveau, avec le peu de forces qui restaient à sa disposition, et s'effondra. Il s'était emprisonné si violemment dans cette douleur incommensurable. Louise devait tellement lui manquer. Y pensait-il toutes les heures, tous les jours, toutes les semaines ?

Toutes les secondes.

16

Sitôt rentrée dans son refuge, dont la précarité lui sauta aux yeux, Charlie s'écroula sur son canapé. Au moment où ses fesses effleuraient enfin l'assise molle à souhait, elle poussa un cri. Marc, dans l'obscurité, la regardait, le nez collé sur la fenêtre du salon donnant sur la terrasse, la main courbée au-dessus de ses yeux, toujours dans sa propre temporalité.

Elle ouvrit la porte sud et le rejoignit à l'extérieur, défaite.

— Impossible de te joindre sur ton portable, j'ai essayé toute la journée. Je t'ai apporté de l'aspirine, je viens d'en prendre deux, on a bien festoyé, hein ! Je suis rincé.

Insoupçonnable.

Charlie avait convenu avec Gabrielle qu'elle les accompagnerait elle-même, une fois qu'ils auraient vu Manuel, c'était le moins qu'elle pouvait faire pour eux. Le chauffe-eau fonctionnait. Après l'aspirine de Marc et un résumé de la situation des plus concis à ce dernier, elle se sentait d'attaque. Elle les récupéra toute seule en voiture devant l'hôpital, ne voulant mettre personne d'autre dans ce tourniquet dramatique. Le silence dans l'habitacle n'était pas dérangeant. Il était là, parlait à leur place. Ils regardaient le paysage défiler sans grande émotion, Charlie dut insister pour qu'ils mettent leurs ceintures. Elle se gara, entrouvrit les lèvres, puis se résigna à ne rien dire. D'ailleurs, ça n'était pas de la résignation, elle savait qu'ils avaient entendu le son imperceptible de sa bouche tentant d'articuler quelques mots de réconfort. Elle les laissa passer la porte après elle, le commissariat était quasi désert, Marc l'avait précédée et s'attelait à faire du thé. Le trio s'assit dans le bureau, Charlie sur une chaise en bois branlante, en face de la mère et du fils dans le canapé, dans un relâchement qu'aucun d'eux n'avait ressenti depuis plusieurs années. Une larme roula sur la joue empourprée de Gabrielle. Bastien commença par le début. La chasse au trésor, l'engueulade parce que Louise ne voulait pas rentrer à la maison avec lui, son emportement contre sa petite sœur, puis le papa de leur voisine qui était venu avec courage arbitrer la dispute. Il s'était approché d'eux, sûrement intrigué par les cris des enfants, et après avoir compris les raisons de la discorde, avait tenté de raisonner les frère et sœur. Louise l'avait écouté, attentivement, malgré son mécontentement, tout en mettant un petit coup de pied sec dans le tibia de son frère. Bastien s'était enfui, furibond après ce dernier événement, dans une confusion sourde, pris au piège d'une colère qu'il n'arrivait pas à éteindre.

Il n'avait jamais su contrôler ses états d'agitation aiguë. Depuis toujours, lorsque Bastien était déçu, une vague de chaleur monstrueuse s'emparait de lui, entraînant un profond rejet de lui-même. Ses parents avaient bien essayé de l'aider en lui faisant rencontrer une psychologue, mais la thérapie n'avait pas empêché « l'affaire de la classe verte ». Gabrielle et Manuel avaient dû partir en voiture dans la nuit pour récupérer leur fils, la maîtresse n'avait pas laissé le choix. Ils étaient arrivés, la mine sombre, main dans la main, et avaient récupéré Bastien, sommé de se présenter à la gendarmerie avec, au moins, un de ses deux parents le lendemain. La honte étreignait leurs pensées, mais quand il avait découvert le camarade en question, le nez enflé, et griffé partout sur les bras, le couple avait compris la plainte, déposée par la maman du gamin. Le gendarme sur place avait convaincu la mère de la victime de retirer sa main courante, se contentant de faire la morale à un Bastien, et ses 9 ans, totalement abattu. La famille entière avait déménagé, pour ne plus être confrontée à cet événement gênant.

Le jour de la chasse au trésor, il avait à nouveau eu du mal à étouffer le feu qui le consumait, et n'était revenu à lui qu'après avoir marché un moment. Sa fureur dissipée, il était retourné sur ses pas, chancelant, et alors qu'il parlait tout seul dans sa barbe, s'était retrouvé nez à nez avec le père de sa petite voisine.

L'homme se tenait debout au-dessus de Louise, étendue par terre, sa tête sur le côté, plus calme que son frère ne l'avait jamais vue. Tout s'était altéré dans la tête de Bastien, tandis qu'il se demandait pourquoi diable sa sœur avait enlevé son pantalon. Alors il avait fait comme toujours, il l'avait grondée :

— Louise, y a des ronces, tu sais très bien, tu dois remettre ton pantalon.

— Elle est tombée, elle s'est fait mal, je vais m'en occuper, tu n'as qu'à filer retrouver tout le monde, et surtout tu n'en parles pas sinon tu vas te faire engueuler, allez file !

Bastien avait rajouté dans la panique, en s'enfuyant :

— Tu dois rien dire aux parents. D'accord ? Hein ? D'accord ?

Louise ne pourrait plus lui répondre, jamais. Le brouhaha dans la tête de Bastien s'était tu, enfin, et il avait rejoint le groupe sans concevoir qu'il ne verrait plus sa sœur. Puis quand ses parents, chacun à leur tour, leur avaient demandé où était Louise, il n'avait pu articuler le moindre mot, ne voulant compromettre ni sa sœur ni lui, ils avaient promis tous les deux de ne plus se disputer. Bastien ne pouvait pas briser le pacte. Quand l'inquiétude était montée d'un cran, il avait douté et hésité à les emmener là où il avait quitté Louise, mais il ne se rappelait pas le chemin. Il ne savait plus non plus s'il avait répliqué après le coup dans le tibia. Le frère esseulé s'était finalement couché, sa grand-mère était venue le garder tandis que les policiers et les chiens renifleurs étaient partis autour de la maison pour retrouver Louise. Il s'était endormi, soulagé, il savait combien sa sœur aimait les chiens. Quand elle allait les entendre japper, elle sortirait aussitôt de sa cachette en criant pour leur faire un câlin. Au moins, cette nuit, il avait sa chambre pour lui tout seul ! Au petit matin, Bastien avait découvert ses parents hagards, errant dans la cuisine avec Charlie et plein d'autres policiers, et avait regretté pour de bon leurs bêtises. Quand Louise reviendrait, ils se feraient disputer pour de bon.

Le feu exceptionnel qui avait pris dans la forêt, quelques heures après, l'avait angoissé terriblement et déclenché chez lui une crise de larmes effrayante.

Faisant face à Charlie et à Gabrielle, Bastien était reparti en arrière comme un robot, comme s'il avait dû apprendre par cœur pour ne rien oublier, tentant de mener ses pensées à leur terme. Ces pulsions d'hystérie, c'était déjà arrivé, ces personnages qui peuplaient sa tête sans s'entendre entre eux... Il comprenait si bien maintenant qu'il n'aurait jamais dû abandonner Louise dans la forêt. Personne dans son entourage n'avait mesuré l'état du capharnaüm dans lequel il se débattait. Tout ce qui le guidait, c'était un sentiment de justice, le besoin qu'on découvre ce qu'il avait tu. Il alternait en permanence entre la réalité, celle qu'il espérait qu'elle soit, et l'endroit où un autre Bastien l'attirait, celui qui avait laissé la petite avec cet homme. Ce clivage était palpable et rendait ses moments de lucidité terrifiants pour ce qu'ils devaient lui imposer.

La confession sur l'ordinateur n'était pas prévue, Bastien avait déversé ses mots au milieu d'une crise de nerfs, seul à la maison, sans penser qu'ils seraient à la vue de ses parents. L'envie de démêler le faux du vrai l'avait accaparé. Il voulait parler à la flic sans faux-semblants, recouper les informations de l'enquêtrice avec ses souvenirs, découvrir s'il était le responsable. Ses parents lui avaient dissimulé les circonstances de la découverte de la dépouille, et quelques mois auparavant Bastien avait trouvé ce qui lui manquait sur Internet. Alors il s'était débrouillé, prétextant petit boulot et séjour chez un copain, pour s'échapper et débarquer dans le hameau. Le chaos l'avait poursuivi jusque dans les montagnes. Charlie était armée, Bastien était persuadé qu'elle avait tiré sur son père et voulu le noyer lui, alors le brouhaha de son cerveau lui avait intimé de tirer sur elle.

Bastien s'empoisonnait petit à petit dans son monologue, distillant des vagues de refoulement, rendant impossible l'accès à ce qui s'était déroulé sous ses yeux d'enfant perdu. Il s'était retiré du monde, depuis plusieurs années, en s'enfermant dans sa tête. Le drame avait dissimulé ses troubles psychiques grandissants, un déni familial les avait tous ensevelis. Cette dispute avant la chasse au trésor avait scellé la catastrophe, laissant toute la place à l'ogre.

La déposition se déroula dans un calme stupéfiant, comme si tous éprouvaient un soulagement, encore jamais ressenti. La lucidité de Bastien était maintenant à son paroxysme, malgré ses larmes et celles de Gabrielle qui coulaient à flots. Le lien à lui-même lui était dorénavant insupportable et il voulait le couper.

Les larmes de Charlie, elles, restèrent courageusement accrochées à la cornée de ses yeux. Elle en avait rencontré, des collègues plus âgés, hantés par une enquête, dont la frustration était intacte trente ans après. Elle se trouvait du même côté qu'eux, et sentit tout à coup sa férocité la plus enracinée se tourner vers cette maison banlieusarde, son garage impeccablement rangé, cette pelouse trop verte pour être vraie, et ce bon voisin bricoleur, toujours prêt à rendre service. Elle se souvenait d'un homme assez timide, avec les femmes surtout, dès les premiers mots de Bastien, elle avait compris de quel voisin il parlait. Cet homme désireux de posséder un charisme dont il n'était manifestement pas pourvu, sa compagne charmante et affable. Le ciel allait lui tomber sur la tête. Le ciel. Et, pire, Charlie.

Marc proposa de poursuivre, espérant qu'elle dormirait un peu avant de partir combattre, encore.

Il ne neigeait plus. L'enquêteuse avait téléphoné à ses collègues de la brigade à Paris, à son ancienne patronne, au procureur, ils seraient tous bientôt prêts.

Elle s'élança vers son hameau, le cerveau en ébullition, et retrouva enfin, en haut de la piste, son chiot, qui semblait avoir grandi en une seule journée. Son humeur inchangée ne surprit pas sa maîtresse, la bête ne voyait pas le mal, jamais, Charlie ne savait pas ce qu'il avait fait de son dimanche mais elle trouvait normal qu'il ait lui aussi son jardin secret. Il avait mérité un câlin et le droit de lui lécher le visage avec son haleine douteuse. Pleine de lucidité, elle songea qu'elle devait, à peu de chose près, avoir la même, et elle fila dans la salle de bains prendre une douche et se brosser les dents. Sa sieste de deux heures lui parut plus longue qu'un mercredi de pluie. Après avoir déposé son colocataire chez Marc, saisissant au passage deux sandwichs que celui-ci lui offrait généreusement, elle prit, dans la nuit, la route qui l'emmenait vers tout ce qu'elle avait fui.

Le trajet allait lui permettre de calmer sa rage, tout du moins de l'assourdir. Elle avait apporté son ordinateur, et écoutait frénétiquement les notes vocales qu'elle avait prises pendant l'enquête, pour réaligner tous les wagons.

On l'avait autorisée à mener l'interrogatoire avec le flic qui avait pris sa suite, une partie de son ancien groupe d'enquête était en chemin aussi. Elle avait avalé six capsules de Rodhiola, censées « apaiser ses émotions », sur les conseils du pharmacien – un jeune homme plus détendu qu'un élastique de maillot de bain quarantenaire, dans l'espoir de ne pas étrangler le suspect devant témoins. Elle but seulement deux cafés durant le trajet, se refusant à devoir aller aux toilettes dès l'instant où elle aurait entamé l'audition.

Au petit matin, le flic était déjà dans la pièce avec le suspect et son avocat. Les collègues de Charlie l'emmenèrent jusqu'à la pièce, elle ne se souvenait pas d'avoir jamais vu ces couloirs aussi silencieux, pourtant ils grouillaient de monde. Dès que la porte fut entrouverte, son regard se posa sur l'accusé et n'en dévia plus. Elle allait lui accorder toute son attention, plus qu'il n'aurait pu espérer durant une vie entière.

Elle savait que son collègue avait malaxé le suspect/coupable depuis déjà trois bonnes heures, et reprit le dialogue avec le plus de fraîcheur possible, dissimulant son hostilité – tant qu'elle le pourrait.

— On va donc refaire ensemble le déroulement de cette journée. Vous avez déclaré être resté la plupart du temps avec votre fille et votre compagne. Quelques parents ont effectivement signalé votre présence dans le groupe… Si ce n'est une « bonne » demi-heure, grosso modo, pendant laquelle vous étiez seul, c'est bien ça ?

— Oui, je suis passé à la maison, boire un verre d'eau, il faisait très chaud.

— Personne ne vous a vu partir dans cette direction en tout cas.

— Je pense que les gens ne se rappellent plus.

— À l'époque…

— Votre compagne et votre fille vont bien ?

— Euh… oui, bien sûr.

— Vous vous souvenez de Bastien ? Il s'entendait bien avec votre fille, je crois ?

— Oui, enfin, il était très dans son monde.

Charlie le coupa.

— Bizarre, vous voulez dire ?

— Je me permettrais pas.

— Si si, allez-y, vous allez en avoir besoin. Vous lui avez parlé ce jour-là ?

— Oui, comme aux autres enfants et parents, vite fait.

— Bastien, qui est désormais un grand garçon, se souvient très bien de vous. De votre obstination à le faire partir… De Louise inerte à vos pieds.

— J'imagine que, dans sa tête d'enfant cette journée a dû laisser un sentiment de confusion.

— Du pantalon aussi. Il se souvient très bien du pantalon.

Cet enfoiré avait choisi dans la panique un avocat particulièrement peu réactif. Charlie savait aussi que sans preuves matérielles… Il lui restait les aveux.

— Et Louise alors ? C'était une gosse sympa d'après vous ? Ou brindezingue comme son frère ?… C'est une vraie question, hein.

L'avocat pencha la tête vers le suspect pour échanger quelques mots que Charlie n'essaya même pas d'attraper au vol.

— Mon client a besoin d'aller rapidement aux toilettes.

— Oui, il va y aller, pendant ce temps essayez de vous rappeler la couleur de son pantalon, d'accord ?

Jaune. C'était un pantalon jaune, pour fêter les beaux jours. Il avait brûlé comme le reste, mais Charlie connaissait par cœur le témoignage de Manuel et de Gabrielle, et de tous les autres témoins. L'interrogatoire reprit. Entre-temps elle avait récupéré tous les détails manuscrits, les photos, comme si elle en avait besoin…

— Ça fait longtemps que vous êtes en couple ? Je veux dire, ça se passe bien, pas de frustrations particulières, d'impuissance ou de choses comme ça ?

— Pourquoi vous me demandez ça ?

— Pour discuter, vous savez qu'on est ici pour ça. C'est que le début.

Tout s'était remis en place dans la tête de Charlie. Elle l'avait suspecté comme les autres, et avait été irritée par la neutralité de sa personnalité. Avait-il été pris d'une pulsion ou attendait-il son gibier comme un chasseur ? Il avait la stature d'un homme pleutre et pulsionnel plus que réfléchi, et pourtant il leur avait filé entre les doigts. Charlie était trop jeune pour ce dossier, elle n'avait pas été digne de leur confiance à tous. L'équipe s'était retrouvée à genoux très vite, bossant nuit et jour, et en l'absence de preuves matérielles toute l'affaire leur avait échappé. Pourquoi l'avait-on promue sur cette enquête ? Charlie n'en avait manifestement pas les épaules, elle était dotée d'une acuité hors norme, du moins dans le passé, d'accord, mais on l'avait surestimée. Elle n'était pas prête pour cette affaire. Une petite danseuse, c'était trop pour elle. Elle aurait dû voir dans les yeux de ce type un battement anormal, entendre un bruissement inquiétant émaner de lui. Elle ne se trompait pas sur les gens, ça lui venait de l'enfance. Charlie était déjà assaillie en permanence par la dichotomie entre ce que les gens voulaient montrer d'eux, et ce qu'elle voyait elle, dès qu'elle rencontrait quelqu'un. Elle n'en pensait rien, ne jugeait pas, mais constatait que l'écart entre les deux projections était parfois éléphantesque. Elle avait transformé cela en atout mais avait manqué de jeunesse et de légèreté. Voilà pourquoi on avait dû compter sur elle.

Si la forêt ne s'était pas embrasée… Si l'étincelle s'était étouffée…

Charlie les largua à toute vibrure, dossiers sous le bras, se jeta dans les toilettes, claqua la cuvette tout en fermant la porte de son autre main à double tour sans égard, et s'assit. Personne ne viendrait la chercher ici. Il fallait qu'elle réfléchisse sans qu'on la regarde. Il fallait qu'elle ait accès à sa matière grise sans le moindre chevauchement avec qui ou quoi que ce soit.

Il fallait encore plus que cette femme n'ait pas changé de numéro de téléphone. Dieu, la montagne, le loup, le yéti, toutes les forces du monde devaient se joindre à elle, palliant son insuffisance humaine. Charlie se promit intérieurement que si la femme répondait, elle prendrait quinze jours de vacances, sans relire le moindre dossier, changerait son pommeau de douche, éduquerait son chien, pardonnerait Florence, appellerait ses parents, inviterait Denis à un apéro dînatoire, et ne boirait plus jamais de vodka-pomme. Il fallait qu'elle décroche.

Trois tonalités, déjà... Charlie sentait le poids de toute cette recherche jusque-là si stérile, et dénuée de sens écraser sa poitrine sans répit. Quatre, heureusement, c'était un téléphone fixe. Cinq...

— Bonjour, madame, Charlie Bazille de la Brigade criminelle, est-ce que vous vous souvenez de moi ?

Elle ressortit. Deux collègues l'attendaient, mal à l'aise, dans l'encadrement de la porte, s'appuyant sur une jambe puis l'autre, se demandant si elle était partie vomir ou tenter de se suicider. Charlie ajusta son visage sous le jet d'eau froide quelques instants, puis commença à mouiller la racine de ses cheveux, et termina enfin en mettant sa tête entière sous le robinet plusieurs secondes, sous les yeux effarés de ses comparses. Très calmement, elle frotta ses cheveux avec la serviette posée sur le radiateur, sans s'accorder le moindre coup d'œil dans le miroir, et croisant enfin leurs regards déconcertés :

— C'est bon.

Et Charlie rejoignit la salle, dans un état d'apaisement non feint.

— Excusez-moi, j'ai fait beaucoup de route, c'est marrant, en allant aux toilettes, je me souvenais de vous, de votre témoignage à l'époque... Vous ne fumez toujours pas ?

— Non.

— Vous n'avez donc jamais fumé ?

— ... non, je fais beaucoup de sport.

— Vous avez raison, c'est mieux, moi non plus, et puis c'est en train de passer de mode. J'ai repris mes notes – l'enfer, j'écris très mal –, mais en substance il est écrit : « Audition M. et Mme Fleury, le jour de l'incendie, avant que le feu ne commence, sont allés chez leurs voisins les Mercier pour rompre leur solitude et inquiétude à tous, avant de partir pour la battue. » J'ai retrouvé les conclusions, le rapport conjoint des pompiers, gendarmes et agents de l'ONF indique : « Origine du feu par cigarette probable. » Quant au périmètre imaginé pour le départ du feu par la RCCI, le mouvement des flammes et le phénomène de pétrification les ont dirigés vers votre maison et celles de quelques voisins, dont vos amis fumeurs. C'est donc le résultat d'un travail scientifique précis, comme vous pouvez imaginer. À cette période, on avait donc vérifié qui était fumeur dans le village, et particulièrement dans ce coin résidentiel. Les Mercier faisaient partie des fumeurs, mais pas vous donc.

— Euh, oui…

— Vous voyez, dans ma p'tite tête et avec toute l'équipe, des gens bien, motivés, certains ont eux-mêmes des enfants, étaient donc encore plus touchés vous vous en doutez, on s'était dit, bon, un mec qui voudrait faire disparaître les preuves pourrait pas mieux faire. On était rincés, encore plus avec le brasier par-dessus la disparition de la petite Louise, on sentait que c'était une des clés, ça et les penchants pédophiles du meurtrier. Entre nous, on ne s'est jamais imaginé qu'elle était tombée sur une pierre et terminé, hein. Quand je pense à ce qui vous attend, monsieur Fleury, tous ces gens dans le malheur, pour, quoi ? Une demi-heure de plaisir ? De pulsion ? C'était bien ?

— Écoutez, si vous n'avez rien de plus contre mon client…

— Ah si, si si. Je viens de parler à votre voisine, Mme Mercier, alors comme ça, le jour du départ de feu, vous vous en êtes grillé une ? Vous, le sportif avec votre régime hyperprotéiné et sans alcool ? Il nous manquait cette information, dans l'émotion de la découverte du cadavre le surlendemain, l'un de nous avait auditionné cette dame en larmes, on comprenait un mot sur deux, et elle a oublié que vous lui aviez piqué une clope. Je n'en reviens pas, à vrai dire…

Charlie accepta d'accuser le coup, de prendre ce temps juste pour sa petite personne, pour admettre cette erreur responsable de cette insoutenable injustice.

— C'est incroyable, l'oubli, on fait le tri, hein. Comment vous faites ? Vous gardez l'aspect sexuel en tête ? La traque avant l'acte, la peur de vous faire choper après ? J'essaie de comprendre. L'odeur de la cigarette que vous avez fumée pour la première fois ? Ou alors les années de mensonge avilissant à votre famille ? Le sport, ça doit vous aider, non ? Vous avez été victime d'abus sexuel dans votre enfance ?

— Je ne me souviens pas d'avoir fumé.

— Mais le pantalon, je suis sûre que oui, archi-mignon, jaune avec des petites fleurs, oh, votre fille a dû avoir le même.

— Je sais pas, aucune idée.

— C'était pas une vraie question cette fois. Vous voulez qu'on vous trouve une cigarette ? Je vous sens usé, monsieur Fleury. Le mensonge, c'est usant, si vous lâchiez la vérité maintenant, ça aiderait à assouplir le juge, sinon là comme ça, sans rien raconter, avec ces deux témoignages, c'est pas bon, je vous le promets. Votre avocat va vous l'expliquer très vite. Pour apaiser votre questionnement, je vous le dis tout de suite, réfléchissez bien, deux témoins, c'est beaucoup, on va tout reprendre. En sachant que c'est vous, on va trouver encore d'autres preuves, exactement comme je viens d'en trouver une depuis que j'ai la certitude que vous êtes le meurtrier, vous n'avez aucune chance, monsieur Fleury, pas la moindre. J'espère pour vous que c'était une pulsion, vous allez passer beaucoup moins de temps enfermé. Au cas où ce qui vous inquiète, c'est votre famille, ce qui serait une bonne chose, les collègues sont déjà avec eux pour tout leur expliquer et récupérer votre ordinateur. Apparemment votre compagne se rappelle toujours que vous êtes parti un petit moment pendant la chasse au trésor, et elle vient de leur dire, en larmes, qu'elle avait eu « un micro-doute à ce moment-là ». Manquerait plus qu'elle se souvienne de vous en train de fumer votre première cigarette, quand elle en aura fini avec le déni qui doit la grignoter depuis sept ans… Non, ça sent pas bon pour vous, croyez-moi. Rassurez-nous au moins sur un point, pas votre fille ?

— Jamais avec ma fille, vous êtes malade !

— Merci, à moins que vous passiez aux aveux on va de toute façon la convoquer… Donc dans l'ordre, monsieur Fleury, on va vous déferrer devant le juge, il vous attend avec impatience et on va vous accompagner. D'habitude on fait pas le transport mais là… ça fait un moment qu'on vous attend… Tenez, une madeleine pour la route. Allez-y vous pouvez, c'est dans la loi…

Charlie ajouta dans sa barbe, mais de manière tout de même audible :

— Et vous avez de la chance on n'a pas le droit de les empoisonner.

— Je souhaiterais m'entretenir un instant avec mon client.

— Oui, faites, bien sûr. À tout de suite.

Charlie savait qu'il manquait un petit quelque chose pour qu'il prenne le maximum. Les nouveaux enquêteurs allaient tout reprendre, sans exaspération, collectivement. Ils finiraient par trouver la pièce de puzzle supplémentaire, si par malheur ce salaud n'avouait pas ou se supprimait en sortant de chez le juge. Elle avait perçu en lui une terreur plus grande encore quand elle avait prononcé le mot « ordinateur » et elle sentait que ce monsieur ne résisterait pas à la pression familiale qu'entraînerait la révélation de ces nouveaux faits.

Alors, après le transport de l'accusé, elle laissa partir l'homme entre les mains de la justice, l'acculant d'un dernier regard incriminant, chargé de son dégoût le plus ardent. Si elle restait une soirée de plus, les bois, l'Île-de-France tout entière l'engloutiraient à nouveau, la digéreraient et la recracheraient quelque part dans les égouts parisiens qu'elle avait fuis comme la peste. Charlie refusait de se faire happer par le monstre, par cet endroit, se fichait désormais de savoir ce qui était passé par la tête de l'ogre de banlieue paisible. Il avait chosifié cette petite fille comme le font les criminels sexuels, ce raté ne méritait pas une seconde d'intérêt de plus. Sept ans… Ses collègues finiraient le boulot.

Quand elle sortit de l'autoroute et entama les lacets vers son refuge, elle sentit le poids de toutes ces années, de cette recherche effrénée, de cette histoire d'amour si tragiquement terminée s'envoler par la fenêtre côté passager, le long du vide. Charlie observa ses fantômes disparaître dans son rétroviseur, comme si elle pouvait deviner leurs contours, comme si elle avait vécu avec eux jour et nuit, chaque repas, enquête et rencontre depuis qu'ils avaient envahi son existence. Elle s'arrêta sur le bas-côté, eut le temps de récupérer son arme dans la boîte à gants, la posa tout près du levier de vitesses et s'endormit instantanément, comme ça ne lui était encore jamais arrivé.

Charlie se réveilla gelée, avec le sentiment d'avoir frôlé la mort, abandonnée dans ce froid glacial, et en sursaut. Son téléphone sonnait plus fort qu'à l'accoutumée. C'était lui, elle avait raté l'appel de Marc le débonnaire.

En rédigeant un message à son intention pour le rassurer, elle pensa, pleine d'empathie, que si son acolyte voulait survire au karaoké, à la vodka-pomme et à son parking trop petit, il devrait lui aussi dormir pour de bon. Si possible pas sur son canapé à elle, elle ne saurait supporter une autre de ses apparitions devant la fenêtre de son salon. Elle n'envisageait pas d'y apposer des cartons non plus. Charlie reprit la route, plus en forme qu'elle ne l'avait jamais été. Il fallait qu'elle se prépare, il y avait encore l'audition du gendarme casse-couilles le lendemain, et elle ne pourrait l'esquiver par aucun moyen légal. Elle avait déjà hâte de relire sa propre déposition, et de lui raconter ce charmant dimanche au sommet. Ça promettait encore un beau carrefour entre vie professionnelle et personnelle. Elle sentait déjà le regard désapprobateur de cet homme foncièrement droit, il n'avait pas fini de triturer sa moustache. Tous les deux n'avaient aucune raison de se comprendre. Quels que soient les efforts qu'elle pourrait fournir, il buterait sur chacune des pensées de Charlie. Tandis qu'elle l'imaginait maintenant atterrir sur le toit de son chalet, l'air revanchard – il avait un physique à s'adonner au parapente, entre autres –, l'idée qu'un homme comme lui puisse être fait pour elle lui traversa l'esprit, furtivement… Son cerveau avait manqué d'oxygène pendant quelques secondes au moins, son cœur aussi, et là, dans cette terrible montée, avec ces virages exigeants qui devaient l'achever, elle comprit qu'elle subissait sans doute les premiers symptômes du mal des montagnes. Si elle s'imaginait une seconde de plus avec lui, c'était que l'atteinte était plus importante qu'elle ne le craignait. Elle devrait alors envisager d'urgence un caisson de décompression, un traitement hyperbare lui remettrait les idées en place, elle pourrait sûrement trouver ça à Briançon.

Malgré ce déluge de drames, de violence, de terreur, il n'avait pas bougé. Il se tenait fièrement face à la montagne, les pierres grises étincelaient sous le pâle soleil du matin, le toit scintillait grâce aux reflets de la neige. Elle n'avait sûrement pas trouvé l'homme de sa vie, mais l'abri, oui. Elle ouvrit le sas avec délectation, le trouvant soudain mieux graissé que dans son souvenir, puis la porte. Clint « du bois de l'Est » était assis dignement, sans morceau de lino dans la gueule. Lui non plus n'avait pas bougé. Marc l'avait ramené, tandis qu'elle s'était imaginé que l'animal, presque éduqué, serait sûrement plus heureux avec cet homme attendrissant et préférerait sa compagnie à la sienne. Il se jeta sur elle, pacifiquement, ses pattes désormais tout à fait disproportionnées glissant avec frénésie sur le linoléum assailli par toute cette passion.

Entre eux, c'était incassable.

Charlie s'installa avec un thé fumant dans le salon. Que pouvait-elle faire de sa journée ? C'était dommage de ne plus fumer, ça s'y prêtait. Boire, c'était trop tôt. Deux Lexomil ? Là aussi, il y avait des horaires à respecter. Admettre… Sûrement, quand elle le pourrait.

Elle s'allongea, les jambes contre le mur, prête à tenter à nouveau l'expérience. Après quelques respirations qui se voulaient profondes et calmes, elle ne put contenir son esprit et s'évada, encore…

C'était objectivement un enchaînement de catastrophes à faire pâlir, puis finalement douter de la vie même l'être humain le plus positif d'Europe. Tôt ou tard il faudrait qu'elle téléphone, par qui commencer ? Son nouvel amant ou son grand amour ?

Ce serait plus élégant d'aller voir Manuel à l'hôpital, mais que pourraient-ils bien se dire ? S'effleurer les exposerait à un danger tel qu'elle savait qu'ils n'en prendraient pas le risque, aucun des deux. Il n'est jamais trop tard pour devenir raisonnable. Du moins, Charlie l'espérait. Elle lui avait laissé un message, et avait envoyé le même à Gabrielle dans la voiture ; ils savaient désormais qui avait tué leur fille. Promesse tenue, Charlie reprenait sa liberté.

Elle avait besoin d'errer un peu chez elle, dans son chalet aussi mal isolé que sa tête des turpitudes extérieures et de celles déjà présentes entre ces murs. Elle n'avait pas la moindre idée de l'activité qui saurait lui changer les idées. Elle baissa ses jambes, s'allongea sur son immonde revêtement de sol collant près de son chien, les yeux grands ouverts, se demandant à combien s'évaluait le risque que cet atroce lustre en faux bois de cerf lui tombe sur la rate. Une bien belle idée pour pouvoir rejoindre Manuel à l'hôpital de manière fortuite, sans qu'on puisse l'accuser de quoi que ce soit. Oui, l'amour fou n'était plus une simple expression pour elle mais la justification de toutes sortes d'actes puérils dangereux et fantasques, et elle se demandait désormais comment vivre sans cet étau qui lui serrait le cœur si violemment, plus fort encore que sa cage thoracique tout entière n'avait été prise dans les glaces. Il ne fallait pas qu'elle se prenne ce lustre sur la rate, ni sur aucun autre organe. Elle roula sur le côté pour accéder à son chien et entreprit de lui faire un câlin débordant. Clint se laissa faire, sûr de son fait, la victoire au coin des babines.

Charlie avait enfin compris, pendant sa course désespérée poursuivie par ce gamin paumé. Elle s'était rappelé combien il était renfermé, parfois presque trop détaché. Ses parents avaient emménagé là pour qu'il se fasse de nouveaux copains, les indices étaient sous ses yeux mais elle n'avait pas assez fait attention à lui, alors il était venu jusqu'à elle. Bastien cherchait l'ordre à partir du désordre. Il n'avait finalement jamais douté de la teneur de ses souvenirs mais plutôt de la manière dont il devait les interpréter. Il lui avait fallu être un jeune adulte pour concevoir qu'il s'était fait berner et avait dissimulé malgré lui ce crime abject.

Cette histoire avait anéanti le flair et la finesse d'esprit de Charlie. Alimentant ainsi sa théorie sur l'amour et sa capacité à débrancher, sans crier gare, la grosse boîte – quoiqu'elle doutât soudainement de la taille de la sienne – derrière le lobe frontal. Son cerveau avait subi un court-circuit au contact de Manuel. Ses mains, son regard, sa bouche qui se tordait quand il était contrarié. Ça lui donnait presque envie de l'embêter pour la voir partir dans un sens, puis dans l'autre.

Toujours étendue au sol, sous les yeux impassibles de Gérard Clint, elle laissait défiler les flash-back parsemés d'images de leur amour fou, et se demanda tout à coup s'ils pourraient jamais se retrouver. Après tout, elle avait résisté à l'envie prégnante d'écraser son fils entre deux chenilles au-dessus du ravin, après deux heures de course-poursuite par moins dix degrés, ce n'était peut-être pas fichu.

Dans un effort surhumain, elle tendit le bras jusqu'à la table basse et lut enfin son message. Elle aurait dû le lire avant. C'était un tel miracle d'avoir du réseau entre ses murs. « Charlie je dois te parler de Bastien, je ne peux en discuter qu'avec toi. » Et la suite gagnait en limpidité à chaque mot tapé courageusement. Manuel avait lu le brouillon de son fils, sur l'ordinateur familial, devant le peu de clarté des faits il avait imaginé un terrible accident pendant la bagarre des enfants. Il avait voulu prévenir Charlie, sentant Bastien prêt à tout, déconcerté par le manque de limpidité des mots que son fils avait tapés avec rage. Un psychiatre avait diagnostiqué récemment des troubles schizophréniques chez le garçon, sans savoir de quand cela pouvait dater, ni si cela était transitoire ou encore dû au choc de la mort de sa sœur, c'était un début de piste pour Manuel.

Charlie ne lui avait pas répondu, alors il était parti sur les traces de Bastien avec témérité et abnégation. Jamais il ne laisserait son amour interdit affronter cette tempête sans lui. Il savait où elle était, ils en avaient parlé plusieurs mois auparavant, lorsqu'ils s'appelaient encore, et Manuel avait accompagné Charlie deux ans plus tôt. Les amoureux éperdus avaient loué le chalet pour se voir, seuls au monde, se découvrir toujours plus, avides l'un de l'autre et de toutes leurs trouvailles à venir. Mais ce coup-ci il était arrivé trop tard. Il voulait tant les protéger, il n'avait pas pu le faire pour Louise.

« Les amoureux de Peynet » auraient pu faire l'amour encore une fois quand Charlie lui aurait ouvert la porte, nue en chaussettes, à cause du sol trop froid. Elle délirait avant même de se prendre le lustre sur la tête, d'autant plus que quelqu'un dormait à l'étage ce matin-là.

Grâce à la lecture d'un dernier message, ce dernier se rappela à elle, et Charlie se demanda l'instant d'après si les problèmes de ronflement de son récent partenaire étaient dus à sa cloison nasale, donc à un souci sûrement définitif, ou au vin rouge un peu rêche. « Je suis surpris que tu sois partie comme ça ce matin, je suis bien rentré, à bientôt, Léon. » Deuxième message : « PS : C'est mon fiston qui a pris la motoneige l'autre soir, il m'a dit qu'il l'avait ramenée chez Michel. » Tout vient à point... enfin, pas toujours.

Un désastre.

Aller voir Manuel dans sa chambre d'hôpital ou pire, dans le hall, ferait très « rendez-vous des anciens combattants ». Elle pourrait peut-être se fendre d'un message.

Malgré tout elle l'avait sauvé de justesse, espérait-il un signe autre que lié à l'enquête ? Ou voulait-il que Charlie disparaisse pour toujours y compris de ses souvenirs ? Il avait envisagé un soir de désespoir plus grand une lobotomie comme la solution la plus pérenne. Manuel n'avait aucune explication sur le surgissement de son amour pour elle, même quand il s'évertuait à en chercher une. Il n'aurait jamais pu l'exprimer à quiconque, ni faire la liste des qualités de Charlie. Le poids de l'évidence s'était simplement affalé sur lui. Tout en elle le bouleversait jusque dans les plus petites cellules de son corps éveillé comme jamais par sa peau, ses gestes qui l'effleuraient, sa bouche qui lui parlait, de tout, ses yeux posés sur lui.

Charlie n'avait jamais lâché son combat, pas seulement pour lui, et si la relation qu'elle entretenait avec cette famille était moralement condamnable, elle avait nourri une empathie grandissante pour ce clan dont elle avait cru faire partie chaque jour un peu plus, s'enfonçant inexorablement dans le cœur de cette affaire. Lorsque sa supérieure avait compris, elle avait eu la délicatesse de ne pas la jeter en pâture à tout le commissariat, mais l'avait dessaisie sur-le-champ après une leçon de morale à jamais gravée dans la conscience de Charlie. Elle avait pleuré, parce que cette femme avait raison. Parce qu'elle ne voulait pas quitter Manuel, ni l'affaire, ni même cette banlieue désuète.

Charlie se rallongea, les jambes contre le mur, avec dans le cœur l'espoir tenace de retrouver un vague équilibre émotionnel. Elle se doutait que la boîte intégrale de

Rodhiola ne serait pas suffisante après une telle journée, mais goba quand même deux gélules oubliées sur la table basse au passage.

Elle fit tout d'abord semblant de ne pas entendre la vibration de son portable, comme si se leurrer soi-même était véritablement possible, pour finalement craquer au troisième tremblement de l'appareil et se jeter dessus. C'était Marc. Elle se demanda furtivement s'il reparlerait un jour de cette fin de soirée, quand, aux alentours de deux grammes d'alcoolémie, dans ce bar dont la décoration évoquait plus une cave d'adolescent gothique au bord du gouffre qu'un karaoké, il avait compris qu'elle n'allait pas rentrer seule dans son chalet ouvert aux quatre vents. Charlie ne craignait pas son jugement, il n'avait pas dû condamner souvent dans sa vie, mais malgré tout elle n'était pas fière de ce bouquet final. Elle s'était lancée dans une imitation aléatoire du gendarme leur faisant des alcootests à tous, trifouillant une moustache imaginaire, se dandinant de manière approximative sur les chansons qui repartaient désormais en boucle – le barman, entre deux pelles à Miss Univers, avait gentiment remis la compil au début. Charlie s'était prise à rêver finalement d'un slow, ce bled avait eu sa peau. C'est pourquoi elle espérait du plus profond de son être que jamais Marc ne ferait allusion à cette soirée, y compris sous la contrainte.

Il était sur sa terrasse, assis sur le banc, contemplatif.

— J'ai préféré venir, je capte pas super en plus…

— Tu as bien fait, Marc… je vais te chercher du chocolat.

Comme on connaît ses saints, on les honore.

Il lui raconta tout, le débit empreint de délicatesse, comme il savait le faire, massacrant au passage la tablette aux noisettes. C'était Bastien qui avait effrayé Michel, en le surprenant chez lui la nuit, et le pauvre Santa était tombé, le cou brisé au premier impact sur le sol. Il s'était trompé de chalet. Le gamin rêvait d'un tête-à-tête sans échappatoire, ni pour Charlie ni pour lui, il haïssait la terre entière de n'avoir pas vu, de ne l'avoir pas aidé à retricoter le scénario de cette atroce chasse au trésor. En lui épargnant les conditions de la découverte du corps, les évolutions de l'enquête, les témoignages, ses parents l'avaient malgré eux empêché d'avancer, et de coffrer le monstre de banlieue. Pendant que son partenaire lui décrivait les détails du compte rendu de l'interrogatoire, Charlie constata une fois de plus, avec amertume, combien il serait désormais difficile de devenir la belle-mère de Bastien, sauf à accepter de vivre avec son Sig Sauer sous l'oreiller. Ce qu'elle faisait déjà plus ou moins, le déroulement des faits lui prouvant clairement qu'elle avait raison de s'en faire un traversin…

Gabrielle était tombée sur les mots embrouillés, sans aucune ponctuation, sur deux pages tapées sur l'ordinateur familial, dans la partie brouillon. Elle aussi avait imaginé un accident, en pénétrant les pensées de l'auteur de la lettre, et croyait avoir deviné des aveux, les guettant depuis si longtemps. Ceux de son mari. Aveuglée par l'amour maternel, elle avait d'office effacé Bastien de la liste des protagonistes suspects de cette tragédie. Elle était alors partie à la recherche de Manuel, pour qu'il lui déverse ce qu'il n'avait pas fini d'écrire. Quoi qu'il se soit passé, elle lui ferait la peau s'il n'avouait pas, s'il ne lui racontait pas les derniers instants de sa fille. Il n'y avait plus rien à sauver entre eux de toute manière. Ils s'étaient tant éloignés durant toutes ces années. Gabrielle ne connaissait plus son époux. Elle ne savait plus le déchiffrer, ni le toucher. Avec empressement, Manuel lui avait dit où il allait, sans rien préciser de plus dans un message vocal. Tout ce temps, il n'avait souhaité qu'une chose : les épargner.

Charlie songea soudain que si Gabrielle avait voulu s'enfuir dans la neige avec Bastien, pour laisser une chance à ce dernier de réunir les deux parties de lui-même qui se connaissaient si mal, elle les aurait laissés faire. Au point où elle en était de la non-application protocolaire des règles… Et si c'était elle qui devait disparaître pour échapper à l'atroce vérité, comme le reste de cette famille démembrée ? Charlie hésita à demander son avis à Marc, qui depuis le début de son exposé observait sa partenaire avec minutie, semant tout le long des morceaux de noisettes entre les lattes de bois de la terrasse.

Il s'échappa, une fois certain que Charlie n'envisageait pas de se défenestrer, *a priori* sans avis sur la non-invitation de sa coéquipière à rentrer à l'intérieur du chalet, et descendit les marches du belvédère en se retournant plusieurs fois, le cœur lourd de la laisser avaler l'indigérable.

Elle rentra à l'intérieur sans conviction et hésitait maintenant entre pleurer, dormir ou manger. L'idée de réunir les cinq cents pièces du puzzle lui traversa la tête, mais elle ne s'en voulait toujours pas assez pour s'infliger ça. Quand sait-on que l'opiniâtreté est devenue un défaut ? Serait-ce lorsque votre ancien amour débarque en famille, pour que tous puissent régler leurs comptes, et que l'un d'eux menace de vous descendre ou de vous jeter d'une falaise ? Un dénouement sûrement inaccoutumé. Elle l'espérait, pour les autres. Elle allait faire une descente à la Poste, leur donner une fausse adresse, les insulter aussi.

Charlie se remit dans sa position, contre le mur, dos au puzzle qui lui faisait de l'œil, comme Léon hier soir, la musique le rendant sauvage et finalement assez séduisant. Ça n'allait pas être évident de briser la glace avec lui, surtout avec le petit alpiniste qui semblait taper dans le crâne de Charlie avec son piolet. Elle n'attendrait pas la quarantaine pour divorcer avec la vodka-pomme. Elle pourrait raconter au tendre Léon ce terrible dimanche, ce qu'il avait raté, sans lui faire perdre de temps. Elle envisageait de ne plus le voir, ou seulement à jeun, ce qui évidemment remettrait leur relation sur de bons rails et lui permettrait – peut-être – de ne pas avoir à déménager sous les sarcasmes et les quolibets du village tout entier. Elle lui écrivit un message de quelques lignes, plein de ménagement et d'omissions, raisonnable au vu des circonstances.

Puis elle découvrit les mots du procureur, leur ponctuation parfaite et à propos. L'ordinateur de l'ogre débordait d'images pédopornographiques récentes, comme Charlie l'avait supputé pendant l'interrogatoire. Face à cette vérité effroyable, le prévenu venait de s'effondrer, c'était terminé. Le silence s'abattit sur les murs vieux d'une centaine d'années, sur la charpente, usée mais toujours debout, et sur les meubles, affadis par le temps, du chalet de Charlie. La bise entourant le hameau sembla se dissiper pour ne pas interrompre ce rien, ce vide qui venait de s'emplir d'un sentiment de justice et de devoir accompli, si douloureusement.

Charlie ne ferait plus jamais de serment, à quiconque, elle s'en fit la promesse – faisant derechef une entorse à son vœu pieux – tout en regardant, une dernière fois, une photo de Manuel du temps où ils faisaient semblant d'être libres.

À n'en pas douter, l'amour surgit partout, comme les herbes folles repoussent sans cesse entre les dalles de pierre. Quoi qu'on y fasse, la nature se rebelle courageusement. Le cœur aussi, heureusement.

Après son rendez-vous qu'elle avait promis d'honorer à Marc, au singulier Clint et à elle-même, Charlie se mit au volant et démarra son véhicule sans s'appesantir. Le *Boléro* couvrait avec ardeur le bruit du moteur, hurlant sur la montagne sa force de conviction, à travers les baffles de la voiture qu'il lui avait offerte, dans les virages plus sinueux encore que l'âme de Charlie où, miraculeusement, la neige qui l'avait tant entravée fondait enfin.

L'avoir aimé si intensément faisait-il d'elle une détraquée ?

Sa nouvelle psy briançonnaise, dotée de deux yeux immenses dissimulés sous des lunettes mal ajustées, avait répondu, pour clore leur premier rendez-vous, laconique : « Non, non. Il faudra juste que vous ayez un peu plus de chance la prochaine fois. »

Merci, madame…

Remerciements

Quelques mots, pendant que vous déchaussez peut-être vos raquettes, à l'instar de Charlie tout là-haut…

Je voudrais remercier chaleureusement Laurent Zeitoun, le premier à m'avoir expliqué qu'il y avait « une voix », qui a eu l'audace d'y croire dur comme fer quand je ne savais même pas ce que faisaient ces mots accolés ensemble. Sa foi inébranlable à chaque nouvelle étape m'a touchée pour l'éternité.

Mon compagnon, pour ses deux lectures – alors que, selon ses dires, il ne lit jamais de polars –, pour m'avoir aidée à trouver le titre, moult fois remis en question, avec parfois quelques errances.

Ma famille : ma mère, mes sœurs, mes beaux-frères, mes nièces et mes amis Ugo Gonzales et Nicolas Pleskof pour leur soutien inébranlable dans cette nouvelle aventure, et pour le reste plus encore.

Mon père tout particulièrement, qui s'est « coltiné » plusieurs corrections, relevant tour à tour, et avec modestie, quelques incohérences ou fautes d'orthographe, ou pire, les deux à la fois.

Laurent Grégoire et Marie Restoueix pour leurs retours, pleins d'enthousiasme, lorsque j'osais à peine commencer à y croire.

Matthieu Derrien, pour m'avoir expliqué qu'il était chamboulé par mes mots, surpris, et pour avoir au bout du compte déclaré : « Et puis finalement, non, je ne suis pas surpris ! »

Pascal Bouquiere pour son retour curieusement similaire à celui de Matthieu, et pour m'avoir tricoté un bonnet pure laine suite à cette lecture montagnarde.

Tony Campolo et Fulvio Pozzobon, qui sont, à l'heure où j'écris ces lignes, en train de lire les aventures de Charlie, à leur rythme : ils sont italiens, par conséquent, ils cherchent la signification de certains mots avec abnégation dans les limbes d'Internet.

Martine Manzoni pour son amitié, et tant d'autres choses, mes voisins montagnards qui m'ont nourrie pendant l'écriture au sens propre avec leur potager, et au sens figuré par leur gentillesse : Monique, Paul, Nicolas, Olivier, Huguette, François, Françoise, Jef, Gérard, Lydie, Stéphane, Agnès, et au Champsaur pour son envoûtante beauté.

Mes chiens, mes chats, qui, si on leur avait appris à lire, en seraient déjà à leur cinquième fiche de lecture.

Alessandra Sublet pour sa lecture passionnée, pour m'avoir donné le numéro de portable de Sophie Charnavel, et encore davantage pour sa réponse, lorsque je lui ai demandé si ça n'était pas gênant que j'appelle cette femme brillante et évidemment débordée : « Non, elle a l'habitude, n'hésite pas, harcèle-la. »

Merci à Sophie Charnavel, devenue mon éditrice avec Céline Poiteaux, sans que j'aie à les persécuter ni l'une ni l'autre. Je n'oublierai jamais ce texto de Sophie au petit matin, alors que je n'espérais pas de nouvelles avant plusieurs jours, et que la honte d'avoir osé leur envoyer mon manuscrit tapissait mon estomac : « Je me suis complètement fait happer ! Je n'ai pas encore terminé mais j'ai vraiment eu du mal à m'arrêter. » C'était le premier message, les suivants, je les garde dans mon portable et dans mon cœur, avec ceux de Céline. La création, me semble-t-il, est en grande partie le fruit de ce partage, je remercie aussi toute l'équipe, chez Robert Laffont, et je me prends à rêver que tout cela ne fasse que commencer.

Pour finir, je voudrais saluer et remercier les lectrices et les lecteurs. J'ai écrit chaque mot de ces pages par nécessité de m'exprimer, avec pour seul dessein tapi au fond de moi, le plaisir que vous auriez à vous immerger dans la tourmente intérieure de Charlie, autant que dans celle des éléments. J'espère que, quels que soient l'endroit où vous vous trouvez et la vie que vous menez, ces mots vous parviendront.

Cet ouvrage a été composé par
Fr&co - 61290 Longny-au-Perche

#lisez! engagé
www.lisez.com
Pour plus d'informations:
Imprimé sur du papier issu de forêts gérées durablement.

Imprimé en France par MAURY IMPRIMEUR
en février 2024
N° d'impression : 276114

POCKET – 92, avenue de France, 75013 Paris

S34277/01